用阅读宠爱自己

耳边阅动 心灵旅行

我爱白纸铅字的城堡

它装得下整个宇宙的情愁悲苦

仗剑奔走的少年
沉默如水的思想者

不着边际的幻想
永远热泪盈眶的感动

繁华落尽之后　倦意袭来之前

给你最美的名著

触手可及的远方

名著朗读者

与不可能相遇的人相见

安子　小马哥◎著

中国有声读书节目权威品牌
中央人民广播电台文艺之声
《品味书香》
周五特别策划节目合集

北京航空航天大学出版社

图书在版编目（CIP）数据

名著朗读者 ：与不可能相遇的人相见 / 安子，小马哥著. -- 北京 ：北京航空航天大学出版社，2020.6
ISBN 978-7-5124-3131-7

Ⅰ. ①名… Ⅱ. ①安… ②小… Ⅲ. ①世界文学—文学欣赏 Ⅳ. ① I106

中国版本图书馆 CIP 数据核字 (2019) 第 216783 号

名著朗读者——与不可能相遇的人相见

出版统筹：邓永标
责任编辑：曲建文　舒　心
责任印制：刘　斌
出版发行：北京航空航天大学出版社
地　　址：北京市海淀区学院路 37 号（100191）
电　　话：010-82317023（编辑部）　010-82317024（发行部）010-82316936（邮购部）
网　　址：http://www.buaapress.com.cn
读者信箱：bhxszx@163.com
印　　刷：天津画中画印刷有限公司
开　　本：880mm×1230mm 1/32
印　　张：9.5
字　　数：371 千字
版　　次：2020 年 6 月第 1 版
印　　次：2020 年 6 月第 1 次印刷
定　　价：68.00 元

如有印装质量问题，请与本社发行部联系调换
联系电话：010-82317024

序

Preface

文学是一面镜子，优秀的文学作品能够照出我们的文化和信仰。阅读对人成长的影响是巨大的，一本好书往往能改变人的一生。虽然阅读不能改变人生的长度，但可以改变人生的宽度；虽然阅读不能改变人生的起点，但可以改变人生的终点。

这本书，用阅读的力量，向经典致敬，向庄重文学致敬，用新的形式将文学传递下去。这本书，用最真挚的情感、最美好的文字抚慰人心。

不管你在中国的哪个城市，甚至在遥远的异国他乡，只要你有网络，都可以与《品味书香》保持零距离，感受无声的文字、有声的朗读，听作家安子与小马哥一起解读经典文学作品。

好的文学，永远是直指内心的伟大力量，让我们放慢生命节奏，倾听内心的声音，伴随 FM106.6《品味书香》，体会阅读的享受，感触心灵的慰藉，品味经典名著，翘首诗和远方。

与书为友，以书为鉴，愿书香伴随我们的成长，陪伴我们一生。

知识改变命运，阅读收获知识，让我们好好朗读，认真读书，一起感受阅读的力量，走进《名著朗读者》。

最后，愿大家通过朗读，爱上阅读，爱上《名著朗读者》。

目录

Contents

《乱世佳人》剧照

托尔斯泰

《父与子》漫画

普希金

高尔基

莎士比亚

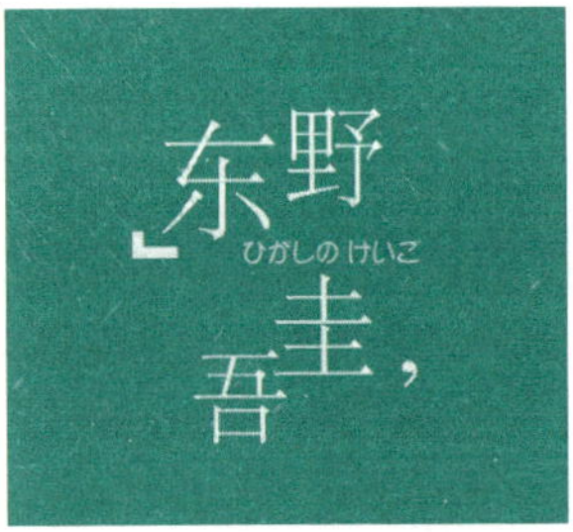

阿加莎·克里斯蒂

《我们仨》封面

《这边风景》封面

节目音频二维码

No.1 解读经典作品中的女性形象

作品

作品名	女主角	作者
《乱世佳人》	郝思嘉	玛格丽特 · 米切尔
《红高粱》	九儿	莫言
《大宅门》	白文氏	郭宝昌
《祝福》	祥林嫂	鲁迅
《伤逝》	子君	鲁迅
《铁梨花》	凤儿	萧马
《楚乔传》	楚乔	潇湘冬儿

导语

注解： 欧美国家的女权运动是从19世纪开始逐步发展起来的，随之而来的，是越来越多的女性角色登上世界文学史的舞台。大家熟悉的有郝思嘉、梅兰妮、简·爱等角色，这些女性角色展现出女性独特的品质，也让被压抑、被压迫的广大女性读者有了更好地认识自己的机会。同样，在中国近现代文学作品中，女性形象也不再都是柔弱无力、屈服于命运的传统角色，文学作品中的女性形象以她们特有的包容、善良、勤劳、坚韧和执着打动了无数的读者，很多女性角色都成了新时代女性的榜样。

在文学作品中，女性角色的演绎，向来是最好看，也是最细腻的部分。在人物的设定上，女性角色的清纯、温柔、美丽、优雅、个性，成为最惹人注目的看点。

在很多文学作品中，女性角色都占据了重要地位，比如《乱世佳人》《红高粱》《铁梨花》等，就连这几年热播的电视剧《我的前半生》《醉玲珑》《楚乔传》《甄嬛传》，也都是女主当道。那么，这些典型的女性形象，到底为什么吸引我们，到底演绎了怎样不同的女性角色呢?

世界名著《乱世佳人》中的郝思嘉，是脍炙人口的典型女性角色。她出生在社会历史转型时期，当时，奴隶制衰败，资本主义兴起，在南北战争和战后重建时期，她从一名娇滴滴的贵族小姐，成长为勇敢而坚强、独立而叛逆的女性。在苦难面前，她永不低头，永不示弱。

在莫言的成名作《红高粱》中，也有一个典型的女性形象，那就是戴九莲。戴九莲性格热烈而奔放，勇敢而果断，她从来没有向命运低过头，她泼辣、机警、聪明，让无数读者和观众记住了这个角色的小名：九儿。

还有《大宅门》里的白文氏，《铁梨花》里的凤儿，《我的前半生》里的罗子君，《杜拉拉升职记》里的杜拉拉，《醉玲珑》里的凤卿尘，《楚乔传》里的楚乔……

当然，也有一些女性角色软弱、麻木、悲凉，让人心生哀怜。比如鲁迅的作品《祝福》里的祥林嫂，《伤逝》里的子君，从反抗到麻木，从麻木到放弃，这些女性角色不禁让我们警醒：你不扼住命运的咽喉，命运就会扼住你的咽喉。

这些经典作品中的经典女性角色，激励着一代又一代的女性，独立、自主、自强、勇敢地走向自己的人生之路。

解读

第一部分 《乱世佳人》

小马哥：

说到经典作品中的经典女性角色，恐怕大家最先想到的，就是《乱世佳人》里的郝思嘉了吧？这是一个全世界公认的经典女性角色，安子，我们就从这个人物聊起吧。

注解：《乱世佳人》是美国女作家玛格丽特·米切尔的作品，也是她唯一的作品。小说以亚特兰大以及附近的种植园为背景，描绘了内战前后美国南方人的生活。主要人物有郝思嘉、白瑞德、艾希礼、梅兰妮等。这本小说以郝思嘉与白瑞德的爱情纠葛为主线，展现了南北战争时期美国南方地区的社会生活。

安子：

《乱世佳人》我看过无数次，和很多女性一样，梦想能够遇到白瑞德船长。不过后来，越来越喜欢的不是白瑞德船长，而是郝思嘉。

她单纯、执着、热烈，她似乎从来都没有离开过塔拉庄园和十二橡树园，她天真得像火、像风、像野生的东西。无论生活如何变化，她都是当初那个任性、固执、执着的郝思嘉，她按照自己的方式生活，不拘世事、洒脱不羁却又一往情深。

郝思嘉从来都是那么恣意地生活。十六岁时，她一出场，就周旋在一群男孩子中间，她要所有的男孩儿都拜倒在她的石榴裙下。当她得知自己的心上人艾希礼和梅兰妮订婚后，她毅然决然地抢走了自己的小妹卡琳的心上人，艾希礼的妻子梅兰妮的哥哥查理。

后来，在丈夫查理死于战乱后，她竟然穿着黑色丧服，与白瑞德船长在众目睽睽下大跳苏格兰舞，她丝毫不在意别人的目光，她只要自己开心，这真是一个自私而单纯的女人。

郝思嘉对爱情、对生活，都是那么热烈，那么执着。

她一直狂热地爱着艾希礼，狂热地爱着塔拉的红土地。

命运之神曾对郝思嘉非常眷顾，给她美貌和聪慧、富裕和优雅，但生活却给了她太多的磨难，但不管情场失意、战火纷飞，还是家园破败，她都没有绝望过，没有投降过，她总是那么勇敢、坚强地面对现实。

她不是战士，根本就没有想过什么保家卫国，她只是为自己，为自己的亲人而拼命奋斗。可以说，她凭借着坚强的个性和对红土地的一往情深，进行着一场一个人的战争。

她拥有许多女性共有的一些缺点，比如骄傲、虚荣、自私，她穿着窗帘布改成的绿裙子，仍然使白瑞德船长为她倾倒；她生了孩子后，还命令黑妈妈拼了老命为她束回一尺七的小腰；她不管不顾，一手打理木材厂……

然而，她也拥有太多女性共有的优点，人类的优点。

郝思嘉勇敢而坚强。

战争中，她的母亲死了，后来父亲也疯了，以前那个娇小柔弱的大小姐郝思嘉，竟然光着脚在荒地里为全

注解：郝思嘉是《乱世佳人》的女一号，她经历了三次婚姻。

郝思嘉的第一任丈夫是她的心上人艾希礼的妻子梅兰妮的弟弟查理。当郝思嘉得知自己深爱的艾希礼要与梅兰妮结婚时，为了报复艾希礼，赌气与查理结婚，婚后两人育有一子，后来查理在战争中死去。

郝思嘉的第二任丈夫是本来要迎娶她妹妹的暴发户弗兰克，为了重振家业，她勾引弗兰克和自己结了婚。后来弗兰克加入反政府的秘密组织，在一次集会时遭北方军包围，中弹死亡。

郝思嘉的第三任丈夫就是《乱世佳人》的男一号：白瑞德。两人育有一女。

家刨食。

战争中，只因为曾经对艾希礼有过承诺，她拼死带着临产的梅兰妮回到塔拉庄园，为梅兰妮接生，誓死守卫塔拉庄园。

在别人眼里，战争毁掉了塔拉，然而郝思嘉从不绝望，换句话说，绝望又有什么用，她要活着，她不要饿肚子，于是为了一大家子人能够活下去，她整天像黑奴一样辛勤的劳动。十六岁的时候，袜子掉在地上她都不会弯腰去捡，可战火过后，她却能够利索地给梅兰妮接生，还举枪杀死了闯进塔拉的北方佬。

郝思嘉这个文学作品里的女性人物，甚至比现实生活中的女性更让人心动，让人敬佩。她赤脚去寻找食物，突然发现一根萝卜，立即像一只饿狼一样扑上去。饥肠辘辘的她，身心俱疲地倒在地上，却倔强地对着上天说：上帝替我作证，我绝不会屈服！

许多个无人可依靠的夜晚，她用自己的努力，自己的行动，撑起了塔拉的温饱和生活。

郝思嘉是反抗世俗的，甚至是叛逆的，她只想得到自己想要得到的，其他的，她都不管。从这种角度讲，她的确太自私，然而如果没有她的自私，没有她不管不顾地抢走大妹妹苏伦的未婚夫弗兰克，就没有后来的塔拉，更没有一大家子人在一起的安稳日子。

郝思嘉就是郝思嘉，她坚韧、执着，你可以说她不择手段，她也不怕别人戳她的脊梁骨，她只要活下去，活得好！她活得真实而勇敢，反抗而叛逆。

哪怕最后，她终于意识到，自己真正爱的，竟然是被

语录：上帝为我作证，为我作证，我是不会屈服的，我要度过这难关。战争结束后，我再也不要挨饿了。不要，我的家人也不要。即使让我去撒谎，去偷，去骗，去杀人，上帝作证，我也不要再挨饿了。

土地是世界上唯一值得劳作、值得战斗、值得为它而死的东西，因为它是唯一永存的。

家！我要回家。我要想办法让他回来。不管怎样，明天又会是新的一天！

——《乱世佳人》

自己一直忽视的白瑞德，而被她伤透了心的船长，却铁了心要离开她，她还是没有绝望。她跌坐在楼梯上，尽管泪流满面，却还在说：“Tomorrow is another day.”（明天又会是新的一天！）

当下的女性，就算生活再不幸，就算经历再波折，又有几个人能比郝思嘉经历得更多、更难呢？

做女人，不可以有傲气，但是不能没有傲骨，挺起腰杆，我们也可以做勇敢而执着的郝思嘉。

《乱世佳人》影片海报

注解：玛格丽特·米切尔于1900年11月8日出生在美国佐治亚州的亚特兰大，她是美国现代著名女作家，获文学博士学位，曾担任《亚特兰大新闻报》的记者。《飘》是玛格丽特·米切尔唯一的作品，1937年她因《飘》获得普利策奖，1939年获纽约南方协会金质奖章。1949年8月16日，玛格丽特·米切尔在车祸中罹难。《飘》奠定了玛格丽特·米切尔在世界文学史中不可动摇的地位。

第二部分 《红高粱》

小马哥：

郝思嘉的确是值得钦佩的女性角色，那么在我国当代作品里，有哪些突出的女性角色值得我们讨论和学习呢？

安子：

在著名作家莫言的成名作《红高粱》里，有一个典型的女性形象，那就是戴九莲。戴九莲性格热烈而奔放、勇敢而果断，从没有向命运低过头，她泼辣、机警、聪明，让无数读者和观众，记住了这个角色的小名：九儿。

戴九莲年轻的时候，因为家里穷，被父母嫁给了患有麻风病的单家的儿子。后来，她和轿夫余占鳌滚在玉米地里。

九儿这个形象，热烈奔放，追求自由，追求幸福，倔强不屈。后来，她成了单家的顶梁柱，继承了单家的烧酒窖，在十八里湾，一个人迹罕至的地方，支撑起了整个酒作坊。再后来，面对战争，九儿表现出了与男子一样英勇果断的英雄气概，送自己的男人去抗日，送自己十二三岁的儿子去抗日。

她有美丽的容貌，却嫁给了麻风病人；她得不到美满的婚姻，却有两情相悦的爱情；她在鬼子手里失去了女儿，却还有生性善良的儿子。

九儿善良，有气节；刚强，明事理；坚定，勇敢地追

注解：莫言，本名管谟业，1955年2月17日出生于山东高密，中国当代著名作家。80年代中期以写作乡土题材的作品崛起，他的作品充满“怀乡”以及“怨乡”的复杂情感，被归类为“寻根文学”作家。

2000年，《红高粱》入选《亚洲周刊》评选的“20世纪中文小说100强”。2005年的《檀香刑》全票入围茅盾文学奖初选。2011年凭借作品《蛙》获得茅盾文学奖。2012年获得诺贝尔文学奖，获奖理由是：通过幻觉现实主义将民间故事、历史与当代社会融合在一起。

求自己的幸福。九儿坚信爱情，却在心里藏着两个男人；九儿多情，用自己的方式去爱她所爱的人。

“九儿”是女人，是妻子，是情人，是母亲，是中国女人！这个平凡的中国女人，做出了不平凡的事！

在九儿临死前，有一番话：

“天……天赐我情人，天赐我儿子，天赐我财富，天赐我十三年红高粱般充实的生活。天，你既然给了我，就不要再收回，你宽恕了我吧，你放了我吧！……天，什么叫贞节？什么叫正道？什么是善良？什么是邪恶？你一直没有告诉过我，我只有按照我自己的想法去办，我爱幸福，我爱力量，我爱美，我的身体是我的，我为自己做主，我不怕罪，不怕罚，我不怕进你十八层地狱。我该做的都做了，该干的都干了，我什么都不怕。但我不想死，我要活，我要多看几眼这个世界，我的天哪……”

这样一个女人，有追求幸福的勇敢和果断，有当家做主的气度和豪气，有保家卫国的英勇和无畏，值得我们钦佩。

《红高粱》封面

注解：《红高粱》主要通过“我奶奶”戴凤莲以及“我爷爷”余占鳌两个人之间的故事，讲述发生在山东的生命赞歌。

《红高粱》主线是“爷爷”余占敖率领的武装打击日军，辅线是“爷爷”余占鳌和“我奶奶”戴凤莲之间的爱情故事。故事发生的主要地点是高密东北乡。

“我爷爷”这个人物既是“土匪”又是“抗日英雄”，土匪的野性和英雄的血气使人物更加丰满和真实。

第三部分 《大宅门》

小马哥：

很多听众都看过电视剧《大宅门》，想必也有很多听众看过《大宅门》这本书，在郭宝昌老师的《大宅门》里，有一个典型的女性角色，那就是二奶奶白文氏。

安子：

白文氏是孝媳、贤妻、慈母、封建家长、封建礼教的实践者和维护者。这位二奶奶，韬光养晦，隐忍而为，撑起百草厅的重担。不夸张地说，白文氏就是百草厅的家族掌舵人，没有她，就没有后来的百草厅。

二奶奶前半生一直奉行“小不忍则乱大谋”，白家的车马被詹家砸了之后，二奶奶就劝老太爷忍让，结果被铁骨铮铮的老太爷一句“我白家每进一步有多难，我凭什么要退一步”给驳了回去。后来老大白颖园遭人陷害，二奶奶提出主动讲和，并主动请缨担任和平大使，结果阴差阳错被詹家误会，砸了车马；去找关家疏通，又吃了闭门羹。后来老爷子决心和詹家斗到底，二奶奶说使不得。直到白颖园的案子无可挽回，老太爷思前想后才终于明白了二奶奶的苦心，并且把全家的钥匙交给了二奶奶白文氏。

后来，二奶奶盘回百草厅老铺、感化白颖宇，万事都是“忍”字当先，二奶奶是明智的，当时白家虽然产业庞大，有钱有势，可终究只是一方富豪，是平民。而白家所

注解：《大宅门》脱胎于作者的血泪人生，但本书不是作者的自叙传，而是以现代中国的民族实业为背景，以家庭兴衰为主线，描写一个个鲜活生命之间的情感纠葛、性格碰撞、价值冲突。

面对的却是官府，是皇家，是有权有势有靠山有背景的人。纵有家财万贯，没有势力，终究是胳膊拧不过大腿，所以二奶奶选择了忍，换个居家和睦，才使得白家在大风大浪中度过了一次次危机。

二奶奶为什么能成为一家之主，是因为她在白家风雨飘摇、内忧外患之时担起了重任。大爷吃了官司，白家为打官司花光了家底，产业也被没收，沦落到全家一日三餐萝卜咸菜的地步。当时的白家，外有官府压力，内有吃里爬外的三爷白颖宇兴风作浪。就是在这时候，二奶奶接管了白家，对外结交权贵常公公，对内力排众议。在这个过程中，二奶奶的坚韧和承担，白家任何一个男子都不能与她相比，她所承担的压力和困难也是常人无法想象的。就像二奶奶自己所说："谁能知道我的难。"

后来，直到百草厅被完全收回，二奶奶才一个人来到祖先堂，面对列祖列宗和公公的灵位，失声痛哭。收复百草厅的整个过程里，二奶奶白文氏真的是一次次打掉牙和血吞啊！

小马哥：

中国有句老话，娶个好老婆，富三代，家有千口，主事一人，这白家主事的，就是白文氏，要是没有白文氏，早就没有了百草厅。

安子：

其实很多女性在生活中，都抱着这样的想法，那就是找个依靠，轻轻松松过日子；进入家庭生活后，很多人又

注解：白文氏是《大宅门》中的一个主要人物，她有战略意识，有长远考虑，在危难之时带领全家渡过难关。她善于公关，敢于冒险。百草厅被老佛爷查封后，她看准常公公，拿出银两买房产、买女人贿赂他，才有了盘回百草厅的可能。白文氏是封建社会里连正式名字都没有的为人妻者、为人母者，却能够公平正义、顾全大局、有理有节、勇于担当，其人格魅力不但巩固了她在家族中的地位，也为外人所赞叹。

会想，作为丈夫，你都不努力，我干吗要努力？事实上，女人努力，不是为别人，是为自己，成就的，也是自己。

在《大宅门》里，二奶奶的丈夫二爷窝囊，白家的三爷吃里爬外，那可都是白家的儿子、白家的顶梁柱啊。按说这些做儿子的都这样，白文氏一个媳妇，凭什么要拼死拼活收回百草厅？可白文氏就是扛起了百草厅的重担，她为白家，也为自己。女人要想成就自己，要想活出个名堂，就别想着依靠别人，只有依靠自己，才能成就自己。

注解：《大宅门》的作者郭宝昌，原名李保常，1940年8月出生于北京。2001年，他创作并编导的家族剧《大宅门》在中央电视台首播。电视剧中的人物李天意就有郭宝昌的影子。郭宝昌于光绪六年出生，是白家的一分子，见证了一百多年里白家的兴衰。

《大宅门》封面

第四部分 《祝福》

小马哥：

安子，我们刚才聊了几个让人感到鼓舞、振奋的女性角色，我们不妨再聊聊文学作品中经典的悲剧女性角色？

安子：

说到文学作品中的悲剧女性，大家最熟悉的，莫过于鲁迅的作品《祝福》中的祥林嫂。祥林嫂是鲁迅作品中最具悲剧个性的人物，她是典型的中国农村妇女，淳朴、善良、勤劳，同时又依赖、屈从、自卑。祥林嫂生活在农村，生活环境看似宽松，实则严酷。小农经济的约束，封建礼教的束缚，迫害着祥林嫂这样的弱势群体。

旧社会，讲究女子“从一而终”，不能再嫁。所以，祥林嫂在她的第一个丈夫、小她十岁的祥林死后，不肯再嫁。但她的一系列悲剧也随之展开。祥林嫂的婆婆为了给小儿子娶媳妇，把祥林嫂嫁到了深山里。祥林嫂最初的反抗是惊心动魄的，她一路嚎、骂，被抬到再婚的丈夫家，喉咙都喊哑了。两个男人和小叔子使劲地擒住她，还拜不了天地，她一头撞在香案脚上，头上还碰了一个大窟窿，鲜血直流。她宁愿死，也不愿意再婚。然而祥林嫂的反抗却是盲目的，她在柳妈的教导下去捐门槛，怕死了之后被两个丈夫撕扯，她深受家庭打击，却始终被人歧视。最终，勤劳善良的祥林嫂被封建势力迫害到精神失常，惨死在新

注解：《祝福》是现代文学家鲁迅的小说代表作之一，是鲁迅第二部小说集《彷徨》中的第一篇。

作品叙写一个离开故乡的知识分子“我”在旧历年底回到故乡，寄寓本家四叔（鲁四老爷）家里准备“祝福”时，亲见了四叔家先前的女仆祥林嫂猝死的悲剧。

小说通过描述祥林嫂悲剧的一生，表现了作者对受压迫妇女的同情以及对封建礼教的无情批判。

年祝福声中。

祥林嫂的悲剧是时代的悲剧，也是她自己的悲剧，她被封建思想禁锢了，虽然反抗过，却最终麻木、屈服。

注解:《祝福》入选中学课本。祥林嫂这个人物是那个时代千千万万被压迫妇女的代表。祥林嫂吃苦耐劳，勤劳勇敢，却受尽摧残，沦为乞丐，最后悲惨地死去。祥林嫂的第一次悲惨遭遇是儿子被狼叼走，丈夫死去；第二次悲惨遭遇是被婆婆嫁进了深山。最终，祥林嫂在封建社会神权、族权、夫权和政权四条绳索所扼杀。

《祥林嫂》插画

第五部分 《伤逝》

小马哥：

在鲁迅先生的作品中，还有一个典型性女性，那就是《伤逝》里的子君。子君是城市知识女性，是接受“五四”新思潮洗礼的知识青年。在她身上，有着强烈的时代气息。子君的宣言也堪称石破天惊，她说：“我是我自己的，他们谁也没有干涉我的权利。”鲁迅曾以“沉默啊，沉默，不在沉默中爆发，就在沉默中灭亡”这句话表现新时代女性前所未有的惊醒。

安子：

子君勇敢地冲破家庭的牢笼，和涓生租屋同居。

然而，当子君变成家庭主妇、忙于家务、连聊天的功夫都没有后，当初的勇敢和无畏，在现实中渐渐被消磨掉。后来涓生被解雇，生活陷入困境，二人的爱情逐渐出现裂痕，子君又回到了冰冷的封建家庭，不久后死去。

子君的悲剧，也是时代的悲剧，但她的悲剧也有自身的原因。

子君是进步青年，为了追求幸福和自由，与涓生结合。但后来子君没有了新的理想，新的追求，没有像涓生一样继续学习和探索，争取更好地发挥自己的个性特长，去做一个自立于社会的女子，而是蜕变成一个关在家里的平庸的小女人。由于她自身的动摇和妥协，她的人生最终失败。

注解：《伤逝》是现代文学家鲁迅创作的一部以爱情为题材，反映“五四”时期知识分子命运的短篇小说。小说以主人公涓生哀婉悲愤的内心独白的方式，讲述了他和子君冲破封建势力的重重阻碍追求婚姻自主的故事。但不久爱情破灭，最终以一“伤”一“逝”结局。

在中学课本里，有一篇课文——《玩偶之家》，是易卜生的戏剧作品，作者塑造了一个“出走”的娜拉，影响了几代中国女性对家庭和社会的思索和对生活方式的选择。女性解放，并不是子君式的宣言，而是要真正走出心灵的围城，投入社会，实现自我，取得事业的成功。

虽然女性在面对社会与家庭的冲突时，仍会有无数的困惑与无奈。但就像舒婷在《致橡树》里写的一样，女人要与男人“肩并肩”，站立在同一地平线上，只有这样，才能真正实现女性的自主独立，才能真正走好自己的人生之路。

《玩偶之家》英文版封面

注解： 涓生和子君都是“五四”时期的新青年。子君认识涓生后，便不断地拜访他，并与之相恋。他俩不顾亲朋的反对而同居，建立了小家庭。

但子君很快就陷入家务之中，他们的爱情也未能“时时更新，生长，创造”。不久，涓生被解雇，生活无着，涓生对子君的爱情也随之消减，当涓生对子君袒露自己不再爱她后，子君被其父亲领回了家，最终在无爱中死去。

涓生得知子君的死讯，追悔莫及，于是长歌当哭，写下这篇手记，为子君送葬。

小马哥:

聊了这么多，那么，安子，在文学作品中，有没有贴近日常生活的女性角色呢?

安子:

有的，比如亦舒的小说《我的前半生》中的女主角罗子君，再比如《杜拉拉升职记》里的杜拉拉，都是贴近生活的现代女性。

再日常的生活，也得有点精气神和独立精神，才能过得好，比如《我的前半生》里的女主角罗子君，在离婚前，就过得太不独立，太没有自我意识，以至于在老公心里逐渐失去了地位，最终背她而去。后来，她从养尊处优的家庭主妇型的阔太太变成离婚女人，要赚钱养自己，又要争夺孩子的抚养权，终于不再浑浑噩噩，开始努力发掘自身价值，努力成长自我。

在文学作品里，一个个典型的女性角色，虽然性格迥异，身世不同，经历各异，却都演绎了一个道理，那就是：任何客观情况、任何人，都不能左右你的命运，只要你愿意坚定地挥舞自己的翅膀，没有人可以剪断你的翅膀，更没有人可以阻止你以独立的姿态在天空翱翔。没有人能够让你变成逆来顺受的煮饭婆，唯一能够把自己变成这样的，只有自己。

注解：亦舒原名倪亦舒，香港著名作家倪匡的妹妹，1963 年发表首部个人小说集，她的多部作品被改编为电影。

第六部分 《铁梨花》《楚乔传》

小马哥：

说了半天，连我都感觉备受鼓舞，那么，安子，能不能举几个例子，和广大听众聊一聊如何独立自强，如何勇敢地面对困境？

安子：

好啊。咱就拿萧马老师的作品《铁梨花》来说吧。萧马老师也许并非家喻户晓，但是他的女儿严歌苓却家喻户晓。《铁梨花》写的是民间女子凤儿，历经坎坷，最终成为一名爱国志士的故事。

盗墓贼的女儿凤儿喜欢柳天赐，却被军阀赵元庚抢去做了五姨太，从此两个有情人天各一方。在军阀混战的年代，凤儿从军阀家的姨太太，成长为坚定的抗日民族志士。

凤儿性格刚烈，她与父亲去盗墓，被赵元庚抓去，赵元庚要砍凤儿父亲的头，凤儿要替父亲去死，赵元庚说了一句：仗义！

凤儿去参加梁飞虎的葬礼，被赵元庚抓住，赵元庚忍不住说：好女人，明知道给梁飞虎送行那就是送死，还敢来，真仗义！

这两件小事，虽说不是《铁梨花》这本书的重点情节，却说明了一个道理，那就是做女人要敢担当。说独立自强，说勇敢面对，就是说要敢做敢当。别说自己是女人，别说

注解：民国，晋陕交界，黄土坡上迎来一顶鲜红的花轿。雄踞一方的赵旅长竟然娶了个盗墓贼家的女儿做五姨太！

被抢亲的女孩名叫凤儿，从小便有通灵的本事，可寻到千年上古的墓地疙瘩。也正是这个与生俱来的本事，让她这一生都颠沛流离，不得安生。她骑烈马、喝堕胎药，只为逃离这个富贵宅邸。

二十年后，方圆几百里的盗墓人中传诵着一个名字：铁梨花……军阀盗墓、孤绝惨烈、儿女情长、悲欢岁月，这就是《铁梨花》。

家里的顶梁柱是男人，很多时候，男人也不一定比女人强，而且，凡事都靠男人担当，那女人干什么？男人也有累的时候，担当的女人，不仅男人会钦佩，连别的女人也会钦佩。这样的女人，不愁没人爱，这样的女人，不愁没有活路，没有好日子过。

再比如热播的电视剧《楚乔传》的女主角楚乔。

楚乔是奴籍少女，她坚韧果断，勇敢聪明，侠骨柔肠。

她因奴隶身份而被当作箭靶，目睹身边亲人惨死后奋起抗争，踏上自救之路；她披荆斩棘推翻奴隶制度，谋求天下大同，开创太平盛世。最终，她成为秀丽王，斩获真情，威震四海。

楚乔这一角色，是典型的自立自强的女性角色。她是从最低层奋起直上的典型形象，她不愿受人压迫，任人宰割，从低层脱颖而出，接受了严格的训练，成长了起来，通过自己的努力，不断强大自己。楚乔受尽屈辱，厚积薄发，卧薪尝胆，终成大事。

注解：《楚乔传》这本书讲的是西魏时期天下战乱，百姓苦不堪言。特立独行的女奴楚乔在贵族眼里命如草芥，被当作贵族猎场中娱乐射杀的玩物，幸得西凉世子燕洵暗，中搭救才得以逃脱。后来，楚乔引起权倾朝野的宇文玥的关注，宇文玥对楚乔进行严苛的训练。在训练中，楚乔与西凉世子燕洵结下深厚友谊。后来燕洵一家不幸沦为政治牺牲品，满门抄斩，绝境之中，楚乔对燕洵不离不弃，与其生死相守，并助其逃走。后来楚乔通过努力改写了自己的命运，成为一个心怀苍生的巾帼英雄。

小马哥：

安子，最后说一说这些经典女性角色对现代女性的启示吧！

安子：

面对困境，用《大宅门》里二奶奶的一句话来概括，那就是：“出了事，就要往坏处想；等事情到了不可收拾的地步，又要往好处想。”

万事都要先往坏处想，明确自己可以接受的底线，有备无患；万一事态严重了再往好处想，树立信心，激励自己战胜困难。

女人别老给自己贴标签，说自己这个做不了，那个无法克服。

天下男人可以成就的事情，女人也可以成就；男人可以克服的困难，女人也可以。有些事情男人做不到，并不意味着女人做不到；有些困难男人无法克服，也不意味着女人无法克服。

只要你去做，就算是太行山、王屋山，每时每刻挖，每天挖，每年挖，挖一辈子，就算移不走这两座大山，也一定能把大山挖小、挖倒！

注解：《铁梨花》的原著作者萧马（原名严敦勋）是著名女作家严歌苓之父，1930年出生，上海人。著有长篇小说《破壁记》《纸铐》；中篇小说《晚宴》《钢锉将军》；散文《梦去有痕》《二随堂笔记》；电影文学剧本《初夏的风》《淝水之战》《大汉王朝》《地狱究竟有几层》等十余部。

节目音频二维码

No.2 解读经典作品中的男性形象

作品

作品名	男主角	作者
英雄角色		
《堂·吉诃德》	堂·吉诃德	塞万提斯
《巴黎圣母院》	卡西莫多	雨果
《山海经》	盘古、刑天、夸父、后羿……	先秦古籍
悲剧男性		
《老人与海》	老渔夫桑提亚哥	海明威
《天龙八部》	乔峰	金庸
多面人物		
《射雕英雄传》	黄药师	金庸
《白夜行》	桐原亮司	东野圭吾
《亮剑》	李云龙	都梁
《背影》	父亲	朱自清
《乱世佳人》	艾希礼、白瑞德	玛格丽特·米切尔
《呼啸山庄》	希斯克利夫	艾米莉·勃朗特

导语

在中外文学作品中，有许多熠熠生辉的女性形象，比如《乱世佳人》里的郝思嘉，比如大家熟知的刘兰芝、穆桂英、红线女，比如《红高粱》里戴九莲，再比如《铁梨花》里的凤儿，等等。同样，也有很多刚毅不屈、坚强果敢的男性形象——从先秦古籍里的盘古开天、夸父追日、后羿射日、“刑天舞干戚，猛志固常在”到《水浒传》《三国演义》里的各类硬汉。

不仅在中国文学作品中，在外国文学作品中，也有许多闪耀着人性光芒、甘于担当、英勇无畏的硬汉形象，比如西班牙杰出的人文主义作家塞万提斯的作品《堂·吉诃德》里的骑士堂·吉诃德，意大利19世纪著名作家拉法埃洛·乔万尼奥里的杰出历史小说《斯巴达克斯》里的角斗士斯巴达克斯，雨果的《巴黎圣母院》里的敲钟人卡西莫多，《老人与海》里的老渔夫桑提亚哥，等等。

在近现代文学作品中，也不乏硬汉形象，比如《暮光之城》中的男主角爱德华；《天龙八部》里的乔峰；《红高粱》里的余占鳌；《亮剑》里的李云龙。

然而人物是多面的，文学作品中也有多面的男性角

注解： 长篇历史小说《斯巴达克思》是意大利民主主义作家拉法埃洛·乔万尼奥里最出色的一部作品。小说以真实的历史事件为依据，叙述公元前73年罗马爆发的最大一次奴隶起义。奴隶起义军在卓越的军事统帅斯巴达克思的指挥下，在三年多时间里转战南北，出奇制胜，所向披靡，屡屡击溃优势的敌人。维苏威山奇袭官军、两败瓦利尼乌斯、轻取瑙拉城、阿昆纳城的芬提城大捷等战役给罗马大军以致命打击，使他们闻风丧胆，落荒而逃。

色，比如朱自清脍炙人口的散文《背影》中，形象地塑造了一个温暖如春的父亲形象；金庸的《射雕英雄传》里塑造了一个痴汉郭靖；余华的作品《活着》里，塑造了一个在时代的辗转波折中，历经磨难、艰难活着的纨绔子弟徐福贵。再比如《红楼梦》里那个游走在大观园众多女子之间吟诗弄月的贵公子贾宝玉；莎士比亚的《哈姆雷特》里那个优柔寡断而且多疑的哈姆雷特；《乱世佳人》里那个被赫思嘉深爱的、勇敢却不务实的卫希礼；路遥的《人生》里那个既脆弱又勇敢、既淳朴又虚荣、既自尊又自卑的高加林；以及根据网络作家唐七公子的同名作改编的电视剧《三生三世十里桃花》里那个远离尘世、自在逍遥的上神折颜。

经典作品中的男性角色，既有一往无前的硬汉形象，也有软弱无力的贵公子形象，还有逃避现实、沉溺自我中的男主形象；既有莽夫痴汉，也有仗剑走天涯的侠客。正是这些男性角色，将一部部文学作品推上了历史的舞台，展现在读者的眼前。

注解：《射雕英雄传》是金庸创作的长篇武侠小说，最初连载于1957–1959年的《香港商报》，后收录在《金庸作品集》中。金庸本名查良镛，生于浙江省海宁市，1948年移居香港，是当代武侠小说作家、新闻学家、企业家、政治评论家和社会活动家，被誉为“香港四大才子”之一，与古龙、梁羽生、温瑞安并称为中国武侠小说四大宗师。

解读

第一部分 英雄角色

小马哥：

安子，我们讨论了经典文学作品中的女性角色，而在众多熠熠生辉的中外文学作品中，男性形象同样惹人注目。

在历史长河中，男性社会占主导地位，在经典的文学作品中，男性形象常常是作品的主导形象。比如中国古籍中的盘古开天、夸父追日、后羿射日，欧洲文艺复兴时期的作品《斯巴达克斯》中的角斗士斯巴达克斯，《水浒传》里的一百单八将，以及大家都熟悉的武侠小说里的乔峰、郭靖等。

在荧幕上，也从来不缺男性主角，比如前些年热播的电视剧《亮剑》，就成功塑造了李云龙这个典型的男性角色。那么，今天，就让我们一起来看看经典作品中的经典男性角色吧。

注解：《亮剑》是一部战争艺术和传奇色彩融会贯通的主旋律作品。故事讲述的是我军优秀将领李云龙富有传奇色彩的一生。“面对强大的敌手，明知不敌也要毅然亮剑。即使倒下，也要成为一座山，一道岭。”——这句话就是李云龙这位“草莽英雄”式的将军的一生写照。

安子：

在历史的长河中，男性一直占据主导地位，我们不妨从中国最早的文学作品中的男性形象说起。

在中外历史中，早期有一两千年的历史时期是母系社会，随着文明的发展，父系社会取代了母系社会，所以可以说，从有文化记载以来，男性角色的描述远多于女性角色。

我女儿刚刚四岁，最近我给她买了一本插图本的《山海经》，非常精美。在先秦古籍《山海经》里，开天辟地的第一人，就是盘古。大家都知道盘古开天地。

传说在很久很久以前，天和地还没有分开，宇宙混沌一片。有个叫盘古的巨人，是个男人，他在这混沌之中，一直睡了一万八千年。

有一天，盘古突然醒了。他见周围一片漆黑，就抡起大斧头，朝眼前的黑暗猛劈过去。于是，混沌被分开，轻的东西缓缓上升，变成了天；重的东西慢慢下降，变成了地。

天和地分开以后，盘古怕它们还会合在一起，就用头顶着天，用脚使劲蹬着地。天每天升高一丈，盘古也随着长高一尺。这样不知过多少年，天和地逐渐成形，盘古也累得倒了下去。

盘古倒下后，他的身体发生了巨大的变化。他呼出的气息，变成了四季的风和飘动的云；他发出的声音，化作了隆隆的雷声。他的双眼变成了太阳和月亮；他的四肢，变成了大地上的东、西、南、北四极；他的肌肤，变成了辽阔的大地，他的血液，变成了奔流不息的江河；他的汗，变成了滋润万物的雨露……

注解：《山海经》是一部古代志怪作品，大体是战国中后期到汉代初中期的楚国人或巴蜀人所作，是一部荒诞不经的奇书。

作者不详，内容主要涉及民间传说，包括山川、民族、物产、药物、祭祀、巫医等，其中有夸父逐日、精卫填海、大禹治水等许多流传至今的远古神话传说和寓言故事。

《山海经》具有非凡的文献价值，对中国古代历史、地理、文化、中外交通、民俗、神话等的研究，均有参考价值，其中有关矿物的记录，更是世界上这方面最早的文献。

这就是盘古开天地的故事，很美，也很悲壮。盘古是男性，这个故事，就是典型的男性气质的反映，象征着男性生来就为天地而生，要在天地间做一番大事业，这也是中国乃至世界男性人物的主要定位。

除了盘古，还有特别多的神话传说，主角都是男性，比如大家都知道的夸父逐日、后羿射日的故事。夸父和后羿，都是男性，所象征的，都是人类与自然抗争的顽强不屈的精神。

小马哥：

不仅在中国，在国外的历史作品中，也极为推崇男性形象。

安子：

是的，比如欧洲 14 世纪到 16 世纪的文艺复兴时期，西班牙杰出的人文主义作家塞万提斯，就为我们描绘出一个既滑稽可笑又具有侠骨豪情的没落骑士堂 · 吉诃德的形象。虽然堂 · 吉诃德是孤独的没落骑士，却心怀正义，豪情万丈。在堂 · 吉诃德身上所体现出来的，正是男性那种无所畏惧、勇往直前的精神。堂 · 吉诃德举着长矛与风车大战，向羊群冲杀，尽管只带了个憨憨傻傻的仆人桑丘，孤零零地闯荡世界，却有一心铲除人间邪恶、替天下伸张正义的豪情壮志。这是非常典型的男性英雄主义情怀，可以说是救世主情怀。

在世界名著雨果的《巴黎圣母院》里，有一个丑陋的敲钟人卡西莫多，虽然他的外表丑陋不堪，然而在灵魂上，

注解：巴黎圣母院位于塞纳河畔巴黎市中心的西堤岛上，是哥特式基督教教堂，是天主教巴黎总教区的主教座堂。它的地位、历史价值无与伦比，是世界历史上最为辉煌的建筑之一。

巴黎圣母院始建于1163年，1345年全部建成，历时180多年。正面双塔高约69米，后塔尖约90米，在法兰西岛地区的哥特式教堂群中具有代表性。它的祭坛、回廊、门窗等处的雕刻和绘画艺术，以及堂内所藏的13—17世纪的大量艺术珍品，闻名世界，是古老巴黎的象征。

他是一个伟大的硬汉。卡西莫多尽管又聋又哑、奇丑无比，可是为人正直，心地善良，有着崇高的灵魂。他个性鲜明，疾恶如仇，为主教所骗，抢劫美女，最后，却宁愿在广场受酷刑、备遭凌辱，也要保护不幸的少女。鲁迅先生有一篇文章叫作《文学与出汗》，里面有这么一句话：焦大不会爱上林妹妹。这焦大，是宁国府的老仆人。鲁迅先生的意思是，焦大和林妹妹不是一个阶层的人，也不会有志同道合的情感。然而，鲁迅却在另一篇文章里说，焦大是贾府的屈原，也就是说，不管社会阶层如何，不管职位和身份如何，男性就是男性，有着男性应有的气概。卡西莫多也一样，再丑陋的敲钟人，也有崇高而伟大的灵魂。卡西莫多为心中圣洁的“女神”爱斯梅拉达奔走传递信息，为保护不幸少女的人身安全而奋战于巴黎圣母院之上。他在钟楼上扔下了主教克罗德，在墓室里抱着爱斯梅拉达的遗体殉情，就算他再丑陋，这样的灵魂，也会让整个世界为之动容。

雨果是浪漫主义大师，把一个丑陋的、可以说像怪物一样的卡西莫多，塑造成了奋勇顽强、耿直忠诚的伟岸男性。事实上，不管在文学作品中，还是在现实生活中，不管男人的容貌、出身、职位如何，都应该阳刚、英勇，这是历史和社会赋予男性的精神和责任。在历史的长河中，男性是推动历史车轮转动的主要力量。哪怕是迪士尼动画片《美女与野兽》，还有几十年前热播的美剧《超人前传》和《侠胆雄狮》，都是在宣扬一种男性的力量，一种与自然抗争、与世界抗争、拯救女性、拯救全人类的男性英雄主义。

2019年4月15日晚18时50分许，巴黎圣母院塔楼起火，一小时后火情迅速蔓延。当地时间2019年4月16日上午，大火扑灭，火灾持续14小时。

注解：小说《巴黎圣母院》是法国文学家维克多·雨果创作的长篇小说，1831年首次出版。写的是发生在15世纪法国的故事：巴黎圣母院副主教道貌岸然、蛇蝎心肠，先爱后恨，迫害吉卜赛女郎爱斯梅拉达。面目丑陋、心地善良的敲钟人卡西莫多为救女郎而献身。

小说歌颂了下层劳动人民的善良、友爱、舍己为人，反映了雨果的人道主义思想。

第二部分 悲剧男性

小马哥：

上面这些男性形象的确感动人心、激动人心，那么，在经典的文学作品中，有没有让人唏嘘不已的悲剧男性角色呢？

安子：

有的。其实经典文学作品之所以流芳百世，就是因为它所承载和表达的人文主义精神，它所描绘和展现的光辉的人物性格。如果没有这些经典人物，再美好的景色描写，再曲折的故事情节，也不过是空中楼阁。人性，伟大的人性，才是真正感动人流芳百世的核心所在。比如海明威的代表作《老人与海》里的老渔夫桑提亚哥。海明威在作品中塑造了一系列的“硬汉”人物，作品中也大都以这些身处逆境而绝不妥协、孤军奋战的人物为主人公，而他本人也极具传奇色彩，“一个人并不是生来要给打败的，你尽可以把他消灭掉，可就是打不败他”，海明威借老渔夫桑提亚哥三口，表达了不屈的生活信条。

老渔夫桑提亚哥所表现出的无畏的勇气和硬汉精神，不仅仅是与鱼搏斗，与自然搏斗，更是一种永恒的、压到命运的力量。老渔夫坦然地面对失败，甚至死亡，这种一个人的战斗，这种与天斗、与地斗的精神，象征的是人类不屈的进取精神。在这部作品里，老渔夫所代表的，已经

注解：欧内斯特·米勒·海明威，生于1899年7月21日，卒于1961年7月2日，是美国作家、记者，被认为是20世纪最著名的小说家之一。

1953年，海明威以《老人与海》一书获得普利策奖；1954年，《老人与海》获得诺贝尔文学奖；2001年，海明威的《太阳照样升起》与《永别了，武器》两部作品被美国现代图书馆列为“20世纪中的100部最佳英文小说”之一。

海明威的作品风格独特，在美国文学史乃至世界文学史上都占有重要地位。

不仅仅是男性的伟岸和高大，而是人类的不屈和尊严。

在《老人与海》的最后，老渔夫桑提亚哥睡着了，梦到了那头狮子，这象征着男性征服世界的欲望和力量。虽然老渔夫最后拖回来的不过是一具鱼的骨架，然而这种悲壮，却是男性独有的，没有丝毫的矫揉造作和悲天悯人，这才是真正的男人。

中国有句老话，叫作冻死迎风站，饿死不低头，说的就是这种精神。

最令人唏嘘的男性角色，当属《天龙八部》里的乔峰。乔峰生于辽国，长于大宋，实为契丹人，他的生父为辽国三军总教头萧远山，因受奸人所害骨肉分离。乔峰周岁时被寄养在少室山下的农户乔三槐夫妇家，取名为乔峰。他武功盖世，师从少林和丐帮，与慕容复并称为“北乔峰南慕容”，二人为江湖年轻高手中的双峰。

乔峰智勇双全，曾任江湖第一大帮丐帮帮主，掌管丐帮八年，以帮助北宋抗击外敌为己任，是领导武林群雄的泰山北斗，后身世被揭秘，被迫退位，改名萧峰。

萧峰在寻求身世的过程中，遇到了红颜知己阿朱，后来误杀了心上人阿朱，而为救阿朱的妹妹阿紫回到辽国。为两国和平、百姓不再生灵涂炭，萧峰胁迫辽王耶律洪基下令，终生不许辽军一兵一卒越过宋辽边界，以换回两国数十年的和平。最后，萧峰以断箭自尽于雁门关外，终年三十三岁。

萧峰这个人物，是个大英雄，他不仅仅是硬汉，而且有情有义，对爱情坚贞，对国家和民族忠诚，气吞山河，是为拯救世人而自我毁灭的悲剧英雄。

注解：《老人与海》是美国作家海明威于1951年在古巴写的一篇中篇小说，于1952年出版。

该作品围绕一位老年古巴渔夫，与一条巨大的马林鱼在离岸很远的湾流中搏斗的故事。尽管老渔夫是悲剧性的，但他身上有着“超人”的品质：泰然自若地接受失败，沉着勇敢地面对死亡。这些“硬汉”特征体现了海明威的人生哲学和道德理想，即人类不向命运低头、永不服输的斗士精神和积极向上的乐观态度。

这部作品奠定了海明威在世界文坛上的地位。

萧峰是一个真正的英雄，也是金庸笔下至情至性、至善至勇、至忠至仁的最接近于完美的人物。在他身上，高度浓缩了几千年来人们对于英雄的一切规范，可以品出“风萧萧兮易水寒，壮士一去兮不复返”的悲壮，也可以找到无论身处何方心系天下苍生的悲悯情怀，更有“举杯邀明月，对影成三人”的孤独豪迈，“醉里挑灯看剑”的气度，甚至还有“冲冠一怒为红颜”的侠骨柔情，以及“十年生死两茫茫，不思量，自难忘”的永恒悲伤。萧峰的人物意义早已超越男性人物形象的简单意义，升华为具有伟大人格魅力的男性形象。

注解：《天龙八部》是著名作家金庸的武侠小说代表作。小说以宋哲宗时代为背景，通过宋、辽、大理、西夏、吐蕃等王国之间的武林恩怨和民族矛盾，从哲学的高度对人生和社会进行审视，展示了一幅波澜壮阔的生活画卷。其故事之离奇曲折、涉及人物之众多、历史背景之广泛、想象力之丰富，当属“金书”之最。

《天龙八部》封面

第三部分 多面人物

小马哥:

刚才提到了人物的多面性，那么，作为男人，在很多文学作品里，也有很多多面人物，他们一面是邪，另一面是正；一面是坚毅，另一面是隐忍。咱们说几个这样的多面人物吧。

安子:

男性人物的多面性，说到一面是正，另一面是邪，我最先想到的是金庸的作品《射雕英雄传》里的黄药师。这黄老邪，真的是一面是正，另一面是邪。黄药师上知天文、下通地理、五行八卦、奇门遁甲、琴棋书画，甚至农田水利、经济兵略无一不精、无一不晓。然而他的性格，却是亦正亦邪，这是一个非常典型的多面男性角色，和坚毅隐忍的傻小子郭靖在一起，就是一个坚冰一样的老男人、一个璞玉一样的小伙子，对比强烈。然而黄老邪却用情至深，一辈子守着死去的妻子，守着一具棺材，可谓情深之至。

这样的多面人物，在文学作品中并不少见。比如这几年非常火的日本作家东野圭吾的作品《白夜行》中的男主角桐原亮司，这个人物非常多面，非常有个性。他阴沉、邪恶，杀死了自己的父亲，然而终其一生，都在保护那个在幼年时就被父亲占有的女孩唐泽

注解:《射雕英雄传》是金庸中期武侠小说的代表作品，也是金庸拥有读者最多的作品，它的发表确立了金庸“武林至尊”的地位。《射雕英雄传》又名《大漠英雄传》，是“射雕三部曲”之一；另外两部是《神雕侠侣》和《倚天屠龙记》。这部小说历史背景广阔、场景纷繁、气势宏伟，具有鲜明的“英雄史诗”风格。

雪穗。他的性格非常畸形，然而从他杀死父亲的那一刻起，他就成了一个男人，一个保护弱小女孩的男人。

其实人都是多面的。比如《亮剑》里的李云龙，他叱咤风云、百战沙场，表现出一种独特的霸气。他在战场上对敌人凶狠，对待战友和朋友却肝胆相照。他在战友负伤掉队时，率领全团重新打回包围圈；在抗击日寇时身先士卒，冲在最前，敢打敢拼，和战士们一同吃苦。李云龙也耍小性子，对自己的队伍护短，别出心裁地打仗，不听上级指挥，但他敢于承担错误，有强烈的正义感。他暴躁、霸气、不讲理，讲粗话，但大事上绝不糊涂。他有军人不服输的血性、置生死于度外的拼命精神。他的人生信条是："面对强大的敌人，明知不敌也要毅然亮剑；即使倒下，也要成为一座山，一道岭"。这就是"亮剑精神"。

小马哥：

聊完了硬汉、侠客、纯爷们的男性形象，安子，咱们再谈谈其他类型的男性形象吧。

安子：

在上面这些形象之外，还有一个男性形象，大部分中国读者都非常熟悉，那就是一位父亲的形象。在朱自清的《背影》里，刻画了一个慈父的形象。

很多人中学的时候都背过这一段：

我看见他戴着黑布小帽，穿着黑布大马褂，深青布棉袍，蹒跚地走到铁道边，慢慢探身下去，尚不大难。可是

注解：《白夜行》是日本作家东野圭吾创作的长篇小说，也是其代表作。故事围绕 1973 年的一起案件展开。当年，大阪一栋废弃建筑内发现了一具男尸，此后 19 年，嫌疑人之女唐泽雪穗与被害者之子桐原亮司，各自走上了不同的人生道路：一个跻身上流社会；一个在底层游走。而他们身边的人，却接二连三地离奇死去。警察经过 19 年的艰苦追踪，终于使真相大白。小说将无望却坚守的凄凉爱情和执著而缜密的冷静推理完美地结合在一起。

2006 年，小说被改编成同名电视连续剧，一举囊括第 48 届日剧学院赏四项大奖。

他穿过铁道，要爬上那边月台，就不容易了。他用两手攀着上面，两脚再向上缩；他肥胖的身子向左微倾，显出努力的样子。这时我看见他的背影，我的泪很快地流下来了。

我赶紧拭干了泪。怕他看见，也怕别人看见。

我再向外看时，他已抱了朱红的橘子往回走了。过铁道时，他先将橘子散放在地上，自己慢慢爬下，再抱起橘子走。到这边时，我赶紧去搀他。他和我走到车上，将橘子一股脑儿放在我的皮大衣上。于是扑扑衣上的泥土，心里很轻松似的。过一会儿说："我走了，到那边来信！"

我望着他走出去。他走了几步，回过头看见我，说："进去吧，里边没人。"等他的背影混入来来往往的人里，再找不着了，我便进来坐下，我的眼泪又来了。

这一段话，我每次读，都忍不住流泪，几乎每一个学子都有这样的送别，都有这样一位父亲。祝天下的父亲们，平安幸福，开心永远。

再说说世界名著《乱世佳人》里的经典男性角色白瑞德船长。这也是一个亦正亦邪的人物。

白瑞德生活在美国南北战争期间，是穿越封锁线牟取暴利的商人。他个性粗率、务实、放荡不羁、无视道德。他深爱着郝思嘉，深沉、包容、放纵。

白瑞德是个非常清醒的男性角色，在战争面前，他非常清醒，不同于屈从礼教、成为战争牺牲品的艾希礼。他和郝思嘉是一样的人，只想得到自己想要的，不愿做无谓的牺牲，他认为"把荒野改变为繁荣而致富的是帝国主义时期，在帝国主义时期有许多钱好赚，在帝国主义灭亡时期可以赚得更多"。

注解：朱自清原名自华，号秋实，后改名自清，字佩弦，原籍浙江绍兴。中国近代散文家、诗人、学者、民主战士。1928年第一本散文集《背影》出版；1932年7月任清华大学中国文学系主任；1934年出版了《欧游杂记》和《伦敦杂记》；1935年出版了散文集《你我》；1948年8月12日因胃穿孔病逝于北平（今北京），年仅50岁。

然而，白瑞德虽然是个头脑敏锐的商人，却也有骨气有热血，在南方军队即将战败之时，他毅然参战，为自己的一方作战。

他对郝思嘉说："你想想，要是我在千钧一发的危急关头出现在我们的军队，这对他们将是多大的鼓舞呀。"

就是这样一个男性人物，总是嘲弄自己的心上人郝思嘉，却时时刻刻关心、理解、惦念着她。可以说，白瑞德船长是一个好斗、野蛮，甚至不顾道德约束的男人；然而他对郝思嘉，却情意绵绵，放纵郝思嘉的自私、任性、虚荣，只要她开心。然而，他却始终在控制自己的情感，他怕，怕一旦表达了对她炽热的爱情，就会被轻视，甚至嘲笑。

白瑞德船长是一个外冷内热、亦正亦邪的男人，他对郝思嘉的纵容和娇宠，对梅兰妮的尊重和赞美，对女儿美兰的热爱和娇宠，让他成为一个立体的、完整的，甚至完美的男性角色。

最后，我想说说《呼啸山庄》里的男主角西斯克里夫。

这个角色非常另类，他是一个完全反面的角色，冷酷、残暴、狠毒、叛逆，然而，他对女主角凯瑟琳的爱，却热烈浓烈到不可想象。事实上，在很多男性角色身上，都有着强烈的反差，外表和内心的反差。内心越炽热，有可能外表就越冷漠。西斯克里夫是呼啸山庄的主人老恩肖捡回的弃儿，老恩肖非常宠爱西斯克里夫，由此而引起亲生儿子亨得利的嫉妒。老恩肖死后，亨德利成为呼啸山庄的主人，便开始虐待西斯克里夫，使他失去了受教育的机会，而从事仆人的工作，像动物一样活着。孤独的西斯克里夫只有一个朋友，那就是老肖恩的女儿凯瑟琳。然而凯瑟琳

注解： 白瑞德是《乱世佳人》中的男主人公。美国南北战争时期，他往来于封锁线经商牟利。他个性粗率、务实、不羁，视道德如无物。他深爱着女主角郝思嘉，他的爱看似平淡而不经意，实则深沉厚重。他包容郝思嘉的一切，最终却因种种变故，加之感受不到对方的爱意，失望离去。

白瑞德性格复杂，他信奉的是野心家的金钱哲学，在桀骜不驯的性格深处，却隐藏着无限的深情和美好的品格。

却嫁给了门当户对的埃德加林顿。西斯克里夫从此逃离呼啸山庄。

三年之后，西斯克里夫重返呼啸山庄，他表面看上去温文尔雅，内心却燃烧着复仇的火焰。他对每个曾经伤害过他的人进行报复，害死了亨德利，霸占了呼啸山庄，虐待亨德利的儿子，打发他做仆人的工作。他骗取凯瑟琳的丈夫林顿的妹妹伊莎贝拉的芳心，谋取林顿的家产，婚后，却不断地从精神上折磨伊莎贝拉。最终，他把呼啸山庄和凯瑟琳丈夫所拥有的画眉山庄，都控制在自己的手中。他的性格是扭曲的，但是再扭曲的心灵，也有爱，也有被爱的渴望，那就是对凯瑟琳。

西斯克里夫自始至终都爱着凯瑟琳，那种童年时代就植入血液的爱情，一辈子都控制着西斯克里夫，让他永远走不出对凯瑟琳的思念和回忆。

《呼啸山庄》英文版封面

注解：《呼啸山庄》是英国女作家勃朗特姐妹之一艾米莉·勃朗特的作品，是19世纪英国文学的代表作之一。

小说描写吉卜赛弃儿希斯克利夫被呼啸山庄的老主人收养后，因被老主人的儿子欺辱，并且误以为自己深爱的老主人的女儿凯瑟琳不再爱他，遂离家出走。多年后，希斯克利夫回到呼啸山庄，对老主人的儿子，以及与凯瑟琳结婚的地主林顿一家展开了报复。但他始终深爱着凯瑟琳，直到凯瑟琳离去……这部作品自始至终笼罩着离奇、紧张的浪漫气氛，多次被改编成电影作品。

《百年孤独》英文版海报

节目音频二维码

NO.3 解读经典作品中的母亲形象

作品

作品名	主角	作者
《母亲》	尼洛夫娜	高尔基
《为奴隶的母亲》	春宝娘	柔石
《丰乳肥臀》	上官鲁氏	莫言
《百年孤独》	第一代祖母乌尔苏拉	加西亚马尔克斯
《女房客》	海伦	安妮 · 勃朗特

导语

五月的第二个周日，也就是后天，就是母亲节了，母亲节是一个感谢母亲的节日。母爱是人间最圣洁、最崇高、最无私的爱。母爱也是文学作品中最常见的题材。家喻户晓的中国古代诗歌《游子吟》——“慈母手中线，游子身上衣，临行密密缝，意恐迟迟归”，就表现了母亲对子女无微不至的关怀。在母亲节来临之前，我们来聊一聊经典文学作品中的母亲，通过电波，向所有的母亲致敬。

在文学作品中，在作家的笔下，有各色各样的母亲，她们成为一部部文学作品的主角，成就了世界文坛上一个个经典的母亲形象。比如高尔基小说《母亲》中巴维尔的母亲尼洛夫娜，柔石的《为奴隶的母亲》中的春宝娘，莫言的《丰乳肥臀》中的上官鲁氏，再比如《百年孤独》中的第一代祖母乌尔苏拉，以及安妮·勃朗特的第二部小说，也是最后一部——《女房客》中的母亲海伦·格拉汉姆。

注解：母亲节是由一位名叫贾维斯的妇女倡导，由她的女儿安娜·贾维斯发起创立的。1914年，美国总统威尔逊郑重宣布，把每年5月的第二个星期天，也就是贾维斯夫人的忌日，定为母亲节。美国政府还规定，母亲节这天，家家户户都要悬挂国旗，以表示对母亲的尊敬。由于贾维斯夫人生前喜爱康乃馨，这种花也就成了母亲节的象征。母亲节，国外流行送康乃馨。中国的母亲花是萱草花，又叫忘忧草。

解读

第一部分 《母亲》

小马哥：

在母亲节即将到来，在这个全世界母亲的节日里，小马代表《品味书香》栏目，向所有的母亲致以节日的问候。母亲们用博大而无私的爱养育了我们，苏联著名作家高尔基曾说：世界上的一切光荣和骄傲，都来自母亲。意大利诗人但丁说：世界上有一种最美丽的声音，那便是母亲的呼唤。那么，就让我们在全世界母亲们的节日来临之前，来看一看世界经典文学作品中的母亲形象，看一看作家笔下那些形象各异的母亲们。

今天请到的，还是我们的老朋友，作家安子。

安子，来，给大家打个招呼吧。

安子：

小马哥好，各位听众朋友们好，安子在这里，祝天下所有的母亲节日快乐，幸福健康。

注解：高尔基出生于1868年3月28日，他从小生活在伏尔加河畔的下诺夫戈罗德镇。高尔基4岁时父亲就去世了，他跟母亲一起在外祖父家艰难度日。高尔基10岁就开始独立谋生，他当过学徒、搬运工、看门人、面包工人等。然而不管生活如何艰苦，都没能泯灭他对知识的渴求，他发奋读书，探求改造社会的真理。

小马哥：

安子，提到经典文学作品中的母亲形象，能不能请你先概括一下，在文学作品中，母亲一般是以什么样的形象出现的呢？

安子：

好的，母亲的形象在文学作品中出现的频率非常高，可以说，绝大多数文学作品中，都有母亲的形象。从脍炙人口的诗歌《游子吟》，到高尔基的小说《母亲》里的母亲尼洛夫娜，从柔石的《为奴隶的母亲》里的春宝娘，到莫言的《丰乳肥臀》里的上官鲁氏，母亲多以慈祥、宽容、博爱、隐忍和坚毅的形象出现。母亲对孩子的爱，对生活的爱，对家庭的爱，成为文学作品中歌颂的主题。不过在有的文学作品里，也出现了不美好的母亲的形象，比如“古希腊三大悲剧大师”之一欧里庇得斯的著名悲剧《美狄亚》中的美狄亚，就是一位亲手杀死自己的两个儿子、因仇恨而疯狂的母亲。不过这样的母亲形象是个别的，在文学的海洋里，母亲的整体形象就像太阳一样明亮，像春天一样温暖。

小马哥：

那我们就从高尔基的《母亲》讲起吧！

安子：

《母亲》是无产阶级文学史上第一部典范的叙事文学作品。小说的中心人物母亲尼洛夫娜是那个时代普通革命

注解：1913年，高尔基回国，从事无产阶级文化组织工作，主持《真理报》的文艺专栏。1934年，高尔基当选为苏联作协主席。

群众觉醒的代表。小说通过她曲折、艰难、漫长的生活道路，充分地展示了一个平凡的家庭妇女逐渐成长为一个自觉的职业革命者的过程。母亲尼洛夫娜是文学史上一个非常经典的母亲形象，她的转变非常明显，母爱的力量造就了一个全新的母亲。

小马哥：

哦？那究竟是怎样的转变呢？

安子：

小说《母亲》一开始向读者展示了母亲尼洛夫娜是一个“备受压迫、胆小怕事、逆来顺受”的普通家庭妇女的形象。尼洛夫娜在结婚时，是没有自主意识的，她在屈辱地答应丈夫的求婚之后，在家庭里一切都依赖丈夫。在丈夫眼中，尼洛夫娜就是可以呼来唤去的工具，而且尼洛夫娜在持续的家庭暴力中痛苦不堪，日复一日的苦难生活，使得她驼背、白发、满脸皱纹，对生活的向往和希望也被磨灭，习惯和麻木了一切。可以说，最初的尼洛夫娜是丈夫的附属品。

在日复一日痛苦的生活中，母亲尼洛夫娜将一切希望寄托于上帝，固执地认为上帝就是一切，上帝成了她的精神支柱，一遇到困难时就向上帝求助。尼洛夫娜作为一个旧社会的母亲，受到“夫权”、“神权”及“政权”的三重束缚和压迫，缺乏反抗和独立自主的精神。

然而，在儿子组建马克思主义工人小组积极宣传革命道理、领导工人运动的过程中，母亲尼洛夫娜逐渐受到启

注解:《母亲》是苏联文学家高尔基创作的长篇小说，于1906年在美国写成。

小说取材于1902年高尔基的家乡诺夫戈罗德附近索尔莫夫镇的“五一”游行事件。游行的领导人扎洛莫夫等被捕，同年10月被流放。高尔基在游行以后，和继承儿子事业的扎洛莫夫的母亲安娜有了交往。

《母亲》以扎洛莫夫的事迹为线索写成，标志着高尔基的思想和艺术上的成熟，是苏联社会主义现实主义文学的奠基作品，在世界文学史上开辟了无产阶级文学的新纪元。

发和教育。当她亲眼看到工人聚会后，竟然主动提出参加小组活动的要求。她的阶级意识开始觉醒，事实教育了母亲，思想开始解放，从而走向觉醒。

后来，母亲尼洛夫娜满怀激情，肩并肩地和儿子巴维尔一起，走在队伍的最前面，而经过一次又一次的斗争锻炼，她的思想境界不断提高，逐渐体会到希望的力量、革命的动力。后来，儿子巴维尔被捕，她自觉地参加了革命实践活动，经常装扮成各种角色，带着传单和革命书刊活动于城镇和乡村。尼洛夫娜走上了革命之路，为了革命，她还积累了斗争技巧和斗争经验。

特别值得一提的是，母亲对于革命的热情，是源于无法克制的母爱，母亲从对儿子的爱开始，了解和改变自己，投身革命，从而将一位母亲博大的爱倾注在革命事业上。最终，母亲尼洛夫娜成为一名坚强开朗、举止稳重的革命宣传家、一名无畏的无产阶级革命战士。

小马哥：

尼洛夫娜，一位伟大的革命的母亲！

安子：

是的，母亲尼洛夫娜是最底层的劳动人民，她是先进工人的代表，从一个胆怯顺从的穷苦女人，在革命的引导下，变成了一位伟大而坚韧的革命的母亲。当儿子巴维尔被捕时，她给儿子打气，告诉儿子：“你将会获得自由，母亲永远爱你！”这就是母爱的力量，她坚信儿子真理在握，必然胜利。因此，她在儿子被捕后，四处散发儿子的

注解：高尔基（全名：玛克西姆·高尔基，原名：阿列克赛·马克西姆维奇·别什可夫）苏联作家、诗人、评论家、政论家、学者。

1906年，高尔基在美国出版长篇小说《母亲》。《母亲》在世界文学史上具有划时代的意义，为俄国无产阶级文学的奠基作。1934年高尔基当选苏联作协主席，作为苏联文化界的一面旗帜，为苏维埃的文化建设做了大量工作。1936年6月18日，68岁的高尔基因病去世。

演说稿时，才表现得那样镇静和勇敢，而不是委屈和担忧、怯懦和不安。尼洛夫娜的母爱之所以那样崇高和伟大，就是因为她跟儿子以及同志们已经是“志同道合的同志”。母亲为儿子的所作所为感到自豪，母爱使得她勇敢地克服了自己的怯懦。她将母爱同爱全世界受苦的人紧密地结合在一起，小说的最后，母亲在车站向人民宣传革命，敌人变本加厉地对她进行打击，但她的精神是摧不垮的，这种不屈不挠的精神正是觉醒的母亲所拥有的强大的力量。

《母亲》封面

第二部分 《为奴隶的母亲》

小马哥：

母亲尼洛夫娜真的是一个非常让人崇敬的母亲形象，我们接下来聊一聊柔石的《为奴隶的母亲》吧。有人说这部作品中的母亲很凄惨，安子，你来给大家讲一讲这部作品中的母亲吧。

安子：

好。《为奴隶的母亲》是一篇短篇小说，是作家柔石1930年发表在《萌芽》第1卷上的作品。这篇小说中的母亲春宝娘惨遭生活的蹂躏。她嫁给了一个穷困潦倒的皮贩，其实这个皮贩最初也不是一个万恶不赦的混蛋，他贩皮子，也帮人干农活，而且插秧的技术还不错。只是“贫贱夫妻百事哀”，社会的不公，生活的困境，最终把他变成了一个混蛋，甚至将刚刚出生的女儿扔进沸水里烫死。最终，他走投无路，穷困潦倒，欲死不得，将妻子春宝娘典当了。

小马哥：

听起来好悲凉。

安子：

是啊，我最初看这部短篇小说的时候，都有点看不

注解：柔石，本名赵平福，生于1902年，是民国时期著名作家、翻译家、革命家、中国共产党员、左联五烈士之一。

柔石积极从事新文化运动，代表作品有短篇小说集《疯人》《希望》；中篇小说《三姊妹》《二月》《为奴隶的母亲》等。主办了《朝花》《语丝》等进步期刊。

下去，太惨了。后来，皮贩把老婆，也就是春宝娘典给了一个秀才，秀才给了一笔钱，条件就是春宝娘要在他家住三五年，给他生个儿子，这就是典妻。

小马哥：

旧社会妇女没有社会地位，和一件东西一样，被随便典当。

安子：

可悲的不仅仅是妇女的生活困境和社会地位，还有她们自身的麻木。在旧社会，也有想尽办法独立生活的女性，比如之前我们在《解读经典文学作品中的女性形象》的节目中说过的《铁梨花》里的凤儿，《红高粱》里的九儿。但是《为奴隶的母亲》中的春宝娘，就真的离开了五岁的儿子春宝，去了秀才家，忍气吞声，给秀才生了一个儿子秋宝。

然而，这个母亲最终还是不能守着第二个儿子秋宝过日子，而被赶回了自己的家，回到皮贩身边。然而她离家三年，儿子春宝也对她陌生起来了。而这个母亲要面对的，是那个依旧贫困艰难的家，自己在丈夫眼里，依旧是没有尊严，没有地位，生活依旧悲苦。

这就是没有独立意识，麻木而可怜、可悲的旧中国封建社会最底层的母亲，被摧残，被蹂躏，没有尊严，没有人格，连保护自己的孩子的能力和权利都没有的可怜的母亲。作者柔石借“为奴隶的母亲”，向吃人的旧社会提出血泪控诉；以冷峻的笔触，采用白描手法，将深挚的情感

注解：《为奴隶的母亲》描写了一位母亲春宝娘，她勤劳、朴实、善良，却因生活困顿而被丈夫典给秀才为妻。她为了丈夫和儿子，忍辱负重，去做秀才传宗接代的工具。她对秀才家吃穿不愁的生活感到过满足和留恋，但最终典期满后，又回来重过困苦的生活。

蕴含在朴素、真切的生活描写中，从严酷的生活画卷中去探索旧社会中妇女的苦难人生。

注解：《为奴隶的母亲》主要采用纵线与对照相结合的结构来构筑小说情节。即以女主人公“为奴隶的母亲”的命运发展为纵线，构成了“被典前的命运—典为人妻的命运—回到夫家的命运”这一主线，表现她“被迫为奴隶、成为奴隶、想做奴隶而不得”的悲剧命运；对照式的结构则体现为女主人公“被典前的生活—典为人妻的生活—回到夫家的生活”，表现她无法摆脱的痛苦和毫无希望的生活，从而反映旧社会劳动人民对命运的无奈和对生存的渴望。同时揭示了封建制度对农村劳动妇女的残害——这种典妻制度罪恶的根源是封建宗嗣和封建伦理的反动。

《为奴隶的母亲》插图

第三部分 《丰乳肥臀》

小马哥：

在2012年诺贝尔文学奖获得者莫言的作品《丰乳肥臀》里，有一个非常典型的母亲，那就是上官鲁氏，她养育了八个女儿一个儿子，是一位经历非常坎坷的伟大的母亲。

安子：

莫言获得诺贝尔文学奖时，瑞典文学院诺奖委员会在给他的颁奖辞中这样说：莫言有着无与伦比的想象力……中国20世纪的疾苦，从来都没有被如此直白地描写：英雄、情侣、虐待者、匪徒，特别是坚强的、不屈不挠的母亲们。在莫言的众多作品中，都有母亲的形象，尤其是《丰乳肥臀》中对上官鲁氏这一母亲形象的塑造，最为丰满。

小马哥：

那就让我们来看看，上官鲁氏是一位怎样的母亲。

安子：

《丰乳肥臀》1997年获得中国“大家文学奖”。小说中的母亲上官鲁氏有八个女儿，分别叫来弟、招弟、领弟、想弟、盼弟、念弟、求弟和玉女。上官鲁氏的经历非常坎坷，她长得丰乳肥臀，非常标致，然而最终却因为社会的压力，

注解：《丰乳肥臀》是莫言的代表作之一 。小说热情讴歌了生命的创造者——母亲的伟大、朴素与无私，赞美了生命的重要意义。在描绘这幅生命画卷的过程中，再现了历史的画面。

委身嫁给了“骡子”，也就是不会生育的铁匠儿子上官寿喜。而婆婆却一直在催她快快“下蛋”，也就是让她快快生养孩子。无奈之下，上官鲁氏在姑妈的启发下，先后与一些男人发生关系，借种生下了七个女儿，然后又生下了一对混血双胞胎，其中包括她唯一的男孩上官金童。这八个女儿、一个儿子，有七个父亲，老大、老二是上官鲁氏和姑父的私生女，老三的父亲是卖小鸭的外乡人，老四的父亲是江湖郎中。老五的父亲是光棍汉，老六的父亲是和尚，老七的父亲是败兵，老八和儿子金童的父亲是瑞典洋牧师。为了养育这九个孩子，上官鲁氏受尽屈辱，而这九个孩子的命运，又让上官鲁氏历尽辛酸。

上官鲁氏的六个女儿，也就是老大、老二、老三、老四、老五、老六，分别嫁给了土匪、国民党、共产党、窑子、共产党和美国人，而老七被卖，老八寻死。而被上官鲁氏当作宝贝的儿子上官金童，却是一个英俊的、有恋乳癖的大草包。好在他是一个大孝子，陪伴上官鲁氏走完了人生的最后一程，也总算让这位养育了九个儿女的伟大的母亲能够不那么凄惨地离去。

上官鲁氏的一生，为的是家族传宗接代、生儿育女、望子成龙。她饱经苦难，勤劳勇敢，忍受着常人难以想象的痛苦，顽强不屈地生活着。她急人所难，乐善好施，爱惜生命。在那凄风苦雨的艰难岁月里，她以坚忍、顽强的生命力和无私奉献的精神，养育了上官家的九个孩子。这样一位伟大的母亲，实在让人敬佩。

注解：上官鲁氏，2012年诺贝尔文学奖得主莫言的长篇小说《丰乳肥臀》中的主人公。她是9个孩子的母亲，原名鲁璇儿，嫁给上官寿喜，因此人称上官鲁氏。

小马哥:

这是一位普通的母亲，却又是一位不普通的母亲；这是一位伟大的母亲，却又是一位屈辱的母亲。

安子:

是啊！上官鲁氏的一生是悲哀的，她经历了中国苦痛、灾难、屈辱的年代，她的个人遭遇就是中华民族的遭遇的浓缩。在中国封建社会，女人是男人传宗接代的工具。然而在非人的虐待面前，上官鲁氏并没有屈服，也没有乞求，只有无奈的反抗。在被丈夫毒打时，她狠狠地回骂："上官寿喜……你不打死我，就是狗养的！"最终，当婆婆咬住上官鲁氏最小的女儿的耳朵，女儿号哭不已时，上官鲁氏操起棍子，敲破了婆婆的脑袋。

上官鲁氏一生屈辱，但是她从不屈服，嫁给了不能生育的"骡子"，她就想办法去找人生孩子，给上官家传宗接代，生儿育女，树立自己的家庭地位，履行自己作为妻子的职责。

在社会动荡的年代，人的生命如同稻草，随时可能被大风吹折。为了活下去，上官鲁氏想尽一切办法，那情那景，所有的生存方式都值得赞扬，只有活着才能有希望。上官鲁氏活了 95 岁，从 1900 年到 1995 年，经历了各种磨难，从外敌侵略到国共内战，从土地革命到大跃进，从人民公社到"文化大革命"，从改革开放到社会主义建设新时期，上官鲁氏的希望，就是儿女；她所有的操劳，也都是为了儿女。上官家的女儿在每一次政治斗争中都有一出戏，每一出戏都是一个悲剧，在上官鲁氏看来都是锥心刺骨的疼

注解：小说《丰乳肥臀》描写了在日本鬼子进驻东北高密乡以及后来军阀混战、土改、公社化等背景中，上官鲁氏坚强地支撑着整个家庭的历程。20 世纪 50 年代末 60 年代初的饥荒时期，上官鲁氏为了养活家中仅剩的八女儿，让盲女上官玉女和外甥鹦鹉韩到磨坊充当驴马拉磨……

痛，但这一切的一切都要她一个人承受。

上官鲁氏是一个典型的悲剧角色，她在压抑与苦难中艰难地生存，但也就是这些苦难的存在，才彰显了母亲的伟大、母爱的坚毅。

小马哥：

上官鲁氏身上所体现的，不仅仅是一位母亲最顽强的生命力，更是中国人民在苦难面前顽强不屈的精神。

安子：

上官鲁氏一生经历了日本侵华、国共内战、土改革命、自然灾害等大事件，她亲历了儿女们在各种政治力量之间的角逐、争夺和厮杀，眼睁睁地看着女儿们选择了一条条不归之路，最终却无力回天，只能独自承受女儿们被杀、疯癫、自杀、情杀、辱杀、变质等种种苦难和悲痛。她用满腔的爱，去成全女儿们，甚至为被逼嫁给废人，因而偷情的大女儿来弟把门；她甚至跪拜陷入幻想症的三女儿“鸟仙”……然而作为母亲，她却是悲凉的，就连她最大的寄托——儿子上官金童，都被她宠成了一个恋乳的草包。

事实上，上官鲁氏一生坚强，从未被生活的困苦击倒，却被自己溺爱和娇惯的儿子给击倒了。

小马哥：

这也是在时代变迁和民族苦难下，在历史的大命运下，母亲的苦难。

语录：麦田中露出忽隐忽现的狗的脑袋，它们的眼睛紧闭着不敢睁开，否则麦芒会刺瞎它们的眼睛。它们倚仗着嗅觉保持正确的方向。

花朵为什么会有血腥味呢？因为大地浸透了人类的鲜血。

母亲说：“我变了，也没变。这十几年里，上官家的人，像韭菜一样，一茬茬的死，一茬茬的发，有生就有死，死容易，活难，越难越要活。越不怕死，越要挣扎着活。我要看到我的后代儿孙浮上水来那一天，你们都要给我争气！”

——莫言：《丰乳肥臀》

安子：

对，上官鲁氏这一母亲形象讴歌了母亲的伟大、朴素和无私，讴歌了生命本体的意义。莫言把上官鲁氏的一生描写得传奇而生动，把民族的苦难与母爱的坚守集于一身。在历史的大命运下，这样的一位“母亲”，正是在百年苦难中苦苦挣扎的中国劳动人民的群体象征。

语录：大丈夫一言既出，驷马难追。此处不养爷，必有养爷处。好马不吃回头草。饿死不低头，冻死迎风立。不争馒头争口气，咱们人穷志不穷。人生自古谁无死，留取丹心照汗青。

他的双眼神采奕奕，变化莫测，肥大的鼻子下骨朵着一张美丽而丰满的小嘴，两扇又白又胖的耳朵，大耳朵垂子像火鸡的肉冠子一样沉重又臃肿。我还从来没有见过这样的男人脸，当然也没见过这样的女人脸。

——莫言：《丰乳肥臀》

《丰乳肥臀》封面

第四部分 《百年孤独》

小马哥：

安子，我们前面说的都是中国文学作品中描写母亲的经典作品，现在我们来说说外国作品中描写母亲的经典作品吧。

安子：

好。我们先说说名著《百年孤独》中的母亲吧。

《百年孤独》是加西亚·马尔克斯的巨著，其实我在前面的很多次节目中，都想到过这部作品，但是一直不敢解读这部作品，因为它真的是一部巨著。这部作品我看过很多次，每次重读，都对哥伦比亚作家加西亚·马尔克斯仰慕不已，他能将如此庞大的历史构架得如此精巧和细腻，我一生恐怕都无法望其项背。

1982 年加西亚·马尔克斯凭借《百年孤独》获得诺贝尔文学奖，奠定了世界级文学大师的地位。《百年孤独》是拉丁美洲魔幻现实主义文学的代表作，被誉为“再现拉丁美洲历史社会图景的鸿篇巨著”。今天我就布恩迪亚家族七代人中第一代的母亲，也就是第一代祖母乌尔苏拉做一解读。

看过《百年孤独》的听众朋友们也许还能记得这个支撑整个布恩迪亚家族的人物，也就是第一代祖母乌尔苏拉，通过她的辛勤劳作，布恩迪亚家族一度繁华；通过她的善

注解：加夫列尔·加西亚·马尔克斯，哥伦比亚作家、记者和社会活动家，拉丁美洲魔幻现实主义文学的代表人物，20 世纪最有影响力的作家之一，1982 年诺贝尔文学奖得主。代表作有《百年孤独》《霍乱时期的爱情》等。

良，布恩迪亚家族一度人丁兴旺。尽管第一代祖母乌尔苏拉的丈夫迷恋实验，荒废事业，并且整个人都变得古古怪怪，但是乌尔苏拉并没有放弃丈夫，也从没有离开过丈夫，而在丈夫死后，她支撑着整个家族，她的身影贯穿了整个家族的历史。

小马哥：

那么老祖母乌尔苏拉究竟是个怎样的母亲呢？

安子：

第一代祖母乌尔苏拉为家族付出了很多，她担负起整个家族的生计，但她不会相夫教子，这也是家族孤独的一个重要原因。乌尔苏拉是个伟大的母亲，但伟人也有缺点，她并不是一个没有丝毫瑕疵的母亲。她对孩子缺乏关爱，被世俗道德所约束，极爱面子。她因为近亲通婚而感到愧疚，害怕生出长着猪尾巴的孩子，总觉得自己的三个孩子是不正常的。不过谁也无法否认老祖母乌尔苏拉的伟大，在布恩迪亚家族，似乎只有第一代祖母乌尔苏拉生活在现实当中。

老祖母乌尔苏拉是这个家族里寿命最长的，她活了一百多岁，见证了整个家族的兴衰，而在她去世后没多久，这个家族就灭亡了。

事实上，布恩迪亚家族的兴盛，所依赖的，就是第一代祖母乌尔苏拉。她靠着旺盛的精力与勤劳，操持家业，经营糖果生意，积累财富，建起最豪华、最气派也最坚固的房屋；而她的丈夫布恩迪亚家族的第一代男人何塞·阿

注解：《百年孤独》是哥伦比亚作家加西亚·马尔克斯创作的长篇小说，是其代表作，也是拉丁美洲魔幻现实主义文学的代表作，被誉为“再现拉丁美洲历史社会图景的鸿篇巨著”。

作品描写了布恩迪亚家族七代人的传奇故事，以及加勒比海沿岸小镇马孔多的百年兴衰，反映了拉丁美洲一个世纪以来风云变幻的历史。

作品融入神话传说、民间故事、宗教典故等神秘因素，巧妙地糅合了现实与虚幻，展现出一个瑰丽的想象世界，成为20世纪重要的经典文学巨著之一。

尔卡蒂奥，则痴迷于炼金术，当一次次实验失败后，他才终于把精力转向教育布恩迪亚家族第二代识字、学习科学的工作上。

也就是说，第一代祖母乌尔苏拉，是这个家族的创始人，也是最务实最勤劳的母亲。

小马哥：

这令我想到一句中国俗谚：娶一个好老婆富三代。

安子：

没错。乌尔苏拉一直到老都在劳动，她是财富的创造者，可以说，没有她，就没有布恩迪亚家族的存在。特别有意思的是，在这本巨著中，时间好像只在原地打转，布恩迪亚家族的每一代男人都起名叫何塞·阿尔卡蒂奥和奥雷里亚诺，每一代女人都起名叫蕾梅黛丝和乌尔苏拉；每一个何塞·阿尔卡蒂奥都身体强壮，每一个奥雷里亚诺都充满智慧，而不论男人还是女人都拥有孤独忧郁的气质。每一代的奥雷里亚诺都喜欢走进吉卜赛人梅尔基亚德斯的房间，钻研他留下的难以破解的羊皮卷。

读者朋友们有时间的话，一定要读一读《百年孤独》，当你看到一百多岁的第一代祖母乌尔苏拉把第五代的乌尔苏拉认作自己的女儿、把第六代的奥雷里亚诺认作自己的儿子时，你一定会感叹不已，人的生命即漫长又短促，所有的名利都是过眼云烟，唯有努力活着，让有限生命中的每一天都有意义，才能像第一代祖母乌尔苏拉一样，永葆生命的活力！

注解：在《百年孤独》中，第一代祖母乌尔苏拉是整个家族母性的代表，也几乎是整个家族史的见证人。没有她的存在，这个家族就无法延续。乌尔苏拉是家族的支柱，也是家族的始母，几乎具有女性的一切优点。

乌尔苏拉作为整个家族真正的创始人，抛弃男性的野蛮与荒诞，引入文明，“找到了她丈夫在失败的远征中没有找到的那条通向伟大发明的道路”。

乌尔苏拉支撑着整个家族，她反对暴力、权欲、空想、纵欲等消极因素，努力使后代成为“永远听不到战争、斗鸡，见不到生活淫荡的女人和拒绝胡思乱想的事业”的人。

第五部分 《女房客》

小马哥：

讲完了《百年孤独》中的老祖母，安子，再给我们讲一讲英国著名作家安妮·勃朗特的《女房客》里的母亲吧！

安子：

勃朗特三姐妹是英国家喻户晓的作家。这天才三姐妹都是英国文学史上不朽的名家——夏洛蒂·勃朗特的《简·爱》，艾米莉·勃朗特的《呼啸山庄》，安妮·勃朗特的《艾格尼丝·格雷》，都在英国文学史上占据重要地位。

《女房客》是安妮·勃朗特的第二部作品，也是最后一部。这部作品的主角是一位母亲，一位带着儿子到偏远的小镇上生活的女房客。

这个故事讲的是女房客海伦带着五岁的儿子来到一个偏远的小镇上，以绘画为生。小农场主吉尔斯特真心追求她。海伦最终把自己的身世以日记的形式告知了吉尔斯特。原来海伦在年少无知时嫁了一位花花公子，为了保护儿子免受恶习的污染，她带着儿子独自来到自己的出生地生活。

然而，平静的小镇生活最终被打破，海伦的丈夫病重，要见儿子，海伦毅然带着儿子回到丈夫身边，照顾丈夫。直到丈夫去世，海伦又回到小镇，与恋人结婚。

注解：安妮·勃朗特是勃朗特三姐妹中最小的一个，是一位极有天赋的小说家，被称作“文学界的灰姑娘”。代表作有《艾格妮丝·格雷》和《女房客》，小说风格清新甜美。

安妮·勃朗特自少年时就和艾米莉·勃朗特一起创造了虚构国家冈达尔，以其为主题创作诗歌，后来开始用诗歌表达内心感情。1846年和两位姐姐夏洛蒂·勃朗特、艾米莉·勃朗特共同出版了诗集。她曾两次担任家庭女教师，小说《艾格妮丝·格雷》就是她根据亲身经历创作的。

小马哥：

这是一位为了儿子而选择独立生活的坚强的母亲。

安子：

是的，这是一位伟大的母亲。她以卖画为生，而且极富艺术才华，还长得美丽苗条。这样的女子，教养良好、性格沉稳、坚毅勇敢，不与任何人发生冲突，内心却无时无刻不在与这个世界所有邪恶的东西战斗。

就是这样一位母亲，在丈夫出轨、酗酒、恶习缠身时，为了保护儿子，扮成寡妇勇敢地离开家庭，是多么的勇敢，多么的伟大！

而当丈夫病重，要看儿子最后一眼时，她又宽容地回到丈夫身边，并对一位想趁机对她有所企图的男人予以强烈谴责，这又是多么高尚的灵魂。

母亲海伦在小说里说："虽然我的丈夫满身恶习，但他至少不伪善。他不会假装自己高尚而去做不道德的事情。"

也正是海伦的美德，最终唤醒了丈夫的良知。

丈夫临终时这样说："我希望去天堂时带上你，让你来替我在上帝面前辩护。"

这样的母亲，有的不是苦情，而是思想的高度，高尚的灵魂让母爱升华，让母亲伟大！

注解： 18世纪末，欧洲小说家开始了小说技巧方面的种种实验。英国维多利亚时期出版的安妮·勃朗特的小说《女房客》在叙事技巧上也进行了革新。

小说以第一人称回顾性叙述，采用内聚焦视角模式，巧妙地设置读者期盼真相的悬念，剥洋葱式地一层一层地使读者感知信息直至真相大白。

节目音频二维码

NO.4 解读经典作品中的父亲形象

作品

作品名	主角	作者
《傅雷家书》	傅雷夫妇和长子	傅雷
《致父亲》	父亲和卡夫卡	弗朗茨·卡夫卡
《致女儿书》	王朔和女儿	王朔
《父亲》	梁晓声和父亲等人	梁晓声
《我爸爸》	“我爸爸”	安东尼·布朗

导语

在我们之前的节目中，曾经为大家解读过文学作品中的女性形象、文学作品中的母亲形象、文学作品中的男性形象。今天，我们为大家解读文学作品中的父亲形象。大家都说，父爱如山，而作家笔下的父亲形象，更是丰富多彩、温暖神圣。慈祥的父亲，像一把伞在风雨飘摇中为我们遮风避雨；宽容的父亲，会在我们的灵魂

《背影》插图

注解：《傅雷家书》作者是傅雷、朱梅馥，编者是傅敏。《傅雷家书》最早出版于1981年，它的出版是当时轰动性的文化事件，三十多年来《傅雷家书》一直畅销不衰。这本书收入12年间数百封信件，从一个角度反映了傅聪出国学习、成名到结婚生子的经历，以及傅雷的翻译工作、朋友交往乃至一家的命运起伏。

深处撑起一片绿荫；睿智的父亲，似一面镜子永远给我们启迪和教诲。

说起文学作品中的父亲形象，朱自清的《父亲》家喻户晓、情深意长，是我国文学作品中最经典的父亲形象。朱自清笔下父亲的背影，让无数读者为之感动。在国内外很多作家的笔下，都出现过感人的父亲形象。比如老舍的儿子舒乙笔下的《我的父亲老舍》，就写出了父亲对自己无微不至的爱；鲁迅先生的儿子周海婴著有《鲁迅与我七十年》，在周海婴的眼里，父亲十分宽厚慈爱、雄才伟岸；梁晓声在《普通人——我的父亲》一书中，描写了普通而又本色的父亲。

《教父》电影海报

在影视中，也有很多父亲形象，比如电影《教父》里的第一代教父柯里昂，就是一位典型的意大利式父亲，传统、顾家，他教导儿子如何从男孩成长为真正的男人；影片《当幸福来敲门》里的父亲，倾尽全力去呵护自己的儿子，让人心酸；《美丽人生》里的父亲更是让人流泪，为了不让儿子在纳粹集中营中受到伤害，这位父亲将一切说成是一场游戏，用善意的谎言“欺骗”儿子，保护儿子纯真的心灵以及生命。

今天，在这个夏日的夜晚，就让我们在夏夜的凉风中，一起来分享献给父亲的书，一起来感受文学作品中那些或励志、或深情、或威严的父亲形象。

解读

第一部分 《傅雷家书》

小马哥：

亲爱的听众朋友们，大家好，今天我们和大家分享的，是五本献给父亲的书，籍此解读经典文学作品中的父亲形象。今天，我们请来了我们的老朋友安子，请她为我们介绍这五本献给父亲的书。

安子：

听众朋友们好，小马哥好，在这个初夏的夜晚，能够坐在这里，沉浸在书香里，和大家一起分享献给父亲的好书，解读经典文学作品中的父亲形象，也是我的荣幸。

小马哥：

安子，先和大家说说，今天我们要解读哪五本书？

注解：父爱如山，深沉而不动声色。中国古代，以男权为中心的社会结构维系了几千年。男主外，女主内，也成了中国几千年的家庭模式。父亲，作为中国传统社会的一家之主，往往扮演着严厉的角色，维系着一个家庭的胜败存亡。

安子：

好。说到描写父亲的文学作品，我的脑海里首先浮现的，不是文学作品，而是那幅家喻户晓的罗中立的油画《父亲》。画家用浓厚的油彩，精妙而细腻的笔触，塑造了一个感情真挚、纯朴憨厚的父亲形象。在文学世界中，这样浓墨重彩地描写父亲的作品也不少。除了之前小马哥提到的那些作品，还有肖复兴的《我的父亲手记》，法国知名作家让·路易·傅尼叶的《爸爸，我们去哪儿？》，周国平的《妞妞》，贾平凹的《父亲的半瓶酒》《关于父子》，林清玄的《期待父亲的笑》《与父亲的夜谈》《爸爸的鸽子》，莫言的《拾馒头的父亲》，很多。

我们今天带给大家的，是大家非常熟悉的中国著名的翻译家、作家、教育家、美术评论家傅雷的作品《傅雷家书》、奥地利小说家卡夫卡的《致父亲》、中国著名作家王朔的《致女儿书》、中国著名作家梁晓声的《父亲》和荣获 2000 年国际安徒生大奖的儿童绘本《我爸爸》。

小马哥：

听起来丰富多彩，有大家熟悉的《傅雷家书》，还有国外作家的作品、中国当代著名作家的作品，以及儿童绘本，看来父亲形象真的遍布各类文学作品中。那我们就从大家最熟悉的《傅雷家书》说起吧。

安子：

说起《傅雷家书》，大家一定都很熟悉，人民教育出版社出版的九年级上册语文名著导读第二篇就是《傅雷家

注解：傅雷，字怒安，号怒庵，生于江苏省南汇区下沙乡，中国著名的翻译家、作家、教育家、美术评论家。早年留学法国巴黎大学。

傅雷翻译了大量的法文作品，其中包括巴尔扎克、罗曼·罗兰、伏尔泰等名家著作。20 世纪 60 年代初，傅雷因在翻译巴尔扎克作品方面的卓越贡献，被法国巴尔扎克研究会吸收为会员。傅雷有两子——傅聪、傅敏。傅聪为享誉世界的钢琴家；傅敏为英语教师。

书：苦心孤诣的教子篇》，人民教育出版社出版的九年级上册语文第二单元第7课和山东教育出版社八年级下册语文第二单元第9课都是《傅雷家书两则》。所以，大家对于《傅雷家书》一定不陌生。

我想先和大家聊一聊傅雷这个人。傅雷是我国近代著名的文学翻译家、文艺评论家以及美术评论家。傅雷在学生时代就是一位积极向上的青年，他在20世纪20年代初，曾在上海天主教创办的徐汇公学读书，因反迷信反宗教，言论激烈，被学校开除。后来“五四运动”时，他参加街头的演讲游行。北伐战争时他又参加了大同大学附中的学潮。后来傅雷到法国留学，还访问过意大利、瑞士、比利时等国。回国后，傅雷致力于法国文学的翻译与介绍工作，译作丰富，行文流畅，文笔传神，翻译态度严谨。可惜后来遭受了巨大的迫害，在1966年9月3日凌晨，傅雷夫妻自杀。

为了纪念傅雷，2008年2月，上海市南汇区周浦八一中学更名为上海市傅雷中学。

注解：《傅雷家书》是傅雷及夫人在1954—1966年间写给孩子傅聪、傅敏的书信摘编，是一本优秀的青年思想修养读物，是素质教育的经典范本，是充满着父爱的教子名篇。

傅雷夫妇苦心孤诣、呕心沥血地培养两个孩子，教育他们先做人，后成“家”，是培养孩子独立思考、因材施教等教育思想的成功体现。

小马哥：

让人唏嘘的悲惨人生！尽管如此，傅雷还是留下了大量翻译作品，为中国的文学翻译事业做出了杰出的贡献。

安子：

是的，傅雷翻译的作品共34部，主要为法国文学作品。其中巴尔扎克的作品15种，有著名的《高老头》《欧也妮·葛朗台》《贝姨》《幻灭》等，罗曼·罗兰的《约翰·克利斯朵夫》及“名人传”——《贝多芬传》《米开朗琪罗传》《托尔斯泰传》，伏尔泰的《老实人》《天真汉》等。

我们今天要介绍的《傅雷家书》，则是傅雷夫妇写给长子傅聪的家书，这些家书经过整理出版后，引起了巨大的反响和热烈的关注。

《傅雷家书》里一封封饱含爱意的情深意切的家信，反映了傅雷夫妇对傅聪无微不至的关心。特别令人感动的是，不仅仅有关心、关爱以及思念，还表达了父母对孩子的依恋，读起来非常有情趣。比如在信中，傅雷曾多次叮嘱儿子不要亲自动手拆那些捆扎行李和钢琴的麻绳，因为傅雷的长子是钢琴家，所以一再叮嘱在国外的儿子要保护好自己的双手，这个细节我记忆深刻。而且里面有一段话，我觉得应该作为所有家长的座右铭。这段话是傅雷写给儿子的一段话：“心中的苦闷不在家信中发泄，又哪里去发泄呢？孩子不向父母诉苦，没有谁可诉苦。我们不来安慰你，又该谁来安慰你呢？”这是父亲对孩子真正的心灵关怀。现在很多家长，都打着所谓“挫折教育”的名义，忽视孩子的内心感受，还美其名曰让孩子学会接受挫折，培养孩子的情商。但事实上，培养并不意味着忽视，也不意味着不理不睬，正如傅雷家书里所说：“孩子不向父母诉苦，没有谁可诉苦。我们不来安慰你，又该谁来安慰你呢？”

小马哥：

这句话真的很温暖，也很实在，孩子最温暖的归所，就是家；最可倾诉的人，就是父母；最能获得的力量和支持，就来自父母。

语录： 人一辈子都在高潮—低潮中浮沉，唯有庸碌的人，生活才如死水一般。

不经历尖锐的痛苦的人，不会有深厚博大的同情心。

一切伟大的艺术家（不论是作曲家，是文学家，是画家……）必然兼有独特的个性与普遍的人间性。我们只要能发掘自己心中的人间性，就找到了与艺术家沟通的桥梁。再若能细心揣摩，把他独特的个性也体味出来，那就能把一件艺术品整个儿了解了。

艺术不但不能限于感性认识，还不能限于理性认识，必须要进行第三步的感情深入。换言之，艺术家最需要的，除了理智以外，还有一个“爱”字！

——傅雷

安子:

在这本书里，并没有长篇大论的说教，而是以日常小事为主，双向的交流和开导，这样如朋友一般的交流，对于所有的父母来说，都极具启发。是真正的亲子沟通，深入孩子内心的、贴心的、温暖的沟通。

其实人生的很多道理，听起来似乎是大道理，比如踏实做事，认真做人，但事实上，深入生活细节，就是日常的生活准则。为人父母者，应该以身作则，通过日常的生活细节，将人生的智慧和经验传达给孩子，做孩子的知己和良师益友，和孩子共享欢乐，共度艰难。

建议所有的为人父母者，都看看这本《傅雷家书》，这是一位父亲和儿子在心灵和精神上的共鸣，也是一位父亲的真实人生。这本以培养孩子心灵为主旨的家书颇具现实意义。

语录: 孩子，可怕的敌人不一定是面目狰狞的，和颜悦色、满腔热血的友情，有时也会耽误你许多宝贵的时间。

世界上最有力的论证莫如实际行动，最有效的教育莫如以身作则；自己做不到的事千万别要求别人；自己也要犯的毛病先批评自己，先改自己的。

赤子之心这句话，我也一直记住的。赤子便是不知道孤独的。赤子孤独了，会创造一个世界，创造许多心灵的朋友！永远保持赤子之心，到老也不会落伍，永远能够与普天下的赤子之心相接相契相抱！

——傅雷

第二部分 《致父亲》

小马哥：

《傅雷家书》是一本非常温暖的家书，是献给天下所有父亲的一本亲子启迪书。那么下面，安子，我们来说一说奥地利作家卡夫卡的一本书《致父亲》吧，这也是一本写给父亲的书，但是与《傅雷家书》的风格却完全不同。

安子：

我年轻的时候看卡夫卡、杜拉斯、米兰·昆德拉，非常喜欢卡夫卡的作品，相信很多人都看过卡夫卡的《变形记》。我先给大家简单介绍一下卡夫卡其人。卡夫卡全名：弗朗茨·卡夫卡，是20世纪奥匈帝国德语小说家，犹太人，现代派文学的奠基人之一。特别值得一提的是，卡夫卡生前默默无名，死后才被世人发现其价值，被奉为作家中的作家。卡夫卡的小说具有浓烈的自传气息，文笔干净而诡异，常采用寓言体，寓意见仁见智。别开生面的写法，让20世纪各个写作流派纷纷追认其为先驱。

小马哥：

那么这样一位文坛泰斗，到底有着怎样的童年和怎样的父亲呢？通过这本《致父亲》，我们可以看到卡夫卡的童年生活。

注解：弗朗茨·卡夫卡，20世纪奥匈帝国德语小说家，犹太人，现代派文学的奠基人之一。生于捷克首府布拉格，毕业于布拉格大学。1904年开始发表小说，1912年写作短篇小说《判决》，从此确立了自己独特的风格。

弗朗茨·卡夫卡一生多次订婚，却终生未婚。1924年6月3日病逝。逝世后，他的作品才引起强烈的反响。

安子：

说实话，《致父亲》并不是一本看起来很愉快的书，和《傅雷家书》相比，卡夫卡的《致父亲》要压抑和沉闷许多。

《致父亲》也是以一封家信的形式呈现的文学作品，这封超级长信，实际上是一篇有关社会学、伦理学、儿童心理学、教育学和文学的论文，有很高的思想和文学价值。在这封近三万字的书信里，卡夫卡通过对父子关系的描写，淋漓尽致地刻画了一个暴君式家长的形象，控诉和批评了这种专制家长对孩子的摧残。这种童年时期的遭遇，导致了卡夫卡的忧郁和悲观，对他后来的创作中经常蕴含的苦闷、孤独、绝望情绪，无疑有着很大的影响。

我特别想在这里推荐这本书，是因为中国家庭的父子关系，很多也存在卡夫卡所述的问题。很多父子之间、母女之间缺乏相互沟通、相互理解，父母对儿女的期望过高、管制过严，因此而产生的悲剧常见诸报端。希望为人父母者，都能读一读卡夫卡的《致父亲》，认真思考一下如何协调家庭中的各种关系，如何教育下一代，这于己于家于社会都是好事。

摘录：我丧失了自信心。我动摇不定，疑虑重重。我的年龄越大，你可以用来证明我无能的材料也就越多；在某些方面，逐渐证明你确实是对的。我又要注意别断言说我这样完全是你造成的；你只是加重了原本的状况，但你加重得很厉害，因为你在我面前就是很强大的，而且你用上了全部威力。

——卡夫卡：《致父亲》

小马哥：

哦？那卡夫卡的父亲究竟是怎样一位父亲呢？为什么在卡夫卡眼里父亲是一位暴君呢？

安子：

这在《致父亲》里得到充分体现。我给大家读读开头的一段，就可以略知一二了。

最亲爱的父亲：

你最近曾问我，我为什么说怕你。一如既往，我无言以对，这既是由于我怕你，也是因为要阐明我的畏惧，就得细数诸多琐事，我一下子根本说不全。

我现在当然无法直接描述你在我的生命之初所采用的教育方法，我原本需要些许鼓励，些许和善，我的路需要些许余地，你却把它堵死了，当然是出于好意，你认为我应当走另一条路。可我走不了别的路。

你坐在躺椅里主宰世界。你的观点正确，任何别的观点都是荒谬、偏激、疯癫、不正常的。你如此自信，根本不必前后一致，总是有理。有时，你对某件事毫无看法，因此，对这件事的任何看法必定都是错误的。到头来，除你之外所有的人都被骂得体无完肤。在我眼里，你具有所有暴君都具备的神秘莫测，他们的正确靠的是他们本人的存在，而不是思索。至少我觉得是这样的。

我小时候，你对我的大声嚷嚷简直就是天条，我永志不忘，它们一直是我评判世界，首先是评判你本人的最重要的手段，而你根本经不起这种评判。桌上的饭菜必须吃光，不准谈论饭菜的好坏——你却经常抱怨饭菜难吃，称之为“猪食”。你食欲旺盛，喜欢吃得快，吃得热，狼吞虎咽，因此，孩子也必须赶紧吃，餐桌上死气沉沉，悄无声息，打破这寂静的只有你的规劝声“先吃饭，后说话”，或“快点儿，快点儿，快点儿”，或“你瞧，我早就吃完了”。吃饭时不准做别的事，你却修指甲、削铅笔、用牙签掏耳朵。父亲，请你理解我，这都是些鸡毛蒜皮的小事，它们之所以使我感到压抑，只是因为你，我心中衡量万物的尺度，

摘录：我俩不可能平心静气地交谈，这还有一个其实很自然的后果：我连话都不会说了。你早早就禁止我说话了，你警告我“不要顶嘴”，一边说一边举起手，这些都一直伴随着我成长。我在你面前说话——只要说到你的事，你总是滔滔不绝——断断续续，结结巴巴，就这样你还觉得我说得太多了，我终于哑口无言，开始时可能出于执拗，后来则是因为我在你面前既不会思考，也不会说话了。

——卡夫卡：《致父亲》

自己并不遵守为我立的许多戒律。所以，世界在我眼里一分为三，一个是我这个奴隶的生活世界，其中布满了条条框框，这些法规是专为我制定的，可我，不知道为什么，总是无法完全符合这些法规，然后是第二个世界，它与我的世界有天壤之别，这就是你的生活世界，你一刻不停地统治着，发号施令，因命令不被遵循而动怒，最后是第三个世界，你我之外的所有人都幸福地生活在其中，不受任何命令和戒律约束的世界。我始终感到耻辱，要么服从你的命令，这是耻辱，因为只有我必须遵守它们；要么执拗，这也是耻辱，因为我怎么可以在你面前执拗；要么我达不到法规的要求，比如说因为我缺乏你的力量、你的胃口、你的敏捷，而在你看来，你所要求的都是我理所当然应当具备的；这便是最大的耻辱了。

读到这里，大家眼前就可以出现，一位独断专行的父亲，一位从来听不见孩子内心声音的父亲，和一个备受压抑的儿子。

注解：卡夫卡18岁入布拉格大学学习文学和法律，1904年开始写作，主要作品为四部短篇小说集和三部长篇小说，生前大多未发表，三部长篇也均未写完。其作品大都用变形荒诞的形象和象征直觉的手法反映主题。

小马哥：

多么形象的表达，一个权威型的父亲和一个在父亲的威压下怯懦而不被鼓励的儿子。在中国很多家庭里，父子关系也有类似的情形，建议父亲们看一看这封信，感受和体会教育方式的重要性，体会如何改进对孩子的教育。

第三部分 《致女儿书》

小马哥：

刚才我们给大家介绍的卡夫卡的《致父亲》，是父子关系的具体体现，那么下面我们要介绍的这本王朔的《致女儿书》，则是父女关系的具体体现。特别值得一提的是，王朔在女儿王咪六岁时离婚。后来王咪长大了，举行婚礼时，作为父亲，王朔竟然缺席，原因是自己“扛不住”，这种情感恐怕是没有女儿的父亲所不能体会的。父亲对于女儿的爱，和父亲对于儿子的爱，是不一样的，那是一份宠溺，一份恨不得上天为女儿摘星星摘月亮的宠爱。安子，接下来，我们就和大家聊一聊王朔的《致女儿书》吧。

安子：

好的，我家也是闺女，小马哥家也是女儿，所以相信小马哥对这本《致女儿书》也是感触颇深。

我刚开始看《致女儿书》的时候，翻开前面几页，没有太多感觉，还是王朔的语言风格，东拉西扯，说家常一般说说家族的由来，语言很诙谐，从北京猿人说到神农氏，从炎黄二帝说到王昭君去匈奴，从北方人说到南方人，和女儿谈天说地。然而到后来，就有点放不下了，因为王朔写出了真心话，写出了内心真实的愧疚，这种情感，让人为之动容。

注解：王朔，1958年出生于南京，作家、编剧。1978年开始创作，先后发表了《玩的就是心跳》《看上去很美》《动物凶猛》《无知者无畏》等中、长篇小说。出版有《王朔文集》《王朔自选集》等，后进入影视业，电视剧《海马歌舞厅》和《编辑部的故事》都获得成功。

小马哥：

父亲的愧疚？哦，安子，跟我们详细讲一讲这一点吧，为什么他会对女儿感到愧疚？

安子：

我还是读两段给大家听一听，听完大家就明白了。

前几天和你在网上聊天，你的一句话真有点伤我的心，你大概是无意的，随口一说，你说，做你女儿真倒霉。

我不是在这儿抱怨，你有权表达你的感受，我不能当一个你满意的父亲，至少可以当一个言论自由的父亲。

说伤心也请你原谅，毕竟被自己女儿这样说也不是什么光荣的事。

更锥心的是你说得对，我说爱你，其实最基本的都没做到——和你生活在一起。一个女儿对好父亲的要求其实很低，对吗，只要他能和自己住在一起，这一条没有，再说什么也只能称为虚伪了。

你妈说过，我错过了很多你成长中的时刻。过去我还不太能体会她这个话，现在这句话每天都在敲打我。你妈这话有两层含义：一是替你不平；二是责我不懂人生什么重要。也只有你妈，能一语道出咱们俩的不可分，一份缺失就是两个人不完整。

嘴里说最爱你，实际上从一开始就使你的人生像残月，这就是我，你讲“倒霉”也不为过。

不知道你有没有想过希望你的父亲不是我。我小时候这样想过，我那时想将来我要有孩子绝不让她这样想。

人家讲，当了父母才知道做父母的不容易，我是有了

注解：《致女儿书》是王朔对于家庭、血缘、历史和个人情感的思考。它原本是一个相当私密的文本，准备有个万一可以给女儿一个交代。

他告诉女儿自己家是什么来历，爸爸到底是个怎样的人，以及他内心深沉的歉疚和痛苦……在书中，他细致地告诉女儿什么是正确的世界观，拳拳的为父之情力透纸背。

你才知道孩子的更不容易和无可选择。当年和爷爷吵架，说过没有一个孩子是自己要求出生的。想到你，越发感到这话的真实和分量。你是一面清澈的镜子，处处照出我的原形。

你还是婴儿的时候，只要一笑，就像太阳出来，屋里也为之一亮。那时喜欢捧着你的脸狂亲，因为想，大了就不能这么亲了。抱你的时候也想，怎么办，总有一天不能抱了。

最后一次离开你们，你妈妈一边哭一边喊你的名字，你不应声，悄悄坐在自己屋里哭，我进你屋你抬头看我一眼，你的个子已是大姑娘了，可那一眼里充满孩子的惊慌。

我没脸说我的感受，我还是走了，从那天起我就没勇气再说爱你，连对不起也张不开口，作为人，我被自己彻底否定了。

从你望着我的那眼起，我决定既剥夺自己笑的权利，也剥夺自己哭的权利。

语录：你必须只有内心丰富，才能摆脱这些生活表面的相似。

我越来越觉得我和这个社会有隔阂，有点愤世嫉俗，有这心态应该离人远一点，不要妨碍那些活得正好的人。从别人的生活中退出来。既平静又焦虑，平静在自己的本来面目中，焦虑在于按捺不住表态的冲动。

——王朔：《致女儿书》

小马哥：

听起来很辛酸啊，每个家庭有每个家庭的难处，每对父女都有属于他们的情感，王朔在《致女儿书》中进行了深刻的自我批判和反省，可见一个父亲对自己深爱却未能陪伴成长的女儿，是如何心怀愧疚。所以有人说，最好的教育是陪伴，无论多忙，无论多累，为人父者，还是应该抽出时间多陪陪孩子。只有这样，孩子的童年，才不会像一弯残月，缺少应有的爱和温暖。

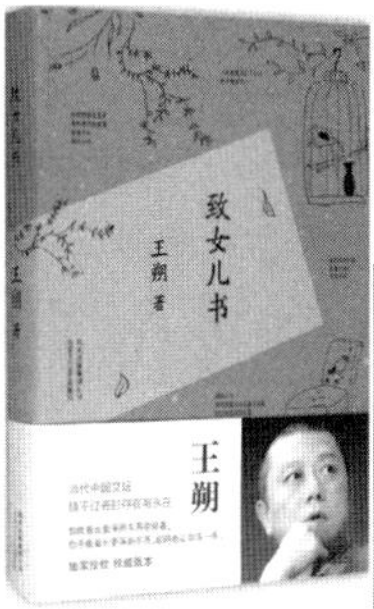

《致女儿书》封面

第四部分 《父亲》

小马哥：

接下来，我们给大家介绍一本深受读者喜爱的、献给父亲的书，那就是梁晓声的《父亲》。《父亲》这本书包括了《父亲》《普通人》《我与儿子》等，其中《父亲》获全国优秀小说奖，被美国华盛顿大学出版社选作中文高级课本教材，同时也收录在我国的中学课本中。

安子：

梁晓声的《父亲》中的父亲是一位穿越过时代的艰难，养育了几个儿女，在最艰苦最困难的岁月中，靠一个人的肩膀，养活一家人的父亲。父亲没有文化，而且也看不起知识分子，只一味地相信自己的力气，相信依靠自己的力气干活劳作才能吃上饭，所以在父亲和儿子有很多的观念差异。但是其中体现的是儿子对父亲的理解、热爱，也体现了父亲的朴实和担当。

其实我们每个人，和我们的父母，都会有这样那样的不同，这样那样的矛盾，这是不可避免的，因为我们接受的教育不同，看到的世界不同，然而不管有多少矛盾，不管有多少冲突，我们都是亲人，血脉之情永远是不可磨灭的。父亲爱我们，我们也永远爱着我们的父亲。

梁晓声的《父亲》之所以感人，就是因为他几乎把笔触全都集中在社会底层人群的身上，发掘他们平凡琐碎生

注解：梁晓声，原名梁绍生，当代著名作家。1949年出生于哈尔滨市，祖籍山东荣成市泊于镇。中国作家协会会员，出版过大量有影响的小说、散文、随笔及影视作品。

梁晓声是中国现当代以知青文学成名的代表作家之一，创作有北大荒知青题材系列小说《这是一片神奇的土地》《今夜有暴风雪》《雪城》《师恩难忘》《年轮》等。

活中的种种不平凡。这些人物并不只是令人同情的对象，他们有倔强的个性，以独特的方式展现着人性的光辉。

父亲虽然一辈子贫穷，却是个铁骨铮铮的汉子，依靠自己的肩膀养活一家人，还再三嘱咐妻子要节俭再节俭，不要借债。他虽然穷，但是很善良；虽然没文化，但是很文明。他依靠自己的勤劳、朴实和热情，树立了自己的社会地位和社会形象，成为一名走到哪里都值得尊重的劳动人民。这本书可以说哀而不伤，悲而不苦，充满着积极向上的乐观情绪和浪漫情怀。正是像父亲这样的劳动人民，在历史的进程中推动了文明的进步，他们如同岩层一样，一层一层地积累着，凝固着，坚实地奠定了我们九百六十万平方公里的土地。

小马哥：

非常精彩，这是一本笔墨朴素的好书，一本让人感动的好书，书中的父亲虽然没有太多文化，却让人肃然起敬。

安子：

是的，通过作者的笔让我们看到了他眼中的世界、心中的思绪，以及他所处的时代、所经历的生活和父子之间的情感。

语录：父亲，不再是从前那个身强力壮的父亲了，也不再是那个退休之年仍目光炯炯，精神矍铄的父亲了。父亲老了，他是完完全全的老了，生活将他彻底变成了一个老头子。

——梁晓声：《父亲》

第五部分 《我爸爸》

小马哥：

安子，最后我们给大家介绍一本轻松愉快的绘本吧，美国超现实主义绘本大师安东尼·布朗的作品《我爸爸》，该书荣获 2000 年国际安徒生大奖。

安子：

有关父亲的绘本很多，比如《我的爸爸叫焦尼》《大猩猩》《我爸爸》《像爸爸一样》《爸爸，我要月亮》《有些时候，我特别喜欢爸爸》《小熊和最好的爸爸》《你睡不着吗？》《一只想当爸爸的熊》《和爸爸一起散步》《我的爸爸真麻烦》等，其中《我爸爸》是经典作品之一，荣获 2000 年的国际安徒生大奖。

这本绘本非常有意思，绘本中的爸爸很特别，外表强壮、有自信，不过也有害羞、敏感的一面，有一点像我爱画的大猩猩。除了教我画图外，他还鼓励我做各种运动，像橄榄球、足球和板球……这些都是孩子们心中的爸爸，所以孩子们看了《我爸爸》这本绘本，会对绘本中的“我爸爸”产生亲切感。当然随着孩子们渐渐长大，爸爸的形象必将越来越趋向平凡，但是爸爸对孩子的爱却从来没有减少过。

注解：安东尼·布朗绝对称得上是“天才”。因为每一个看过他创作的《我爸爸》的孩子都会喜欢这样的爸爸，也都希望有这样的爸爸；每一个看过《我爸爸》的爸爸都会喜欢这个爸爸，都希望自己能够成为这样的爸爸；每个看过《我爸爸》的妈妈都会喜欢这个爸爸，更希望有一个《我爸爸》这样的先生。这正如英国《妇女界》所称许的那样——“全天下的父母和孩子都会爱上它。”

2000 年，安东尼·布朗获得图画书创作者的极高荣誉——国际安徒生大奖。

小马哥：

是的，父亲对孩子们的爱，从来不会随着岁月的流逝而减少一丝一毫。那么，《我爸爸》这本绘本有什么特别之处吗？

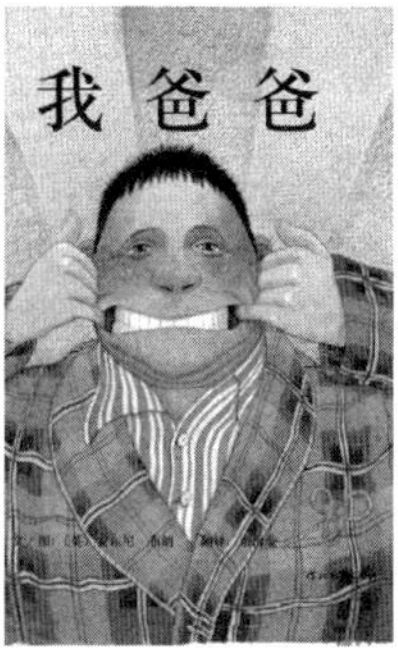

《我爸爸》封面

安子：

这本绘本最大的特点就是画面的超现实主义。超现实主义是一种现代西方文艺流派，致力于探索人类的潜意识心理，主张放弃以逻辑和有序经验记忆为基础的现实形象，将现实观念与本能、潜意识及梦的经验相融合展现人类深层心理中的形象世界。而这本绘本所展示的世界，不管是可以腾空而起的爸爸，还是长了腿和爸爸一起奔跑的饭碗，都完全超出了日常生活的逻辑，所以深得孩子们的喜爱，让我们记住了那个穿着格子条纹睡衣的“我爸爸”。而且这本绘本的色彩对比非常强烈，色泽明快，给人以强烈的视觉冲击感。这本绘本无论从创意还是从画面而言，都能让人过目不忘，堪称绘本中的经典。

小马哥：

今天的节目就到这里结束了，希望今天我们为大家带来的五本献给父亲的书，能够让您在这个夏日的夜晚，感受到清凉，感受到文学作品的魅力。

《寻梦环游记》海报

节目音频二维码

NO.5 解读经典作品中的儿童形象

作品

作品名	主角	作者
《寻梦环游记》	小男孩米格尔和落魄乐手海克特	迪士尼公司
《草房子》	桑桑	曹文轩
《小王子》	小王子	安东尼·德·圣埃克苏佩
《父与子》	父与子	埃·奥·卜劳恩

导语

《寻梦环游记》海报

在刚刚过去的那个元旦，有一部电影，票房直逼《芳华》，超越《妖猫传》，那就是由迪士尼电影工作室和皮克斯动画工作室联合出品的《寻梦环游记》。这部影片以儿童为主角，感动了全世界的观众。在文学作品中，孩子是最出色的主角。世界的希望是孩子，在文学作品中，最鲜活的形象也是孩子。在世界经典文学作品中，有很多经典的儿童形象，这些儿童在作品中历险、成长，成为世界文坛上一颗颗璀璨的明珠。

大家一定都读过《故乡》《小桔灯》吧？这两篇收入中学课本里的作品，让我们记住了少年闰土和做了小桔灯为“我”照路的乐观的小姑娘。大家也一定都看过动画片《三毛》，看过电影《小兵张嘎》，还有不少听众朋友看过《爱丽丝漫游奇境》《木偶奇遇记》《汤姆索亚历险记》《千与千寻》等儿童读物，这些儿童读物中的儿童，让我们为之动容，为之落泪。

今天，就让我们走进经典文学作品中，去探寻那些让我们心动的孩子们。

解读

第一部分 《寻梦环游记》

小马哥:

听众朋友们，又到了《品味书香》节目。最近，我听一位四十多岁的男性朋友说，看一部动画片看哭了。我问他是哪一部，他说是《寻梦环游记》。这让我不由感叹，看来不管什么年龄，不管是孩子还是成年人，都一样会被感动，后来我了解了一下，原来《寻梦环游记》写的就是一个孩子的故事。经典文学作品中的儿童形象有很多很多，他们就像《寻梦环游记》里的小男孩一样，打动着我们，让我们为之唏嘘，为之落泪。这一次，我们还是请来了我们的老朋友作家安子，请她和我们聊一聊，经典文学作品中的儿童形象。

安子:

小马哥好，大家好。又见面了，非常感谢大家给了我这个机会，能够在这里，和大家聊一聊经典文学作品中的

注解: 《寻梦环游记》是华特·迪士尼电影工作室、皮克斯动画工作室联合出品、李·昂克里奇执导的3D动画电影。

《寻梦环游记》讲述12岁的小男孩米格无意间闯入所谓的“亡灵界”后所发生一系列事情，开启了一段震撼心灵且永生难忘的旅程。这个温暖的故事中的小男孩米格，家族世代做鞋，但这并不是他想要的生活。他热爱音乐，一心梦想成为音乐家，希望自己能和偶像歌神德拉库斯一样，创造出打动人心的音乐。而他的曾曾祖父为了追寻音乐梦想抛妻弃子，所以家族内禁止所有人触碰音乐。

儿童形象。

小马哥：

安子，你有没有看《寻梦环游记》？

安子：

看了，我是和孩子的爸爸带孩子一起去电影院看的，看得眼泪哗哗的。

小马哥：

看来这部影片真的很感人啊，那么这部影片究竟讲了一个什么样的故事呢？

安子：

《寻梦环游记》讲了梦想成为音乐家的小男孩米格尔和魅力十足的落魄乐手海克特在五彩斑斓的亡灵世界经历的一段奇妙的冒险之旅。

12 岁的小男孩米格尔生长在一个鞋匠家庭，他自幼喜好音乐，但家里人却把音乐看作洪水猛兽，绝对禁止他接触任何和音乐有关的东西。一家人只盼着米格尔快快长大，好继承家里的制鞋产业。

就在一年一度的亡灵节即将来临时，小镇的广场上举行音乐大赛，小男孩米格尔想要借一把吉他，去参加音乐大赛。然而没人借给他吉他，最后，他就跑到小镇的偶像人物，已经死去的歌神德拉库斯的祭坛去借高挂在祭坛上的吉他。而这一天，正好是亡灵节。

注解：米格在偶然中触动了歌神的琴弦，进入五彩斑斓、光怪陆离的亡灵世界，与落魄乐手埃克托一起踏上了探寻米格家族不为人知的往事的奇妙之旅。原来埃克托才是他的真正亲人；原来他的曾曾祖父并没有抛弃家庭；原来只要坚持，一切还不算太迟。

于是米格想尽办法，在已故亲人们的帮助下揭穿了德拉库斯的虚伪面具，回到现实世界，唤醒了家人们的记忆，洗清了曾曾祖父背负的恶名，让整个家族重回温暖和幸福之中。

在亡灵节这一天，去世的亲人的魂魄，可以凭借摆在祭坛上的照片返回人间，和生者团圆。

而米格尔因为触动了祭坛上的吉他，竟然穿越到了亡灵的世界。

米格尔要想重返人间，就要在太阳升起之前，得到亡灵世界里一位亲人的祝福，否则他就将永远地留在亡灵的世界里。

米格尔在亡灵世界，发现已故的歌神德拉库斯可能就是自己的祖父，于是他和亡灵落魄乐手海克特一起寻找德拉库斯，最终发现了德拉库斯隐藏已久的秘密。

那么这个秘密到底是什么？谁才是米格尔的祖父？我在这里不透露，有兴趣的听众可以看一看这部动画片，它也会让成年人泪流满面。

小马哥：

这个故事听起来非常奇幻，那么安子，在经典文学作品中，又有哪些像小男孩米格尔一样可爱而勇敢的孩子呢？

安子：

在中外文学作品中，有许多经典的儿童形象，比如大家熟知的三毛、小兵张嘎、小邋遢、闰土、皮皮鲁、鲁西西、木偶匹诺曹、爱丽丝、哈利·波特、小豆豆，等等。这些孩子都可爱极了，作家们通过描写孩子们的历险和成长，展现了他们面对复杂的世界，所具有的智慧和胆魄、真诚和勇敢。

注解：“亡灵节”是墨西哥传统节日，与西方的“万圣节”有相似之处，表现了浓厚的印第安民族文化特色和墨西哥人的价值与哲学观念。在这一天，墨西哥人欢欣鼓舞地庆祝生命周期的完成，迎接生者与死者的团聚，祭奠亡灵，载歌载舞，通宵达旦，意在与死去的亲人一起欢度节日。

小马哥：

那么安子，在文学作品中，这些经典的儿童形象给了我们怎样的启发呢？

安子：

文学作品里描写儿童的目的，是展示儿童的成长。比如以历险为主题的《汤姆·索亚历险记》。这部小说讲述的就是一个淘气男孩离家出走、历经艰险后又回到家里的故事。一般历险小说和历险童话里的主人公都是淘气的孩子，他们经过历险后，变得富有责任感，也更智慧、更勇敢。

再比如《尼尔斯骑鹅旅行记》，也是一部关于历险的长篇童话。尼尔斯是个淘气的男孩，缺乏责任感，经过历险后，变得智慧、坚强而且富有爱心和责任感，他历险的过程就是心灵成长的过程。

在经典文学作品中，不论是写孩子历险，还是写孩子寻找什么，都紧紧围绕着“成长”这个主题，而且不论故事发生在自然森林里，还是在人类的社会里，都在直接或间接地启迪儿童，让他们认识自我、认识生活、认识世界；让他们学会自尊自强，学会独立和勇敢，学会辨别善恶美丑，找到通向未来幸福的方向。

《汤姆·索亚历险记》电影海报

第二部分 《草房子》

小马哥：

安子，能不能给我们详细的解读几个经典文学作品中的儿童形象呢？

安子：

好的。大家都知道曹文轩的《草房子》吧，我就先说说《草房子》里的孩子们。

《草房子》在2016年获安徒生奖，是中国作家曹文轩创作的一部长篇小说。小说中的故事发生在油麻地，通过对主人公男孩桑桑刻骨铭心而又终生难忘的六年小学生活的描写，讲述了五个孩子——桑桑、秃鹤、杜小康、细马、纸月以及油麻地的老师蒋一轮和白雀之间的爱恨纠葛，反映了孩子们的成长历程。

六年中，桑桑亲眼看见或直接参与了一连串看似寻常但又催人泪下、感动人心的故事：桑桑和纸月之间纯真的情感，老师蒋一轮与白雀之间的爱情，还有桑桑与妹妹之间的兄妹深情，等等。

桑桑是《草房子》这部小说贯穿始终的人物，也是油麻地的见证人。

桑桑的成长是作者对人性的一种纯真而完美的诠释。

桑桑给蒋一轮和白雀传递情书，给这对青年男女以爱情助力。

注解：曹文轩，1954年1月出生于江苏盐城，中国儿童文学作家。

1991年出版小说《山羊不吃天堂草》。1997年出版小说《草房子》，改编成电影并担任编剧。1999年出版小说《根鸟》。2005年推出小说《青铜葵花》。2016年4月4日获“国际安徒生奖”，同年8月20日，在新西兰领取国际安徒生奖，这也是中国作家首次获此殊荣。2017年3月31日，获得“2016—2017影响世界华人大奖”。同年12月，特殊文体长篇小说《蜻蜓眼》获得首届“吴承恩长篇小说奖”。

桑桑淘气又善良，鲁莽又细腻。他对纸月的关心，反映了少年内心朦胧的感情。有桑桑参与的每一幅生活画面，都温情脉脉感人至深：他帮细马看羊，端上一碗水送给一个饥渴的过路人；他开心地帮助羊、牛、鸽子和麻雀们；他背着妹妹去古城墙上看风景，给妹妹唱古谣；桑桑是一个疼爱妹妹的兄长。后来桑桑生病了，当小学校长的严肃的父亲就背着他四处求医，还带着桑桑酣畅淋漓地打猎，桑桑终于感受到了浓烈的父爱。而在纸月跟随父亲远走他乡之后，桑桑还收到了纸月亲手刺绣的红莲书包。

小马哥：

桑桑的故事听起来很纯真很美好，是一个少年的成长经历。

安子：

的确很美好，而且《草房子》写得非常美。少年桑桑成长的油麻地，到处是一派优美的田园风光。江南水乡油麻地，有红色的枫树，金色的茅草房，开满百合花的大峡谷。乡野宁静而美丽，散落在油麻地的竹丛与夕阳下的那片金色的草房子，就是桑桑成长的地方。微风吹动艾叶，清风吹拂荷花……一切都充满了诗情画意。

油麻地的草房子是这样的：

草房子不是用一般的稻草或麦秸盖成的，而是用从三百里外的海滩上打来的茅草盖的。那些生长在海滩上的茅草受着海风的吹拂与毫无遮掩的阳光的曝晒，一根一根都长得很有韧性。

语录：秋天的白云，温柔如絮，悠悠远去，梧桐的枯叶，正在秋风里忽闪忽闪地飘落。

那座似乎永远也不能再联结上的桥，一动不动地矗立在水中。桥柱把寂寞的水声一阵阵地传给孩子们。

——曹文轩：《草房子》

而桑桑生活了六年的“油麻地小学的十几幢草房子，似乎是有规则，又似乎是没有规则地连成一片。他们分别用作教室、办公室、老师的宿舍，或活动室、仓库什么的。在这些草房子的前后或在这些草房子之间，总有一些安排，或一丛两丛竹子，或两株三株蔷薇，或一片开得美丽的美人蕉，或干脆就是一小片夹杂着小花的草丛。这些安排，没有一丝刻意的痕迹，仿佛是这个校园里原本就有的，原本就是这个样子。这一幢幢房子，在乡野纯净的天空下，透出一派古朴来。而当太阳凌空而照时，那房顶上金泽闪闪，又显出一派华贵来。油麻地的草房子美得精致、美得纯粹”。

语录：这一幢幢房子，在乡野纯净的天空下，透出一派古朴来，但当太阳凌空而照时，那房顶上金泽闪闪只又显出一派华贵来。

小马哥：

真的好美。用这样浪漫的笔调来写一个孩子的生活环境，真的是太美好了。

安子：

诗意的生活，诗意的成长。就连描写蒋一轮和白雀的恋情，都非常非常浪漫。桑桑给老师蒋一轮和白雀传递情书，有一次，还促成了他们的约会。桑桑默默地等待，等待两个人在荷塘边幽会结束。后来桑桑觉得时间太久了，应该提醒他们天已经很晚了，却看见荷塘边草地上，蒋一轮倚靠在柳树上，吹奏悠扬的笛声，而白雀在朦胧的月光下，温柔地舞蹈，这是多么浪漫的一幕啊。

这样的爱情，在江南水乡的小山村里慢慢绽放，让一个孩子，体会到了情感的细腻和美好、人生的幸福和期待。

太阳暖融融的，满地的紫云英，正蓬蓬勃勃地生长，在大地上堆起厚厚的绒绒的绿色。其间，开放着的一串串淡紫色的小花，正向四下里散发着甜丝丝的气味，引得许多蜜蜂在田野上嗡嗡欢叫。

——曹文轩：《草房子》

正是油麻地这片土地的滋养，让桑桑拥有了细腻而真挚的情感，让桑桑的心灵温润而坚韧，充满了爱，充满了情，充满了灵气，充满了仁爱之心。

《草房子》电影海报

《草房子》封面

第三部分 《小王子》

小马哥：

《草房子》的确很有感染力，少年桑桑、油麻地小学、纸月、白雀、蒋一轮老师，让我们仿佛看到了那片草房子，看到了江南水乡。那么安子，再给我们讲一讲外国文学作品中经典的儿童形象好不好？

安子：

好啊。外国文学作品中，也有一些大家熟知的经典的儿童形象，比如《小王子》里的小王子，再比如漫画《父与子》里的儿子。

小马哥：

我们挨个来说一说这两个文学作品中的孩子好不好？

安子：

好，我们先说小王子。

《小王子》是法国作家安东尼·德·圣埃克苏佩里在1942写的短篇小说。该书是一部世界著名的哲理童话，更是一部有关生命的寓言。它是20世纪流传最广的童话，被译成一百多种语言，电影、唱片甚至纸币上都可以看到它的影子，它被誉为“法兰西玫瑰”“天才之作”。

这本书很有意思，写的是一位来自外星球的小王子的

注解：安东尼·德·圣埃克苏佩里，1900年6月29日生于法国里昂市，飞行家、作家。他是一位将生命奉献给法国航空事业的飞行家，除了飞行，用写作探索灵魂深处是他的另一终生所爱。代表作品有童话《小王子》，该书全球发行量已达5亿册，被誉为“阅读率仅次于《圣经》的最佳书籍”。其他作品还有小说《南方邮件》《夜航》《人类的大地》《堡垒》《云上的日子》《空军飞行员》《要塞》等。

故事。

书中的叙述者是一位飞行员，他因飞机故障迫降在撒哈拉大沙漠里，他在那里遇见了小王子。六年后，他讲述了这段奇遇。

故事以第一人称叙事，其中大部分篇章是飞行员在讲述小王子一人旅行的故事，讲述了小王子从自己的星球出发前往地球的过程中所经历的各种历险。作者以小王子的眼光，描绘了成人世界的空虚、盲目和愚昧，用浅显天真的语言写出了人类的孤独寂寞和随波逐流。

小王子住在一颗只比他大一丁点儿的小行星上，陪伴他的是一朵他非常喜爱的小玫瑰花。但小玫瑰花的虚荣心伤害了小王子对她的感情。于是小王子告别小行星，开始遨游太空。

他先后访问了六个行星，各种见闻使他陷入忧伤，他感到大人们荒唐可笑、爱慕虚荣。只有在其中一个点灯人的星球上，小王子才找到一个可以作为朋友的人。但点灯人的天地十分狭小，除了点灯人，不能容下第二个人。在地理学家的指点下，孤单的小王子来到人类居住的地球。

小王子发现人类缺乏想象力，只会像鹦鹉那样重复别人说过的话。小王子这时越来越思念自己星球上的那枝小玫瑰。

后来，小王子遇到一只小狐狸，小王子用耐心驯服了小狐狸，与它结成了亲密的朋友。

小狐狸把自己心中的秘密——肉眼看不见事物的本质，只有用心灵才能洞察一切——作为礼物，送给小王子。

用这个秘密，小王子在撒哈拉大沙漠与遇险的飞行员

注解：作为一位有飞行员身份的作家，圣埃克苏佩里不是第一个描写航空的作家，却是第一个通过航空探索人生与文明的作家。他的《夜航》《人类的大地》中那些雄奇壮丽的情景，使读者感到耳目一新、惊心动魄。圣埃克苏佩里的作品可以说是他一生的思想写照与行动实录。他在黑夜中期待黎明，在满天乱云中向往中途站，在璀璨星空中寻找自己的星球和一生的喜悦。

一起找到了生命的泉水。

最后，小王子在蛇的帮助下离开地球，重新回到他的B–612号小行星上。

童话里的小王子，没有被成人充满欺骗、虚荣和自满的世界所同化，而是最终找到了自己的理想。这理想就是联结宇宙万物的爱，而这种爱又是世间所缺少的。因此，小王子常常流露出一种伤感的情绪。

作者圣埃克苏佩里在这本书的献辞中写道：这本书是献给长成了大人的从前那个孩子。

《小王子》凭借对人类及人类文明的思考，凭借讽刺与幻想的情节，以及小王子的真情和所体会到的哲理，成为法国乃至世界上最为著名的一部童话小说。

注解：如果你对大人们说："我看到一幢用玫瑰色的砖盖成的漂亮的房子，它的窗户上有天竺葵，屋顶上还有鸽子……"他们怎么也想象不出这种房子有多么好。必须对他们说："我看见一幢价值十万法郎的房子。"那么他们就惊叫道："多么漂亮的房子啊！"

小马哥：

儿童文学总是那么美，不过小王子的故事，听起来似乎有些忧伤，小王子为什么总是那么伤感呢？

安子：

小王子的忧伤，其实就是对人类世界和对人性缺点的忧伤。比如小王子深爱的那朵玫瑰花，就让小王子感到忧伤。因为小王子和玫瑰花都还没有学会珍惜，没有学会包容。小王子对旅途中遇到的虚荣的人、酒鬼、商人、蛇、三枚花瓣的沙漠花等感到无趣，于是更加思念自己的玫瑰花。最终，小王子在沙漠中遇到了狐狸，狐狸告诉了小王子一个秘密，使小王子认识到他的玫瑰花的价值所在。

故事里小王子的忧伤，其实是整个人类的忧伤。我们

"如果有人爱上了在这亿万颗星星中独一无二的一株花，当他看着这些星星的时候，这就足以使他感到幸福。他可以自言自语地说：'我的那朵花就在其中的一颗星星上……但是如果羊吃掉了这朵花，对他来说，好像所有的星星一下子全都熄灭了一样！这难道也不重要吗？！"

——圣埃克苏佩里：《小王子》

常常在失去之后才知道珍惜，我们都应该记住狐狸所说的话："本质的东西是用眼睛看不见的，只能用心去看。正因为你为玫瑰花费了时光，才使得玫瑰对你来说变得如此重要。对你驯养过的东西，你永远都有责任。"

当小王子最终懂得珍惜和责任的时候，小王子也就真的长大了。

语录：只有用心才能看得清。实质性的东西，用眼睛是看不见的。

正因为你为你的玫瑰花费了时间，这才使你的玫瑰变得如此重要。

这就像花一样。如果你爱上了一朵生长在一颗星星上的花，那么夜间，你看着天空就感到甜蜜愉快。所有的星星上都好像开着花。

——圣埃克苏佩里：《小王子》

《小王子》封面

第四部分 《父与子》

小马哥：

安子，你刚才讲解的《草房子》和《小王子》都很美，但都透着淡淡的忧伤，你看，桑桑最后生病了，小王子也总是想念自己的玫瑰花。那么，有没有喜感一点的儿童形象，给大家讲一讲吧！

安子：

有啊！刚才提到的漫画《父与子》里的儿子，就完全是一个开心的、快乐的、顽皮的孩子的形象。

德国著名漫画家埃·奥·卜劳恩创作的漫画《父与子》，是世界上流传最广的亲情漫画。1903 年 3 月 18 日，埃·奥·卜劳恩出生于德国，是一名自由画家。1934 年，卜劳恩开辟连环漫画专栏，开始创作《父与子》。《父与子》问世后，获得了巨大的成功，卜劳恩因此一举成名。

希特勒当权后，卜劳恩十分憎恨纳粹法西斯，常以尖刻的漫画进行讽刺、嘲骂，纳粹党对他恨之入骨。1944 年 3 月，他被纳粹逮捕，并被迅速判处死刑。

1944 年 4 月 6 日，卜劳恩自杀于牢房，年仅 41 岁。卜劳恩的艺术生涯虽然短暂，作品不多，但成就卓越，他的《父与子》被誉为德国幽默的象征。

《父与子》这本长篇连环漫画，是卜劳恩与三岁的儿子克里斯蒂安之间的故事，洋溢着浓浓的父爱和亲情。虽

注解：漫画《父与子》充满了人性的温情和幽默，把普通民众的生活通过父子间的关系刻画出来。洋溢着暖暖的人情味。

父亲和儿子那善良、乐观的本性感染了所有的读者，因为他们具有这样美好的品质，所以遭遇困难不绝望，获得意外财富不忘本，一直过着许多人向往的快乐生活：平常而快乐，温馨又奇妙。

然是漫画，但它仍可以称为文学作品，因为它所展现的是一个个有趣的故事、一个个生动的情节。

在《父与子》里，在父亲的感染下，儿子善良、乐观、豁达、聪慧，遭遇困难不绝望，获得意外之财不忘本，一直过着许多人向往的简单而平实的快乐生活。平常的日子，快乐而温馨，对于儿子来说，真的是丰富而奇妙的成长。

在《父与子》里，那个秃头的大胡子爸爸，慈祥、和蔼而幽默。

那个留着刺猬头的淘气儿子，调皮、聪明而可爱。

每一幅作品，都充满了生活的智慧与幽默，把人与人之间朴实纯真的情感表现得淋漓尽致，深沉而真挚，深入人心，表达了人类永恒的情感。

我女儿最喜欢看的书就是《父与子》，她今年 4 岁，3 岁多的时候，我们给她买了那本厚厚的《父与子》，她就开始缠着我们讲，然后开始自己翻看。每次都看得咯咯笑，还总是对她爸爸说："爸爸，我也要做这样的孩子，我也要做这样的事情。"

人世间，最无私也最深沉的，就是亲情，父母对孩子的爱，孩子对父母的爱，永远不会消失。就像我闺女常常对她爸爸说的一句话：爸爸我爱你，我一直爱着你，不管什么时候我都爱你。

《父与子》就将这样的亲情，永恒地留在世界上，感染了全世界的读者，直到今天，直到永远。

只可惜，《父与子》的作者死得太早了，他在狱中自杀，他在遗书中写道："……我为德国而画……还望把他（儿子克里斯蒂安）抚养成人。带着幸福的微笑，我去了。"

《父与子》漫画

第五部分 经典儿童文学作品

小马哥：

看来所有经典作品的背后，都有着不为人所知的辛酸啊。

安子，最后，能不能给我们的听众朋友们介绍一些经典儿童文学作品，以供大家阅读呢？

安子：

好的。除了《草房子》《小王子》《父与子》，我向听众朋友们推荐《爱丽斯漫游奇境记》，这是一个充满了奇异幻想的故事，讲述的是一个叫爱丽丝的小女孩和姐姐在河边看书时睡着了，梦中她追逐一只穿着背心的兔子，掉进了兔子洞，从而来到一个奇妙的世界。作者创造出了一个美妙的奇境，把我们带进了一个荒诞离奇的世界。《爱丽斯漫游奇境记》被公认为世界经典童话，不但深受儿童欢迎，也被视为一部严肃的文学作品，被誉为“英国魔幻文学的代表作”“世界十大著名哲理童话之一”。

还有《木偶奇遇记》，它被誉为“意大利儿童读物的杰作”“意大利儿童读物中最美的书”。《木偶奇遇记》描述了木偶匹诺曹从一个任性、淘气、懒惰、爱说谎、不关心他人、不爱学习、整天只想着玩的木偶，经历各种奇遇，最终变成一个懂礼貌、爱学习、勤奋工作、孝敬长辈、关爱他人的好孩子的过程，故事充满了童趣与想象。《木

注解：《爱丽斯漫游奇境记》作者刘易斯·卡罗尔的真名叫查尔斯·勒特威奇·道奇森，是一位数学家，长期在享有盛名的牛津大学基督堂学院任数学讲师，并发表了好几本数学著作。他因有严重的口吃，故而不善与人交往，但他兴趣广泛，对小说、诗歌、逻辑都颇有造诣，同时也是一个优秀的儿童像摄影师。

偶奇遇记》是在中国流传最广、影响最大的世界儿童文学名著之一。

安子还向大家推荐《绿野仙踪》，这是一本极富想象力的异国乡村幻想故事。作者以奇特的想象力描述了一个小女孩被旋风刮到奥芝国，和她的三个朋友——狮子、稻草人、铁皮人团结在一起，战胜险恶，为了实现自己的愿望，不屈不挠地同恶魔斗争，最终如愿以偿的故事。《绿野仙踪》是美国20世纪第一部杰出的童话，有美国《西游记》之称。

还有《丛林奇事》，它讲述了“狼孩”莫格里和其他几种动物在印度丛林冒险的惊险故事。

当然还有《三毛流浪记》《故乡》《皮皮鲁和鲁西西》，不过，还是希望亲爱的听众朋友们，特别是爸爸妈妈们，能够给宝贝们读一读《草房子》、《小王子》和《父与子》，这是我女儿最喜欢的三本书，我想宝贝们一定也会喜欢。

小马哥：

安子为大家提供了亲子阅读的最佳读本，相信我们的听众朋友们可以从这些经典文学作品中的儿童形象身上，感受到文学的魅力所在。

注解：《爱丽斯漫游奇境记》是卡罗尔兴之所至给友人罗宾逊的女儿爱丽丝所讲的故事，写下来加上自己的插图送给了她。后来在朋友鼓励下，卡罗尔将手稿加以修订、扩充、润色后，于1865年正式出版。卡罗尔后来又写了一部姐妹篇，叫《爱丽斯镜中奇遇记》，并与《爱丽斯漫游奇境记》一起风行于世。

节目音频二维码

NO.6 解读经典作品中的动物形象

作品

作品名	主角	作者
与狗相关的作品		
《野性的呼唤》	巴克	杰克・伦敦
与猫相关的作品		
《穿靴子的猫》	靴子猫	夏尔・佩罗
与驴相关的作品		
《金驴记》	驴子	阿普列乌斯
与猪等动物相关的作品		
《动物庄园》	猪等动物	乔治・奥威尔
与狼相关的作品		
《狼图腾》	蒙古草原狼	姜戎
《白牙》	狼	杰克・伦敦

导语

在古今中外的文学作品中，动物形象以其有趣、鲜明、独特出现在诸多名著中，除了大家熟知的《伊索寓言》《山海经》《聊斋》里的拟人化的神怪形象，还有《农夫和蛇》《乌鸦和狐狸》以及孩子们熟悉的《猫与老鼠》《狮子王》《精灵鼠小弟》《黑猫警长》等影视作品中的动物形象。然而，动物形象并不是神怪作品和童话作品的专利，在很多经典文学作品中，动物以其形象的独特，使得作品熠熠生辉。比如大家熟悉的中国作家姜戎的《狼图腾》；美国作家杰克·伦敦的《野性的呼唤》《白牙》，梅尔维尔的《白鲸》；奥地利作家卡夫卡的《变形记》；英国作家乔治·奥威尔的《动物庄园》；西班牙小说家《堂·吉诃德》的作者塞万提斯的作品《双犬对话录》；德国作家霍夫曼的《雄猫穆尔的生活观》；俄国作家托尔斯泰的《一匹马的身世》描写一匹老马的作品《霍尔斯特梅尔》，等等。

在地球的生态环境中，每个物种都有它存在

注解：杰克·伦敦（1876年1月12日—1916年11月22日），原名约翰·格利菲斯·伦敦，美国现实主义作家。主要作品有小说集《狼的儿子》，中篇小说《野性的呼唤》《热爱生命》《白牙》，长篇小说《海狼》等。

乔治·奥威尔（1903年6月25日—1950年1月21日），英国著名小说家、记者和社会评论家。代表作有《动物庄园》和《1984》。

塞万提斯·萨维德拉（1547年9月29日—1616年4月23日），出生于西班牙埃纳雷斯堡，西班牙小说家、剧作家、诗人，被誉为是西班牙最伟大的作家。其作品《堂·吉诃德》达到了西班牙古典艺术的高峰，是文学史上的第一部现代小说。

的价值。在环环相扣的食物链中，每种动物都有不可替代的功能和意义。解读文学作品中的动物形象，我们可以重新发现动物们的可爱之处，从而更好地爱这个世界，爱这个世界上所有的动物。

《动物庄园》电影海报

注解：乔治·奥威尔的代表作《动物庄园》和《1984》是反极权主义的经典名著。《1984》是20世纪影响最大的英语小说之一。乔治·奥威尔一生短暂，但其以敏锐的洞察力和犀利的文笔审视和记录了他所生活的那个时代，做出了许多超越时代的预言，被称为“一代人的冷峻良知”。

解读

第一部分 与狗相关的作品

小马哥：

安子，我们之前讨论过“文学作品中经典的女性形象”和“文学作品中经典的男性形象”，这一次，我们的话题非常有趣，是“文学作品中经典的动物形象”。

在比较早的文学作品中，大多都是一些神话动物，比如小时候我们看的《九色鹿》《西游记》，都是神怪类的动物。而在学生的课本里，也有《狼》《东郭先生和狼》等凶残而丑恶的动物形象。

不过随着社会的发展，文学作品中的动物形象有了很大的不同。比如大家熟悉的小说《狼图腾》《小王子》，电影《忠犬八公的故事》《加菲猫》等，动物形象越来越有趣。还有更多的小说，关注生态平衡与自然和谐。

那么今天，我们请出作家安子，来聊聊文学作品中有哪些脍炙人口的经典动物形象。

注解： 文学作品中动物形象比比皆是，比如海明威的《老人与海》中的马林鱼；契诃夫的作品《苦恼》中的马；法国作家安东尼·德·圣埃克苏佩的作品《小王子》中的狐狸；《三国》里的赤兔马；美国作家怀特的《夏洛特的网》中的小猪韦伯和金庸的《越女剑》中的白猿，等等。

安子：

好的，小马哥。

说起文学作品中的动物形象，我们并不陌生，很多人马上想到的就是《伊索寓言》《山海经》《聊斋》《农夫和蛇》《乌鸦和狐狸》，除了这些民间文学和童话、寓言、神怪故事，在世界文学作品中，动物形象非常多见。

比如以动物为主角的作品，中国作家贾平凹的《怀念狼》，沈石溪的《狼王梦》，姜戎的《狼图腾》；美国作家杰克·伦敦的《野性的呼唤》《白牙》，梅尔维尔的《白鲸》等；奥地利作家卡夫卡的《变形记》；英国作家乔治·奥威尔的《动物庄园》；西班牙小说家塞万提斯的《堂·吉诃德》《双犬对话录》；德国作家霍夫曼的《雄猫穆尔的生活观》；俄国作家托尔斯泰的《一匹马的身世》；英国女作家安娜·斯维尔的《黑美人》；加拿大作家西顿的《西顿野生动物故事集》，法利·莫厄特的《与狼共度》；日本作家椋鸠十的《独耳大鹿》《消失的野犬》等动物小说系列，以及作家夏目漱石的《我是猫》；1911 年的诺贝尔文学奖获得者比利时剧作家莫里斯·梅特林克的三部曲之《白蚁的生活》《蚂蚁的生活》等众多动物小说。

小马哥：

哦，听起来很有趣，这么多动物都被写进了文学作品，它们堪称文学世界中一道独特的景观啊。这些动物中，最常见的就是狗了，那么，我们不妨从狗说起，看看狗这种动物在文学作品中的独特地位和寓意吧。

注解：关于动物的影片也非常多，比如大家熟悉的《战马》《忠犬八公》《导盲犬小Q》《动物总动员》《人猿泰山》《金刚》《美女与野兽》《大白鲸》《帝企鹅日记》《加菲猫》《精灵鼠小弟》，还有早年葛优的作品《卡拉是条狗》，以及小朋友们最爱的《猫与老鼠》《狮子王》《101 忠狗》等。

《忠犬八公》电影海报

《再见了，可鲁》电影海报

安子：

大家都说狗是人类最好的朋友，因为狗是人类最早驯化的动物，它不仅可以保护人类，还可以帮助人类完成很多工作。而且养狗是人类的传统，所以人类和狗之间的情感，是非常深厚的。

关于狗的作品有很多，比如美国女作家卡罗琳的《巴别塔之犬》；英国作家彼得梅尔的《一只狗的生活意见》；奥地利作家卡夫卡的《一只狗的研究》，2010年诺贝尔文学奖得主秘鲁/西班牙作家略萨的《城市与狗》，还有美国作家杰克·伦敦的《荒野的呼唤》，作家约翰·杰罗甘的《马利与我》日本作家石黑谦吾的《再见了，克鲁》《导盲犬小Q》《卡拉是条狗》，还有中国作家严歌苓的作品《爱犬颗韧》，老舍的《狗之晨》，以及孩子们最喜欢的动画片《狗狗巡逻队》，等等。

狗以忠诚著称，相信很多看过《忠犬八公的故事》和《导盲犬小Q》的听众，都曾经为这两只不离不弃的小狗掉过眼泪吧。我也曾经养过好几条狗。人类和狗之间的情感之所以深厚，就是因为它们不离不弃，这也是人类赞美狗的主要原因。

狗的忠诚不是被文学作品美化的，而是确实存在的。我曾经养过一条小狗，当时因为搬家，不方便带走它，就将它送给了邻居，可邻居后来给我打电话，说谁也没有办法把它带走，它就守在我原来住的房子门口，天天守着，哪儿也不去。当时是冬天啊，下大雪，特别冷，而我那条小狗，就在我原来住的屋子门口守了一两个月，哪儿都不去。邻居们看它可怜，每天给它送点吃的。我当时听了，真是忍不住掉了眼泪。后来我专门回了一趟原来的住处，辗转把它带回了我的新家。

狗之所以成为文学作品中最常见的动物，就是因为它们忠贞不渝，它们和猫、鹦鹉、鸡、鸭、鹅、猪等动物不同，它们对人类有强烈的保护意识，而且很多狗一旦认定一个主人，只要主人不抛弃它，它一辈子也不会离开主人。

小马哥：

听起来，文学作品中狗的故事和现实生活中狗的故事，的确都很感人，那么在文学作品中，狗这种动物，还有别的寓意吗？

安子：

有的，在文学作品中，对狗的定位不仅仅是忠诚，还有一些更深层次、更拟人化的象征意义。

在国外的文学作品中，狗基本上都是以忠厚、踏实、坚韧的形象出现的，它所象征的，是一种不屈的、坚韧的、忠诚的精神。

特别值得一看的是杰克·伦敦的《野性的呼唤》，在这本书里，描写了一条在被人类驯化的狗，经历重重磨难后，回归大自然，回归野性，变成了一条有着狗的外表、狼的野性的狗。

这条狗名叫巴克，最初是一条被驯化的美国南方的狗，它温顺乖巧，最大的职责就是在加利福尼亚州的林荫道上，陪主人的孩子们散步、追逐。如果它后来没有被偷走，那么它一生必定安逸。然而，因为它体形硕大，非常强壮，

注解：杰克·伦敦，原名约翰·格利菲斯·伦敦，美国现实主义作家。他一共写过19部长篇小说、一百五十多篇短篇小说和故事、三部剧本等。主要作品有：小说集《狼的儿子》；中篇小说《野性的呼唤》《热爱生命》《白牙》；长篇小说《海狼》《铁蹄》和《马丁·伊登》等。

杰克·伦敦1876年生于旧金山一个农民家庭。家境贫困，自幼从事体力劳动。当过童工、装卸工和水手等，后在美国各地流浪。曾进入加州大学伯克利分校学习，因贫困被迫退学。后来到阿拉斯加等地淘金。早年坎坷的生活经历为他后来从事创作提供了丰富的素材。

1916年11月22日，杰克·伦敦服用吗啡过量离世，年仅40岁。

所以被狗贩子盯上，偷走并卖到了寒冷的北方。后来，它在淘金的道路上，被训练成一条拉雪橇的苦役犬。在残酷的驯服过程中，它意识到了公正与自然的法则；恶劣的生存环境让它懂得了狡猾与欺诈，后来它将狡猾与欺诈发挥到了让人类都望尘莫及的地步。最终，在经过残酷的、你死我活的斗争之后，它确立了自己作为领头狗的地位，它一次次营救了自己的主人。后来，它热爱的主人惨遭不幸，而它最终走向荒野，成为狼群之首。

巴克所象征的，就是在生存的道路上，在险恶的自然环境和社会环境下，动物所具有的不屈的斗争精神，意寓只有像巴克一样的狗，才有生存的可能。人类也一样，在残酷的社会斗争中，只有释放自己全部的力量和智慧，才可能成为最终的胜利者。

在中国的文学作品中，狗的形象和寓意相对更加丰富一些，比如当代作家张贤亮的作品《邢老汉和狗的故事》，就用一条狗的命运，隐喻社会的不公造成的个人悲剧。而在老舍的《狗之晨》中，描写了一条叫作大黑的自大又自卑的狗，用来讽刺当时的世态人心。

注解：《野性的呼唤》，又名《荒野的呼唤》，讲述了米勒法官家的爱犬巴克，一直生活在美国南部加州一个温暖的山谷里。后被卖到美国北部寒冷偏远、盛产黄金的阿拉斯加，成了一只拉雪橇的狗。小说以一只狗的经历反映人类社会，表达了杰克·伦敦小说的“生存”主题：生命总是在不断挣扎求存的过程中获得意义与力量。

《野性的呼唤》封面

第二部分 与猫相关的作品

小马哥：

说完了文学作品中那些忠诚可爱的狗，接下来，我们来说说另一种最常见的动物——猫。那么在文学作品中，都有哪些有趣的猫咪呢？

安子：

说起猫，大家首先想到的，恐怕就是动画片《猫与老鼠》中的那只笨猫了，还有《加菲猫》《爱丽丝梦游仙境》里的猫咪路易斯·卡罗，老舍的《猫城记》，童话《穿靴子的猫》《活了一百万次的猫》，霍夫曼的《雄猫穆尔的生活观》，以及侦探小说《猫科动物》中的主角弗朗西斯——一只狡猾的公猫。

文学作品中的猫，基本上都是以睿智聪慧的形象出现的，当然，也有例外，比如老舍的《猫城记》里，就有自相残杀、欲望膨胀的猫咪。

说到关于猫的作品，不能不提的，就是日本作家夏目漱石的代表作《我是猫》。在这部作品里，猫其实是一种文学工具，作者借助猫来反映20世纪初，日本中小资产阶级的思想和生活，尖锐地揭露和批判了20世纪初的日本社会。这部作品的主人公，是一位穷教师家的猫，它善于思索、有见识、富有正义感，颇具文人气质、至死也没有学会捉老鼠。

注解：《穿靴子的猫》的作者夏尔·佩罗，法国作家，1697年以小儿子的名义，在巴黎出版了《鹅妈妈的故事或寓有道德教训的往日的故事》，收录了8篇童话和3篇童话诗。《鹅妈妈的故事》取名于法国民间故事“母鹅给小鹅讲故事”。佩罗的这部童话集一问世即受到孩子们的热烈欢迎，成为法兰西每个家庭必备的儿童读物。这些童话至今仍广为流传。

很多关于猫的文学作品，都是非常有趣的，比如法国作家夏尔·佩罗的作品《穿靴子的猫》，讲述说一只聪明的猫，帮助穷困潦倒的主人翻身的故事。这只猫非常勇猛，非常聪慧，它向主人要了一双靴子和一个布袋，穿过荆棘到森林里去打猎。它把每次获得的猎物都献给了国王，它用机智和勇敢打败了富有的食人妖魔，最终帮助主人得到了国王的青睐和公主的爱慕。

注解: 夏尔·佩罗也是一位诗人、学者，也曾做过律师，在17世纪法国文坛很有名望。他有不少称颂一时的作品，但有趣的是，为他留下永久声名的却是一部小小的童话集。

《穿靴子的猫》电影海报

第三部分 与驴相关的作品

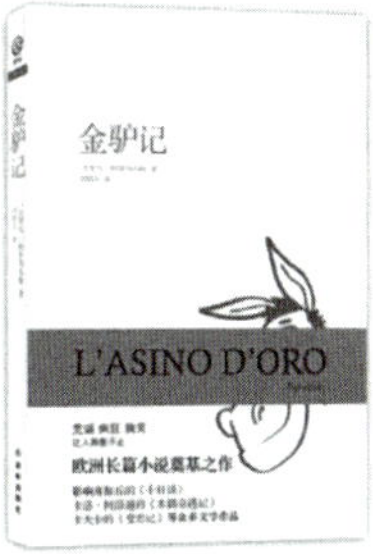

《金驴记》封面

小马哥:

安子，除了狗和猫，在文学作品中，还有哪些经典有趣的动物形象呢?

安子:

在文学作品中，有一种动物，很多读者可能都看到过，却很少关注，那就是驴子。在文学作品中，驴子也占有一席之地，而且地位很高。

世界上最早，以驴子为主角的文学作品，恐怕要算得上古罗马作家阿普列尤斯的《金驴记》了。《金驴记》是现存欧洲古代神怪文学作品中最重要的一部，被誉为世界文学史上第一部社会心理小说，真实地反映了2世纪罗马帝国外省的民俗风情和社会文化心态。小说描写了贵族青年卢齐伊在远游途中，寄宿友人家，误以魔药涂身，变成了一头驴子，历经艰辛、饱受磨难的故事，最后驴子吃了埃及女神的玫瑰花环，才终于恢复人形。这部小说结构奇特、语言幽默、荒诞离奇，特别有意思。

在这部作品中，驴子其实还是一种隐喻的道具，而不是实际生活中的驴子，是人变身为驴子的荒诞形象，就像卡夫卡《变形记》里的甲壳虫一样，是人变成的一种动物形象。

在塞万提斯的小说《堂·吉诃德》中，也有一只聪明

注解:《金驴记》是古罗马作家阿普列乌斯创作的长篇小说，原名《变形记》，是用拉丁语写成的世界最古老的小说，中世纪以来，在欧洲广为流传。

可爱的驴子，是堂·吉诃德的仆人桑丘的坐骑。在《伊索寓言》里，有一篇和驴子有关的寓言，名字就叫《运神像的驴子》。

不过这些文学作品里的驴子，并不像前面描写狗的文学作品一样指向动物本身，也不是描述驴子和人的现实关系，而是将驴子作为一种工具。也就是说，驴子并不只是代表它自己，而是代表另一种东西，就像符号一样，或者说，就像寓言一样，所表达的主要是寓意。就像中学课本里我们所学的《黔之驴》一样，是用来比喻人世间的一种现象，或者一类人，而并非驴子本身。

注解：《黔之驴》是唐代文学家柳宗元创作的一篇寓言。它所表明的是：能力与形貌不一定成正比，外强者往往中干；假如本领不大，那就不要一览无余地展示出来，以免自取其辱。

第四部分 与猪等动物相关的作品

小马哥：

安子，说了这么多经典作品中的动物形象，那么，作家们描写动物的主要目的是什么呢？

安子：

文学作品中的动物形象，不管是拟人化的，还是真实的，都是为了从不同的角度去表现人，表现现实世界。因为有的时候，作家如果赤裸裸地描写人类、批评人类的某些缺点，可能会引起某些近人的不满。在这种情况下，作家就必须借用动物形象来表述。

比如奥威尔在《动物庄园》中，塑造了以猪为首的动物群像，就具有强烈的人类社会的指向性。

《动物庄园》写了这样一个故事：在一个农庄里，动物们不堪人类主人的压迫，在猪的带领下起来反抗，赶走了农庄主，猪、羊、狗、鸡等牲畜都实现了“当家做主”的愿望，农场更名为“动物庄园”，奉行“所有动物一律平等”。然而，胜利之后，两只处于领导地位的猪为了权力而互相打斗，胜利的一方最终宣布另一方是叛徒、内奸。最后，获得领导权的猪拥有的权力越来越大，成为新的特权阶级；动物们稍有不满，便会被这只猪残暴地压迫，农庄的理想也被改成“有的动物较其他动物更为平等”，动物们又恢复到从前的悲惨状况。

注解：《动物庄园》亦译作《动物农场》《动物农庄》，是英国作家乔治·奥威尔创作的中篇小说，1945年首次出版。该作讲述农场的一群动物成功地进行了一场“革命”，将压榨他们的人类东家赶出农场，建立起一个平等的动物社会。然而，动物领袖——那些聪明的猪们最终篡夺了革命的果实，成为比人类东家更加独裁的统治者。

《动物庄园》很有趣，各种动物性格特征鲜明，就像现实生活中的人。事实上，作者就是用这样一部寓言小说来讽刺社会。一群动物带着对自由的憧憬，力图打破旧秩序。它们本应冲出牢笼，但又跳入了另一个陷阱。它们依然被欺骗，被奴役，被统治，不平等是不变的结局，唯一的区别在于人类农场是人类管理动物，动物农场是动物管理动物，仅此而已。

这本书一出版，就被俄国、英国等国家列为禁书。

从《动物庄园》一书可见，作家描写动物，很多时候是项庄舞剑意在沛公，借动物来说人，通过动物反映人的品性、特征，尤其是人性上的缺陷。

语录：外面的生灵从猪看到人，又从人看到猪，再从猪看到人；但他们已经分不清谁是猪，谁是人了。

不过记住，当我们除掉琼斯时，不要染上他的恶习，所有动物都是兄弟姐妹，无论大小，聪明与愚蠢，飞禽还是走兽，无论现在还是将来，所有动物都是平等的。

农场的每一只动物无不各显神通地向人们进行报复。

——奥威尔：《动物庄园》

小马哥：

安子，你也写小说，那么能否和大家谈谈，以动物形象为主角的小说，与以人物形象为主角的小说，有什么不同吗？

安子：

好的。以动物为主角的小说，其实要比以人为主角的小说更容易表现和展开。

打个比方，以人为主角的小说，要写某人在独处的时候干了什么，除非以第一人称，否则只能是他人的推测或者猜测，或者本人的口述，否则没有办法表达某人独处时干了什么。

然而如果以动物为主角，就完全可以以动物的口吻去表达某人独处时的行动。比如某个抢劫犯在作案的同时，绝不会在意一只狗或者一只猫是否在看着他。再比如某人在做某件见不得人的事情，比如杀人的时候，一只鹦鹉可能看见了，那么这只鹦鹉就成了关键的证人。如果以人的角度去写，鹦鹉所见所闻就不能表达出来，但是如果从鹦鹉的角度去表达，那么这件案子就迎刃而解。

比如在塞万提斯的《双犬对话录》里，狗就多次看到主人家的女佣在深夜里与人幽会，这是用人物角色无法表达的，只能通过狗看见。在夏目漱石的《我是猫》中，猫也时常看见主人独自在书房中的丑态。所以用动物做主角的小说，在表达上视角更为全面。

更有意思的是，以拟人化的动物做主角，还可以表达人和动物的双重心理。比如《金驴记》的主人公变身为驴后，尽管心理还是人的，却也能从驴的角度感知身为动物的痛苦与无奈。卡夫卡的《变形记》中，人变成了甲壳虫之后，更能够感受到人性的冷漠和动物的渺小。

正是因为人与动物分属不同物种，决定了拟人化的动物形象可以跨越人和动物之间的区别，从人和动物两种角度去感受世界，观察世界，从而产生了各种更加新鲜、更加奇异的作品，读者也会有更多有趣而新鲜的阅读感受。

所以相对于以人为主角的小说，动物形象有它独特的优越性。动物的活动方式以及范围都不受人的意志控制，来去自由，无拘无束，所以它们出现在任何场景都是符合情理的，在任何夸张奇妙的情节下出现都是情理之中的。它们能极大地触及社会的每个角落，对于现实社会的丰富反映，社会矛盾的深度剖析，这些都是“人物形象”所无

注解：《我是猫》是日本作家夏目漱石创作的长篇小说，也是其代表作。《我是猫》淋漓尽致地反映了20世纪初日本中小资产阶级的思想和生活，尖锐地揭露和批判了明治“文明开化”的资本主义社会。这部作品以一位穷教师家的猫为主人公，以这只被拟人化的猫的视角来观察人类的心理。这是一只善于思索、有见识、富有正义感又具有文人气质，但至死也没有学会捕捉老鼠的猫。

《金驴记》是现存欧洲古代神怪文学中最重要的一部作品，被誉为世界文学史上第一部社会心理小说，真实地反映了2世纪罗马帝国外省的民俗风情和社会文化心态。小说描写的是贵族青年卢齐伊远游途中寄宿友人家中，误以魔药涂身变成一头驴子后的艰辛历程。他饱受磨难，后来得食埃及女神的玫瑰花环，才复现人形。

法描绘的。因此，通过动物形象，在反映社会的同时，可以揭露人类问题，激发整个社会去思考，去改变。

注解：《变形记》是奥地利作家弗兰兹·卡夫卡创作的中篇小说。主人公格里高尔·萨姆沙在一家公司任旅行推销员，长年奔波在外，辛苦承担着家庭的所有花销。当萨姆沙还能以微薄的薪金供养他那薄情寡义的家人时，他是家中受到尊敬的长子，父母夸奖他，妹妹爱戴他。当有一天他变成了甲虫，丧失了劳动力，对这个家再也没有物质贡献时，家人一反之前对他的尊敬态度，逐渐显现出冷漠、嫌弃、憎恶的面孔。父亲恶狠狠地用苹果打他，母亲吓得晕倒，妹妹厌弃他。渐渐地，萨姆沙远离了社会，最后孤独痛苦地在饥饿中默默地死去。

《变形记》封面

第五部分 与狼相关的作品

小马哥：

安子，我们说了这么多文学作品中的动物形象，有一种动物，似乎一直以来被很多作家关注，而且对它的描述也是褒贬不一，那就是狼。你能不能就这种动物形象给听众们做一解读？

安子：

说到描写狼的文学作品，大家首先想到的恐怕就是姜戎的《狼图腾》了。《狼图腾》是一部以狼为叙述主体的小说，讲述了20世纪六七十年代，一位知青在内蒙古草原插队时与草原狼和游牧民族相依相存的故事。这位知青一开始，对狼充满了恐惧和仇恨，可后来，他在内蒙古的大草原上迷上了狼，迷上了狼图腾的精神。《狼图腾》所传达的，不仅仅是狼不屈的精神，更是人与自然和谐共存的价值观，是中华民族早期的图腾象征：自由、独立、顽强、勇敢的精神和永不屈服、绝不投降的性格。这才是《狼图腾》中狼的真正寓意。

在国外的文学作品中，美国作家杰克·伦敦的《白牙》是一部非常典型的描写狼的作品。在这部作品中，一头叫作白牙的狼，不仅在肉体上遭到人类无情的伤害，而且还在精神上受尽人类的凌辱。白牙诞生于荒野中，幼年所见的是弱肉强食的狼的世界。后来，母狼带它一起从荒野回

注解：《狼图腾》是作家姜戎创作的一部以狼为主体的小说，1971年起酝酿腹稿，1997年写出初稿，2003年岁末定稿，2004年4月出版。出版后，被译为30种语言，在全球110个国家和地区发行。

到印第安主人身边，人类营地的生活使白牙变得乖僻而孤独，心性凶残，再没有爱。后来，在新主人史密斯的虐待和监控下，白牙变成了一只凶狠的斗狼。白牙在斗狼活动中险些丧命，最后被新主人斯考特救助。考斯特的仁爱，让白牙终于从凶残的野兽变成了忠实的伴侣，它还救了斯考特父亲的命，最终赢得“福狼”的美名，在人类身旁安度晚年。

事实上，这两部作品所表达的不是拟人化的动物，而是动物本身，是人类对动物的人道关怀，是人类对动物的生存境况的思考和关注。

不过也有很多古老的文学作品，描述了狼的凶残和狡猾。比如中学课本里的文言文《狼》，写的就是一名屠夫与两只狡猾的狼的较量。还有《东郭先生和狼》《小红帽》里的大灰狼，都是残忍而丑恶的形象。

随着社会的进步，文学作品中对狼的评价逐渐有了变化。比如贾平凹的《怀念狼》，前面我们提到的《狼图腾》《白牙》等，通过对狼的描述，启发人类对狼的关注和宽容。从生态平衡的角度讲，正是狼有效而节制的捕杀，才使得动物群落中的各类物种保持着平衡。此外，狼所捕食的猎物往往是老弱病残者，客观上有益于其他动物的优化。所以，从生态稳定和物种进化的角度讲，狼是有极大存在价值的生物圈的功臣。

事实上，当我们站在整个地球生态的角度去思考所有的动物时，就会发现，我们对于某些动物的喜好，未免过于自私和功利。也许正因为狗、牛、羊、马、鸡、鸭等动物能够被人类驯化和利用，所以我们用美好的词汇去形容

注解:《白牙》出版于1906年，是杰克·伦敦正式出版的第五部小说，一问世便大获成功，尤其受到年轻读者的欢迎。有的评论家认为该书是杰克·伦敦最有趣、最野心勃勃的作品，奠定了杰克·伦敦在美国文坛畅销作家的地位。

它们，而对于不能驯化，或者说不能战胜的动物，我们就用凶狠、狡猾等词汇去描述它们，这不是人类的自私和狭隘吗？

在整个地球的生态环境中，每个物种都有它存在的价值，都有它的美好与不美好。而在环环相扣的食物链中，都有其不可替代的功能和意义。所以在解读了文学作品中的经典动物形象之后，我相信，我们每个人，都能够更好地爱这个世界，爱这个世界上所有的动物。

注解： 杰克·伦敦的作品《白牙》屡次被改编为电影，讲述的是一只小狼犬跟随母亲生活在野外，饱尝世间冷暖，最终选择回归山林的故事。白牙是一只混血狼，因为体内流淌着四分之一属于狗的血液，所以兼具狼的野性与狗的忠诚。它很小就懂得狼的生存原则：吃或被吃。生活总是残酷地展现在它面前：爸爸死了，妈妈被卖了，它成为一条斗狼，过着地狱般的日子。直到有一天，斯科特先生的出现使得它的生命中有了温情。从此，它为了斯科特先生，可以不动家里的鸡的一根毫毛，可以舍弃性命奋不顾身。

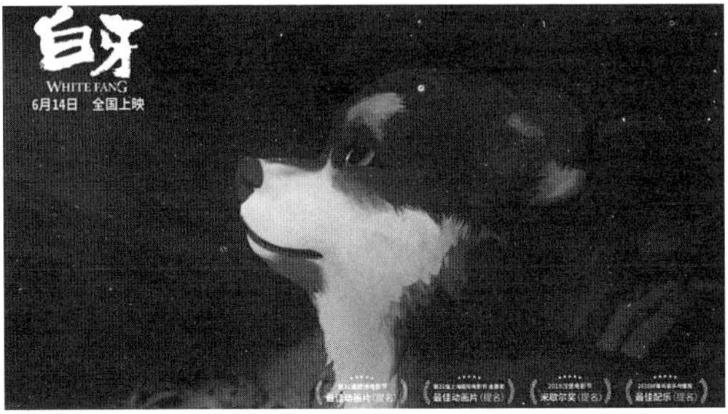

《白牙》电影海报

《新来的人：美国高中故事》封面

节目音频二维码

No.7 解读校园文学作品

作品

作品名	主角	作者
《少年的你，如此美丽》	陈念、小北、魏莱	玖月曦
《奇迹》	奥吉	R. J. 帕拉西奥
《恶意》	日高邦彦、野野口修	东野圭吾
《新来的人：美国高中故事》	朱夏妮及其同学、老师	朱夏妮
《天上有个太阳》	魏敏芝及其 28 位学生	施祥生

导语

这个月，除了大家熟悉的立冬、小雪等节气，还有两个鲜为人知的节日，叫国际学生节和国际儿童日。“国际学生节”又称“世界学生日”“国际学生日”。它设立于1946年，当时世界各国的学生代表在布拉格召开全世界学生大会，宣布把每年的11月17日定为“世界学生节”，以加强全世界学生的团结和友谊。而国际儿童日则是由联合国发起成立的纪念日，定于每年的11月20日，目的是为促进儿童保护、福利和教育等事业的发展。国际儿童日和六一儿童节一样，都是孩子们的节日，都是为了更好地保护儿童而设立的节日。

那么在最近一个月，随着电影《少年的你》的热播，学生们、孩子们也越来越受到社会的关注。少年儿童们的校园生活、校园安全和健康成长，成为热点话题。有关校园秩序的话题，被许多为人父母者提上了议事日程。

那么今天，我们就来给大家介绍五本有关校园生活的小说：第一本就是热播的电影《少年的你》的原著《少年的你，如此美丽》；第二本是去年在我国电影院里热播的美国电影《奇迹男孩》的原著《奇迹》；第三本是

注解：《少年的你》是一部青春爱情犯罪电影。于2019年10月25日上映。2019年11月8日在英国以及北美地区上映。该片改编自玖月晞的小说《少年的你，如此美丽》，讲述在高考前夕，被一场校园意外改变命运的两个少年，如何守护彼此的故事。

日本作家东野圭吾的小说《恶意》；第四本是中国作者朱夏妮的小说《新来的人：美国高中故事》；第五本是当年曾经引起了极大关注的电影《一个都不能少》的原著《天上有个太阳》。

相信这五本书，能够带给您不一样的校园故事，或者让人唏嘘，或者让人温暖，或者让人感动。

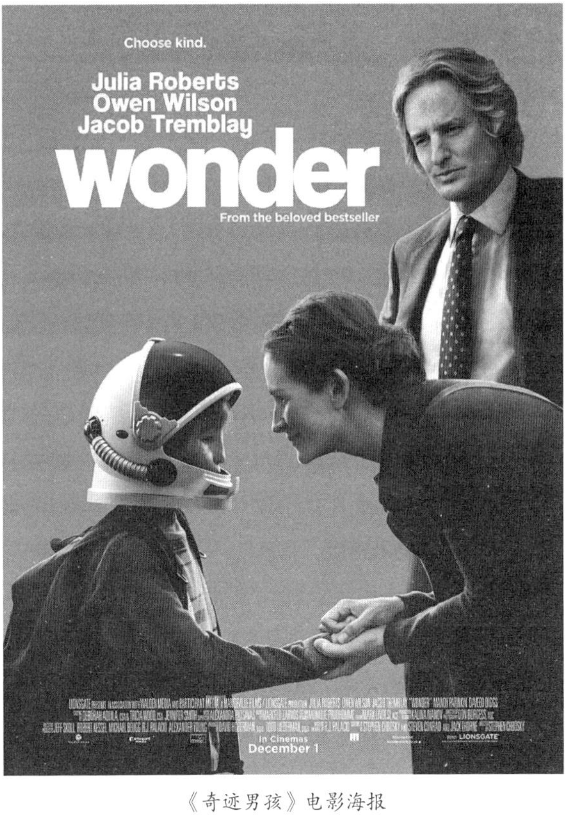

《奇迹男孩》电影海报

语录：其实，你从头到尾都是被欺负，只是欺负的形式不同罢了……你当时承受的最大暴力，就是你被迫成为那场暴行的共犯。

人类总是那样的自以为是。善意的谎言只是对说谎的人而言是善意，被骗的人就是被骗了。

令他害怕的，并非暴力本身，而是那些讨厌自己的人所散发的负面能量。他从来没有想象过，在这世上竟然会有这样的恶意存在。

简单来说，现在的父母自己都不看书了，却一味逼着小孩去读。可是由于自己没有阅读的习惯，所以也不知道该给孩子看什么才好，结果只能把政府推荐的图书硬塞给他们。不过，那种书通常内容生硬又无趣，只会让孩子更讨厌书本。这种恶性循环应该会周而复始吧。

——东野圭吾：《恶意》

解读

第一部分 《少年的你，如此美丽》

语录：伟大并非是拥有强大的力量，而是学会如何更好地运用力量。

我希望每一天都是万圣节。我们可以一直戴着面具，这样就能够四处游历，广交朋友，不用去理会面具下的我们长什么样子。

善良一点，因为每个人都在与人生苦战。如果真正想要了解他们，只需要用心去看。

——R.J. 帕拉西奥：《奇迹》

小马哥：

大家好，最近有一部电影在各大影院上映，不知道电波那头的你有没有看，这部电影的名字叫《少年的你》，它以冷峻的笔调描写了一个高三女生的生活经历，引起了社会对校园生活的关注。校园就是一个小社会，它和成年人的世界其实差不多，有艰难，有温暖，有希望，也有未来。在文学作品中，有很多描写校园生活的作品，其中很多还被搬上了屏幕，这一期，我们就为大家介绍几本以校园生活为主题的作品，不仅有当下热播的《少年的你》的原著《少年的你，如此美丽》，还有去年在我国电影院里热播的美国电影《奇迹男孩》的原著《奇迹》，东野圭吾的小说《恶意》，中国作者朱夏妮的小说《新来的人：美国高中故事》，以及电影《一个都不能少》的原著《天上有个太阳》。

今天我们请到的，还是我们的老朋友安子。

安子，来，给大家打个招呼吧。

安子：

大家好，小马哥好，非常高兴又坐在这里，和大家一起分享和校园生活有关的书，校园生活是我们每个人永远不会忘记的时光，或者美好，或者温暖，或者冷峻，或者艰辛，在文学作品中，校园生活也一样五彩纷呈。

小马哥：

安子，你看《少年的你》了吗？

安子：

看了，我的日常生活就是看书、看电影、创作，所以热播电影是我的必修课。

小马哥：

感觉如何？

安子：

挺感人的。这部电影里的校园生活，特别是高三生活非常真实，也非常让人感慨。故事发生在高考前两个月，事实上，对于所有的高考生来说，最后两个月都是最为至关重要的两个月，家长们在这冲刺的两个月里，常常如临大敌，对孩子们更是倍加呵护，然而这个故事里的主角和一些孩子却得不到家长们的重视，甚至失去了父母的保护，比如陈念。

故事的主角是高三女生陈念，故事一开始，在紧张而忙碌的备考生活中，一件突发事件打破了校园秩序。陈念

注解：《少年的你，如此美丽》连载于晋江文学网，后由百花洲文艺出版社出版发行。该小说讲述的是发生于校园的暴力问题，探讨家庭、学校、社会环境对人的影响。

的同学胡小蝶在校园里跳楼自杀了，这件事引起了一场小规模的校园骚动，连警察也进入校园开始着手调查。胡小蝶跳楼后，同学们都来围观胡小蝶的尸体，只有陈念走了出来，脱掉校服，盖在了胡小蝶的尸体上。

那么事实上，胡小蝶之所以跳楼自杀，就是因为不堪忍受校园霸凌，而霸凌的主导者，竟然是家境优越、成绩优秀、容貌姣好的校花级女生魏莱，在影片中，魏莱这个角色非常可恶，她甚至在被警察审讯时这样说：胡小蝶死了不好吗？她家里人闹一闹就能拿到个几十万，胡小蝶就算活着，以后工作多少年才能给家里挣这么多钱？

孩子们不更世事的冷漠真是可怕，在胡小蝶死后，魏莱又把陈念当成了目标，她像当初对待胡小蝶一样对待陈念，聚众打她，骂她，侮辱她。然而陈念不是胡小蝶，她告诉了老师，于是警察来了，魏莱等人被停课，班主任老师被开除。然而魏莱对陈念的欺凌却未曾中止。

注解：陈念：性格内向，是学校的优等生，因为帮助自杀而死的好友小蝶，遭受校园暴力，被激怒后误杀魏莱。最后警察查明，刑满后继续和小北保持着“友谊”。

小北：13岁被母亲抛弃，混迹街头，终日打架、混日子，没有希望，没有未来，直到遇到陈念才看到了光。她成为他最想不顾一切去成就的希望。后为了帮助陈念高考，自愿替她掩盖杀人的罪行，做了一些不计后果的事情。刑满释放，继续保护陈念。

小马哥：

那这时候陈念的父母呢？

安子：

陈念没有父亲，和母亲相依为命，然而在这部电影的原著《少年的你，如此美丽》里，陈念的母亲几乎没有出现。在影片中，陈念的母亲因为售卖三无面膜被许多顾客上门追责，连家门口都贴满了大字报，最后不得不逃出家门，就连女儿最重要的高考前夕，都不能陪伴在女儿身边，而是只能打电话鼓励女儿。在这部影片里，陈念的母亲是软弱的，她没有能力保护女儿，她唯一能够做的，就是想尽一切办法赚钱维持母女俩的生活。所以陈念在被魏莱欺凌后，躲进了垃圾桶，打电话给调查胡小蝶案件的警察，然而警察并没有接到电话，最终陈念选择了小北，也就是她曾经在路上偶遇，偶然救过的街头小混混小北。

那么小北这个角色更是凄楚，影片中他没有亲人，独自一人生活在破旧的老屋里，原著中他没有爸爸，妈妈出现过一次，但有一个伯父，一直在悄悄地关心着他。小北充满正义感，因为陈念救过自己，所以他选择以跟随保护的方式去回报陈念。

就这样，一个好学生，立志要考到北京、带着母亲离开这座城市的好学生，和一个生活在社会最底层的小混混的故事就此开始。

小马哥：

在这部电影里有一句非常惹眼的台词：“你保护世界，我保护你”，那么后来，小北是如何保护陈念的呢？

安子：

在这个故事里，两个无依无靠的孩子惺惺相惜，相互支持，相互帮助。

魏莱在最后一次欺凌陈念时被监控拍到，她怕陈念报警，一改之前的骄横霸道，竟然到陈念面前求饶，那一幕的魏莱真的是让人厌恶之极。特别值得一提的是，魏莱的父母也让人非常无奈，对于魏莱霸凌同学，她的母亲选择的是指责他人，包庇女儿，而魏莱的父亲一直没有出现，

语录：长大就像跳水，什么都别想，闭着眼往里跳就行了，那水里有石头有沙子有蚌壳，我们都是这样长大的。

即使生活在阴沟里，也要学会仰望星空。

即使世界千疮百孔，但希望依然存在。

路上总有阴影，但你抬头就能看到光。

这个世界什么都有，就是没有如果。

——玖月晞：《少年的你》

魏莱说因为她高考失误复读一年，她父亲一年没有理她。而当魏莱的尸体被发现后，她的母亲痛哭流涕，她的父亲还是没有出现。

整部剧中可悲的不仅仅是陈念。陈念在魏莱求饶的时候，因为魏莱讽刺自己的母亲，失手将魏莱推下楼梯，导致魏莱死亡。而小北为了替陈念顶罪，毁尸灭迹，在尸体因大雨冲刷被发现后，又自编自导了强奸陈念未遂的桥段，最终锒铛入狱。如果不是警察的细心和耐心，恐怕最后的结局真的是小北陷入牢狱，陈念陷入愧疚。最终警察说服陈念自首，两人一起度过了几年高墙内的岁月后，重新开始生活。故事的结局是陈念做了英语老师，而小北永远守在她身边，保护她。

小马哥：

每个孩子代表的不仅仅是自己，而是整个家庭。在《少年的你》原著玖月曦的小说《少年的你，如此美丽》里，家长的缺位更是非常明显，陈念、小北都没有父亲，他们的母亲也几乎未曾出现，魏莱的父亲对女儿也极其冷漠。而魏莱所依赖的，并不是自己的母亲，而是另有其人。安子，跟我们说说原著和电影的不同之处吧。

安子：

好的，在小说中，魏莱所依赖的，是一个叫赖青的小混混，正是在赖青的帮助下，魏莱才拍了陈念的裸照。但魏莱没有想到，陈念在自卫时，用刀刺伤了自己。小说中魏莱的伤并不致命，但赖青却乘虚而入，蒙着自己的脸强

注解：魏莱：校园暴力的领头人，最后被愤怒的陈念推下楼而死。

胡小蝶：陈念的好朋友，长期遭受校园暴力的摧残，最终在高三前夕自杀。

暴了魏莱。赖青本来没想杀人，但却被魏莱看到了脸，所以只好杀人灭口。

而赖青这个人，正是警察一直在通缉追查的连续作案的强奸犯，他经常在雨夜作案，被称为“雨衣人”。

而魏莱死后，赖青就想让陈念当替罪羊。最后小北为了保护陈念，杀死了赖青，自己则甘当“雨衣人”，被警方抓走，终让陈念彻底脱身。

小说的结尾，未成年人小北被判入狱 7 年。陈念则去香港读书。小北出狱后，两个人走到了一起。

小马哥：

原著比电影还复杂，不过不管原著《少年的你，如此美丽》还是电影《少年的你》，结局都是心向光明的，两个人也终究走到了一起。

安子：

是的，很多读者和观众在评价影片《少年的你》和原著《少年的你，如此美丽》的时候这样说，陈念常有，而小北不常有，所以现实生活中，改变校园秩序，不仅仅是学校的工作，最重要的还有家长的恰当关心、正确指引和必要陪伴，只有这样，才不会有冷漠无情的魏莱，也才不会有备受凌辱的胡小蝶和陈念。

语录：没有一节课教过我们，如何变成大人。

只要我不认输，就没有什么可以把我打倒。

我没有那么多故事可讲，但不代表我没有梦想。

总有一个人，是少年的你。

——玖月晞：《少年的你》

第二部分 《奇迹》

小马哥：

其实校园里不仅仅有让我们感到心酸的故事，也有很多温暖的、感人的故事，接下来我们给大家介绍一本暖心的小说，电影《奇迹男孩》的原著《奇迹》。

安子：

《奇迹男孩》去年在我国上映的时候，很多学校组织孩子们去观影，这部电影是根据美国作家 R.J. 帕拉西奥的小说《奇迹》改编的。《奇迹》讲述的是一个天生有面部残疾的小男孩奥吉，在家庭的帮助下，在学校老师的帮助下，通过自己的努力，融入学校，成为同学们的朋友，被大家接受并且喜欢的过程，这一过程，是奥吉一家人创作的奇迹，也是奥吉自己创造的奇迹。

这个故事很温暖。奥吉在出生后做了 27 次手术，最终拥有了一张有点像外星人的面孔，所以他喜欢带着宇航员的头盔出门，这样才不会吓到别人，也才不会被人嘲笑。而奥吉的母亲为了孩子，放弃了事业，成为奥吉的一切，照顾他的生活，教他知识。然而在五年级的时候，奥吉的母亲做出了一个重大的决定，送奥吉去上学。这是一个让奥吉感到痛苦，感到恐惧的决定，然而他必须接收。

《奇迹男孩》电影剧照

老师们很善良，教同学们善待奥吉，但孩子们不能理解奥吉这张脸，所以很少有人愿意和奥吉说话，不过奥吉也有自己的优势：他的功课特别好，尤其是科学课。虽然他有一颗敏感而不够坚强的心，但乐于助人，渴望友情。于是，孩子们之间的友谊渐渐萌发，父母和姐姐的关心与支持，让他一次次打开心结。奥吉遇到了嘲笑自己、欺负自己的孩子，同时也遇到了愿意为自己打抱不平的好朋友。于是奥吉在一天天的校园生活中成长起来，勇于面对自己，面对这个世界，并且最终拥有了同学们的友谊和喝彩！

这个故事看到最后，我还是难免落泪，其实我们每个人都要学会自己去面对校园，面对社会。成长的道路上，我们都是孤独的，都要一个人前行，然而我们身后站着的那些人，父母、亲人、朋友，他们给予我们的温暖，却让我们不会畏惧，不会退缩，因为我们永远爱他们，他们永远爱我们。

小马哥：

这个故事很暖心，相信只要我们用正确的方式去开启孩子们心中的魔盒，他们就能够拥有爱，获得爱，并且会用充满爱心的举动去感动周围的人，获得这个世界的接纳和认可。

注解：小说《奇迹》的灵感来自一个小姑娘。作者帕拉西奥在一次和孩子们外出时，在买冰激凌排队中发现前面的小女孩脸部严重伤残，她3岁的儿子看到女孩的脸之后立刻哭了起来。为了避免孩子尖叫伤害到小女孩及其家人，帕拉西奥匆忙带着孩子离开，离开时她听到小女孩的母亲冷静地说：“好了，孩子们，我们该走了哦。”这触发了帕拉西奥创作的灵感，不仅仅是小女孩那张伤残的脸，小女孩母亲的表现更引发了她的思考。

第三部分 《恶意》

小马哥：

安子，我们给大家说一本悬疑小说，东野圭吾的《恶意》，东野圭吾写过不少和校园生活有关的小说，比如成名作《放学后》，以及《学生街的日子》和《恶意》。《恶意》和《白夜行》都被称为东野圭吾的巅峰之作，安子，给我们讲一讲，《恶意》到底讲了怎样一个故事吧？

安子：

好的。作为一本推理小说，《恶意》自然也是由一起谋杀案开篇的，这起谋杀案并不发生在校园里，准确地说，看似和校园没有任何关系。而且在这本书读到三分之一的时候，凶手已经确定，后面三分之二就是溯源，寻找凶手的杀人动机。然而就是这个杀人动机，追溯到了凶手和受害人的学生时代。

这起案件是著名的畅销小说作家日高邦彦在家中被杀，嫌疑人有三位，一位是日高邦彦的妻子日高理惠，另一位是因为一本涉及隐私的小说而和日高产生矛盾的藤尾美弥子，还有一位是日高的好友、儿童文学作家野野口修。

在这部小说中，东野圭吾分别从警官加贺的角度，以及野野口修的描述、手记，展现了这起案件的来龙去脉。野野口修从认识日高，到日高抄袭自己的作品，再讲到自

注解：《恶意》是日本作家东野圭吾挑战悬疑小说写作极限的佳作，是以加贺恭一郎为主人公的系列作品的第四部。该系列的上一部作品是《谁杀了她》，下一部作品是《我杀了他》。《恶意》被媒体和读者列为东野圭吾的巅峰之作，与《白夜行》同享光辉与荣耀，这两部作品恰似双生花——《白夜行》为了爱粉身碎骨；《恶意》因为恨万劫不复。

己和日高的妻子一见钟情，甚至貌似无意地透露出日高毒死邻居家的猫的细节，当然，最后，他对自己杀害了日高也供认不讳。但事实上，除了杀人是真的，其他一切都是假的，什么手记、影子作家、一见钟情、杀死猫，都是谎言，都是为了抹黑日高，掩盖自己的杀人动机。而野野口修的杀人动机只有一个，那就是从学生时代累积起来的恶意。

当年在中学校园里，日高和野野口修都是校园霸凌的受害者——被透明胶带捆绑扔在体育馆的角落，从教室的窗下走过会被泼盐酸，被排挤，被欺辱，这是日高和野野口修两个人的共同经历。不过不同的是，日高从未屈服，始终像斗士一样面对欺负他的那些同学，而野野口修却最终从一个被欺凌者变成了欺凌者。

其实力的作用是相互的，被欺凌者和欺凌者，都不会太开心，即便后来日高既往不咎，在校园生活和人生道路上拼尽全力，对野野口修也是帮助有加，但都适得其反，这些不仅不能消除野野口修对日高的敌意，反而加重了野野口修的自卑和嫉妒。在野野口修得知自己身患癌症，将不久于人世后，终于恶意萌发，在长达半年的精心设计后，杀害了日高。

野野口修的恶意，不仅是在校园生活中一点点累积起来的，也是家庭环境所致，而日高对野野口修所有的帮助和善意，野野口修的母亲从来没有表示过感谢，甚至以最大的恶意去揣测。野野口修的母亲对生活充满了不满，这种不满甚至逐渐升级为恶意，她对周围的邻居充满了鄙视，对身边的人充满了厌恶，她目中无人、自高自大、盲目骄傲，这些完完全全地遗传给了儿子野野口修，以至于当野

注解：东野圭吾的成名之作是校园推理小说《放学后》。该书一经问世就在日本国内引起强烈的反响，并且获得当年日本权威文学大奖江户川乱步奖。自此东野圭吾开始专职写作。《放学后》讲述的是作为教师的“我”接连遇到几次事故差点丧命，由此而渐渐接近真相。

《恶意》封面

野口修看到日高一天天比自己顽强，比自己过得好的时候，心中的恶意就不断积累了起来。

小马哥：

其实不管在校园生活还是在家庭生活中，最重要的还是要传播正能量，不要传递负能量，孩子们的内心是非常脆弱的，他们对于负能量的抵御能力和消化能力都很差，如果不能恰当处理来自外界的负能量，也许有一天，受伤的人会变成伤害他人的人。校园生活、童年和少年时代的经历对一个人的影响是一生的，如果我们都能像《奇迹》中的奥吉的家人和老师们一样，妥善处理学生之间的关系，表达自己对孩子，对其他的孩子的善意和关爱，那么孩子们的校园生活就会多一些开心和顺利，他们内心的成长也会更加健康。

注解：美国高中分为公立和私立两类。公立中学允许外籍学生就读的最长期限是一年，只有少量的国际学生以交换生的形式就读。私立中学没有限制，国际学生只有在私立中学就读才能在美国接受完整的高中教育。美国有几百所私立高中对国际学生开放，分布在美国各州。

美国的中学教育学制一般为初中两年，为7-8年级；高中4年，为9-12年级。

美国高中分为寄宿制和走读制。

第四部分 《新来的人：美国高中故事》

小马哥：

安子，我们再给大家介绍一本轻松一些的书，中国作者朱夏妮的小说《新来的人：美国高中故事》。这本书轻松活泼，当然也有严峻的校园生活，但总体而言比较暖色调。

安子：

好的。这本书之所以吸引了我，是因为它的书名《新来的人：美国高中故事》，这是一个中国女生进入异国高中上学的故事，让我们来看看，一个有着地域差别、思维差别和肤色差别的中国女孩如何融入异国的高中生活。

朱夏妮写的是自己的故事。事实上，每个孩子在进入学校的时候，都需要一个融入的过程，都需要找到自己的朋友。朱夏妮进入美国高中的第一天，一个朋友都没有，为了摆脱陌生和尴尬，她一个人跑到厕所洗手池边的窗台上吃自己的午饭——一块三明治，对着厕所的镜子想象镜子里的自己就是自己的朋友。但很快她就有了好朋友，带着牙箍的金发女孩尼寇。后来她还收到了男生的舞会邀请，还去一位女同学家住了一周。她在努力地适应异国高中生活，在适应身边不同肤色、不同思维方式的同学们。虽然她也遇到了这样那样的麻烦，也听到黑人同学和白人同学的对骂，当然，也受到同学莫名的敌视，然而她还是成功

注解：美国高中课程分为必修课和选修课。必修课主要包括英语（语文）、数学、科学（理、化、生物等）、历史、体育等；选修科目则涉及非常广泛，涵盖了艺术（美术、音乐、舞蹈、影视、服装设计、工艺设计等）、职业技术（电子信息、机械加工、车辆维修、护理、烹饪、木工等等）、外语（西班牙语、法语、德语等）、计算机（文字处理、编程、图像、网页设计等）、商业、健康、消费等。

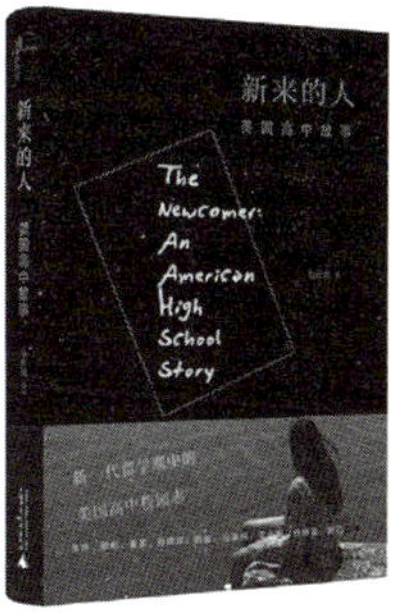

《新来的人：美国高中故事》封面

地交到了很好的朋友，并且在暑假的时候把要好的女同学带回中国，带回自己的家乡乌鲁木齐去过暑假。

事实上，每个孩子在面对校园，面对这个世界的时候，都必须学会自己面对一些事情，自己处理自己的情绪，有时候是难过的，有时候甚至说不清楚是怎样一种情绪。比如朱夏妮在异国高中的校园里，就遇到了一件让她，以及让她的同学们内心都难以平静的事情，她们的一位优秀的男老师，因师生恋自杀了。就在朱夏妮和其他同学们都在期盼着这位老师的美国文学课和电影课的时候，这位老师永远地离开了他们，不仅仅是朱夏妮，很多同学都感到很难受，睡不着。朱夏妮还有一位异国的高中同学，高一就得了抑郁症，后来休学在家，每天都要服用抗抑郁症的药物。

注解： 留学生活在许多人的求学经历中都是意义重大的一个阶段，文化差异、社交压力、情感疏离会重塑一个人的身心。对14岁就出国读高中的女孩朱夏妮来说，这一切也同样发生在她身上。从小接受的文学熏陶和训练，使她可以用自己的方式将这段经历记录和表达出来，于是就有了《新来的人：美国高中故事》。书名看似轻描淡写，文中却充满敏锐的观察和细腻的情感。

小马哥：

校园也是一个小社会，并不是永远阳光灿烂，也会下雨，也有雷电，所以我们要帮助孩子们学会适应校园生活的方方面面，正确地去面对校园生活中可能出现的各种问题，处理好自己在各种突发事件后的情绪，健康成长。这是学校的责任，也是家庭的责任，更是社会的责任。

第五部分 《天上有个太阳》

小马哥：

最后，我们给大家介绍一部曾经屡次获奖，引起了社会极大关注的中国影片《一个都不能少》的原著《天上有个太阳》。这部小说讲述的是农村的校园故事，很多听众都看过影片《一个都不能少》，这部影片所描述的校园很小，小到只有一个老师，28个学生，然而尽管贫穷，尽管那个叫魏敏芝的代课老师只有13岁，根本不懂什么教育方法，也没有什么教育理念，但她坚定的信心和这群孩子强烈的求知欲，却让读者和观众们为之感动。安子，给我们讲一讲《天上有个太阳》这本小说吧。

安子：

好的。这部小说讲述的是村里水泉小学唯一的老师——高老师，要回家探望病重的母亲，可因为他是唯一的老师，他要离开，就必须找一个老师来代课。于是村主任找来了邻村13岁的女孩魏敏芝。其实高老师根本就不同意让魏敏芝代课，因为她只有13岁，自己还是个孩子，什么都不会教。可除了她，村主任实在找不到别的人。于是魏敏芝就做了这28个孩子的老师。

水泉小学每年都有孩子辍学，所以高老师对魏敏芝只有一个要求，那就是在魏敏芝代课的这一个月期间，孩子们"一个都不能少"。魏敏芝不会教学，孩子们也不听她的，

《一个都不能少》电影剧照

她就让孩子们抄课文，不管他们听不听，不管他们学不学，她就是堵在门口，一个也不能走，连村主任也不能带走任何一个孩子。

可还是少了一个叫张慧科的孩子，这个孩子家里欠了债，于是让他到城里去打工。魏敏芝就带着这帮孩子去找张慧科。

小马哥：

一个孩子王和一群孩子的校园故事，而且电影《一个都不能少》当年还是全部采用非专业演员表演，连魏敏芝、张慧科，都是真实的村里的孩子，名字也都是真实的名字，非常具有震撼力。

注解：《一个都不能少》是1999年上映的一部电影，根据施祥生小说《天上有个太阳》改编，由张艺谋导演，选用一批非专业演员拍出的这部类似纪录片的电影，主题是关于农村、贫穷及文盲的问题。该片获得十项国际电影奖项，包括金鸡奖、圣保罗国际电影节和威尼斯电影节的金狮奖。

安子：

是的，这群孩子为了能够到城里去找回来他们的同学张慧科，就跑到窑厂去搬砖，魏敏芝想着大家一起搬1000块砖，赚二十多块钱，就能够凑够车票钱，去城里找回张慧科。可他们七手八脚乱搬一气，最后窑厂的老板还是可怜他们，给了他们15块钱。

后面有个细节特别让人心酸，这群孩子渴了，跑到商店里，除了车票钱，剩下的6块钱只够买两听可乐，孩子们没喝过可口可乐，就买了两听，27个孩子加上魏敏芝，一人一口，喝了这两听可乐。

可他们到车站后，却发现车票并没有那么便宜，最后魏敏芝只好一个人买票去了城里。

这个13岁的小老师魏敏芝，对教学的确不算负责，也根本不会教学，但是她却有一股子倔劲儿，一个人无所畏惧，真的是初生牛犊不怕虎，在茫茫人海中寻找自己的学生张慧科。

寻找的过程非常感人，哪怕这只是一所只有一个13岁的代课老师的农村校园，哪怕只有28个学生，这群可爱、单纯、向上的孩子，包括她们的小老师魏敏芝，还是打动了我们。

最终魏敏芝找到了张慧科，还得到了好心人的帮助，带回了很多粉笔和文具。皆大欢喜的校园故事，不管在城市还是在农村，只要我们有爱，孩子们的心中就会有不灭的希望和梦想。

《一个都不能少》曾经荣获十项国际电影奖项，原著小说《天上有个太阳》也非常值得我们认真阅读。不管身处何处，校园生活永远是我们弥足珍贵的时光。还有很多有关校园生活的书籍和电影，比如《美丽的大脚》《放牛班的春天》《为人师表》《月亮升起的王国》，等等。

小马哥：

今天我们给大家介绍了五本反映校园生活的好书，它们分别是热播电影《少年的你》的原著《少年的你，如此美丽》；电影《奇迹男孩》的原著《奇迹》；东野圭吾的作品《恶意》；中国作者朱夏妮的作品《新来的人：美国高中故事》和电影《一个都不能少》的原著《天上有个太阳》。

注解： 电影《一个都不能少》使魏敏芝一举成名，处在一片叫好声中的魏敏芝，对未来有些茫然。是张艺谋“还是应该继续读书”的话，让年仅14岁的魏敏芝选择到省城石家庄的精英中学，开始了新的学习生活。

安子：

相信今天的节目，可以让读者们感受到不一样的校园生活，从而更加关注我们的校园，关注我们的孩子。

注解：后来魏敏芝考入西安外国语学院西影影视传媒学院的大门，成为一名编导系的学生。后来魏敏芝到美国深造，还在美国结婚生子。

《童年》封面

《在人间》封面

《我的大学》封面

节目音频二维码

No.8 解读苏联文学作品

作品

作品名	主角	作者
《人生三部曲》	阿廖沙	高尔基
《战争与和平》	安德烈、皮埃尔	托尔斯泰
《安娜·卡列尼娜》	安娜·卡列尼娜	托尔斯泰
《复活》	聂赫留道夫和喀秋莎·玛斯洛娃	托尔斯泰
《钢铁是怎样炼成的》	保尔·柯察金	奥斯特洛夫斯基
《假如生活欺骗了你》		普希金
《装在套子里的人》	别里科夫	契诃夫
《静静的顿河》	葛利高里	亚历山大肖洛霍夫
《诗人之死》	普希金	莱蒙托夫

导语

这个夏天注定充满了激情，注定会拥有无数个激动尖叫的夜晚，因为世界杯正在如火如荼地进行中。2018年俄罗斯世界杯是第21届世界杯足球赛。比赛从2018年6月14日到2018年7月15日，在俄罗斯联邦境内11座城市中的12座球场进行。这是世界杯首次在俄罗斯境内举行，也是世界杯首次在东欧国家举行，同时是继2006年德国世界杯后，世界杯再一次在欧洲举行。

今天，我们在这个火热的夏日里，跟随那些激动尖叫的观众们，去看一看苏联的文学作品，希望我们的解读，能够给这个夏日增添一丝清凉、一丝惬意。

注解： 苏联文学包括十月革命前沙皇俄国时期和十月革命后苏维埃政权时期。狭义上指十月革命后苏联时期的文学，或称苏维埃文学。十月革命后产生的苏联文学或苏维埃文学是多民族的文学。据1968年统计，苏联文学包含用72种民族文字写作的各民族的文学。

解读

第一部分 综述苏联文学的特色

小马哥：

这个夏日，我们身边有太多的球迷熬夜看球，有太多的人开始热衷俄罗斯文化。在这样火热而激情的夏日，安子，让我们一起来解读苏联的文学作品，一起来了解来自那片热土的文学大家吧。

安子：

听众朋友们好，小马哥好，感谢今天有这样一个机会，能够坐在这里，和大家聊一聊苏联文学作品。

苏联文学，也叫俄苏文学，它对中国当代文学的影响是非常大的，尤其是中华人民共和国成立后。在很长一段时间内，苏联的文学界有什么倾向和重要作品，都会很快传播到中国来。由于社会制度的相似性，所以中国作家在中华人民共和国成立后，比较倾向于向俄苏作家学习。我是 70 年代后期出生的人，对于我来说，哄娃神器就是苏

注解：苏联文学是无产阶级的文学，它以革命的主题出现在世界文坛，例如高尔基的《母亲》，肖洛霍夫的《静静的顿河》，托尔斯泰的三部曲《苦难的历程》，雅库布·柯拉斯的三部曲《在十字路口》，高尔基的自传体三部曲等。

联歌曲《喀秋莎》。

小马哥：

《喀秋莎》？是不是那首：“正当梨花开遍了天涯……”

安子：

对，对，就是那首：“正当梨花开遍了天涯，河上飘着柔曼的轻纱！喀秋莎站在峻峭的岸上，歌声好像明媚的春光。”

小马哥：

是不是还有那首《莫斯科郊外的晚上》：“深夜花园里四处静悄悄，只有风儿在轻轻唱。夜色多么好，心儿多爽朗，在这迷人的晚上。”

安子：

哈哈，这两首歌暴露了年龄。苏联作品，对于我们这些70年代出生的人而言，真的是影响巨大。我小时候，暑假读的作品除了中国的，基本上就是苏联的，比如《钢铁是怎样炼成的》《静静的顿河》，高尔基的《人生三部曲》。

在中国，很多苏联作家的作品广为人知，比如大家都熟悉的高尔基的著名散文诗《海燕》：“在苍茫的大海上，狂风卷集着乌云。在乌云和大海之间，海燕像黑色的闪电，在高傲地飞翔。”

注解：《海燕》又名《海燕之歌》，是高尔基创作的一篇著名散文诗。海燕在暴风雨来临之前，常在海面上飞翔。因此，在俄文里，“海燕”一词含有“暴风雨的预言者”之意。

《海燕》按海面景象的发展变化分成三部分，描绘了狂风暴雨下的大海的壮丽场景。在这篇文章中，作者通过对海燕在暴风雨来临之际勇敢形象的描写，深刻反映了1905年俄国革命前夕急剧发展的革命形势，热情歌颂了俄国无产阶级革命先驱坚强无畏的战斗精神，预言沙皇的黑暗统治必将崩溃，预示无产阶级革命即将到来并必将取得胜利的前景。号召广大劳动人民积极行动起来，迎接伟大的革命斗争。

“让暴风雨来得更猛烈些吧！”

回望20世纪中外文学交往史，不难发现，苏联文学和中国文学的关系最为密切。这种关系的形成有其内在的必然性。首先中俄两国在地理上是近邻，国情相近，两国的文化也有很多相似之处。

李大钊曾经指出：“俄罗斯文学的特质有二，一是社会色彩非常浓厚；二是人道主义非常发达。”

现代文学史家郑振铎写道：“俄国文学之所以成功，决不是偶然的事。她真挚的人道主义精神，使她垦发了许多未经前人走过的文学园地，这便是她博人同情的最大原因。”

鲁迅也说过：“俄国文学是我们的导师和朋友。”

俄罗斯文学崛起于19世纪初，在那个时代，俄罗斯文学仿佛从沉睡中一跃而起，形成了一个名家辈出、群星灿烂的局面，迅速成为全世界最具影响力的文学流派之一。

对于20世纪50—70年代出生的中国人而言，大多受到苏联文学的影响，像电影、绘画、音乐、芭蕾舞，在中国几乎家喻户晓。

小马哥：

安子，如果让你用一个词来概括俄罗斯文学的特征，会用哪个词呢？

安子：

如果要用一个词概括俄罗斯文学的独特魅力，那么我想可以用这样一个词：厚重。如果要用四个字来概括，那

注解：俄国文学这一概念在广义上指所有俄语国家的文学，不仅包括俄罗斯，也包括苏联诸加盟共和国。在苏联解体后，这一概念的范围缩小，仅指俄罗斯一国的文学。由于俄罗斯的文化疆界在历史上的多变和不确定性、俄语发展过程中的种种政治因素，“俄国文学”这一概念的界定仍存在很多争议。通常人们认为，产生于俄语文化氛围中、以俄语写成的文学都可归入“俄国文学”的范畴。

么我想说：忧患意识。

20 世纪最具影响力的俄罗斯思想家别尔嘉耶夫说过：“俄罗斯文学不是产生于令人愉悦的创造力的丰盈，而是产生于个人和人民的痛苦而多灾多难的命运，产生于对拯救全人类的探索。”

也就是说，苏联文学的厚重和忧患意识，源于这个民族的苦难，以及摆脱这种苦难的追求。正是这样的历史背景，造就了苏联文学深厚的人道主义内涵。

苏联文学还具有强烈的使命意识。

事实上，俄罗斯作家的怀疑精神、叛逆性格和批判眼光，使他们往往难以避免被捕、被监禁、被流放和被发配苦役的命运。正如俄国哲学家、作家、革命家赫尔岑所说：“我们的全部文学史，就是一部殉道者的史册，放逐者的列传。”

高尔基

托尔斯泰

普希金

注解： 俄罗斯历史命运的特殊性，使得俄罗斯的知识分子们拥有一种使命感，这与俄罗斯民族的特点和使命是相适应的。俄罗斯文学的发展，体现了知识分子对社会问题和人民大众出路的思考，也体现了知识分子强烈的社会责任感和使命感。反映强烈的时代精神，表现新的主题，塑造新的主人公形象，这是苏联文学的特征。苏联文学的每一时期，都反映了强烈的时代精神。在国内战争时期，文学号召人民投入战斗，表达人民为争取自由与独立而英勇奋战的英雄气概；在社会主义建设年代，讴歌苏联人民克服重重困难进行社会主义劳动的首创精神；在反法西斯战争中，苏联文学展示了人类所经受的空前浩劫，表现人民抗击恶势力的勇气。苏联文学把无产阶级与劳动人民历史意识的觉醒放在创作的首位，塑造了一系列既有崇高理想和坚定信念，又有顽强性格和优美心灵的艺术典型。

第二部分 高尔基

小马哥：

安子，那么现在，就给大家具体地讲一讲苏联有哪些著名作家吧！

安子：

说到苏联的文学大家，大家首先想到的，也许就是高尔基。

小马哥：

高尔基是苏联著名的作家、诗人、评论家、政论家和学者。高尔基于 1868 年 3 月 16 日出生于一个木工家庭，由于家境贫寒，11 岁就当了学徒。

高尔基是社会主义、现实主义文学的奠基人，是无产阶级艺术最伟大的代表者、无产阶级革命文学导师、苏联文学的创始人之一。

就像小马哥刚才所说，我们从小就从课本里了解了高尔基的《人生三部曲》。

《人生三部曲》是高尔基著名的自传体小说，这三部曲分别是《童年》《在人间》《我的大学》。

小马哥：

安子，那就让我们回顾一下高尔基的《人生三部

注解：高尔基，苏联作家，《童年》《在人间》《我的大学》是高尔基自传体三部曲。其代表作还有长篇小说《母亲》和剧本《小市民》等。1927 年 10 月 22 日，苏联科学院决定授予他无产阶级作家的称号。此后，他还被授予列宁勋章，成为苏联共产党中央委员会成员。他的诞生地后被改名为高尔基市。

曲》吧。

安子：

我们先说说《童年》。

《童年》是高尔基以自身经历为原型创作的自传体小说三部曲中的第一部。讲述了阿廖沙的童年，阿廖沙是高尔基的乳名。《童年》讲述了阿廖沙从 3 岁到 10 岁这段时间的童年生活，生动地再现了 19 世纪七八十年代苏联下层人民的生活状况，写出了高尔基对苦难的最初认识，和对社会、对人生的独特见解，表达了一种热望与坚强。

《童年》连环画封面

《童年》主要描述了阿廖沙在父亲去世后，在外祖父家度过的童年岁月。在年幼的阿廖沙眼里，成人的世界是那样的丑陋与无情。母亲在感染霍乱而死的父亲的遗体旁生下了小弟弟，后来小弟弟夭折了。而在外祖父家里，舅舅们整日为了家产争吵、斗殴，男人欺负、殴打女人，毒打儿童。

《童年》连环画

值得庆幸的是，小阿廖沙始终得到外祖母的疼爱，经常听外祖母讲故事，备受外祖母呵护。

外祖母就是阿廖沙黯淡童年岁月里最温暖的光辉，带给阿廖沙一生的爱与感激。

《童年》连环画

《人生三部曲》的第二部《在人间》，讲的是阿廖沙在 10 岁以后的生活。这段时期，为了生活，阿廖沙和外祖母一起摘野果去卖，养家糊口。他还当过绘图师的学徒，在一艘船上做过洗碗工，做过圣像作坊的学徒工。在人生的道路上，阿廖沙历尽坎坷，与社会底层形形色色的人打交道，但他一有机会就阅读书籍。生活的磨砺和大量的阅读扩展了阿廖沙的视野，他决心“要做一个坚强的人，不为环境所屈服”。他就是怀着这样坚定的信念，离开家乡奔赴喀山的。

第三部，就是《我的大学》。在《我的大学》中，高尔基描写了青年时代的生活经历。《我的大学》描写阿廖沙在喀山时期的活动与成长经历。他 16 岁抱着上大学的愿望来到喀山，但理想无法实现，于是喀山的贫民窟与码头成了他的社会大学。阿廖沙无处栖身，与他人共用一张床板。在码头、面包房、杂货店到处打工。后来，接触到学生秘密团体的成员以及从西伯利亚流放回来的革命者，思想发生变化。阿廖沙阅读革命民主主义和马克思主义著作，直至参加革命活动。在革命者的引导之下，摆脱了自杀的精神危机。

小马哥：

高尔基除了《人生三部曲》，还有一部非常著名的小说——《母亲》。我记得我们在前面的节目中，讨论过这部作品。

安子：

对，《母亲》是高尔基最著名的长篇小说之一。我们在母亲节那期节目中，详细解读过这部作品。这部作品讲述的是一位母亲，从一位普通的、卑微的家庭妇女，成长为勇敢无畏的革命母亲的故事，非常感人。

注解：《人生三部曲》包括《童年》《在人间》《我的大学》。作者描写了青年时代的生活经历。从中可以看出青少年时代的高尔基对小市民习气的深恶痛绝，对自由的热烈追求，对美好生活的强烈向往。他在生活底层与劳苦大众的直接接触，深入社会，接受革命者思想影响，如饥似渴地从书籍中汲取知识养料，这些使他得以成长为文学巨匠。

第三部分 托尔斯泰

小马哥：

我们来说说俄罗斯的另一位文学泰斗，听众朋友们一定都看过他的作品，那就是托尔斯泰。安子，给我们讲一讲俄国批判现实主义作家托尔斯泰的作品吧。

安子：

能在这里讲述这些苏联文学泰斗的作品，我的内心充满了敬畏之情。

托尔斯泰全名列夫·尼古拉耶维奇·托尔斯泰，他是19世纪中期俄国批判现实主义作家、思想家、哲学家。托尔斯泰是贵族出身，世袭伯爵，曾参加克里米亚战争。

他创作了俄罗斯文学史上的巨著《战争与和平》《安娜·卡列尼娜》《复活》等作品。他的作品，对世界文学有巨大的影响。在文学创作和社会活动中，他还提出了"托尔斯泰主义"，他的思想，对苏联的很多政治运动都有深刻的影响。

小马哥：

安子，那么我们先来讲一讲托尔斯泰的《战争与和平》吧。

注解：托尔斯泰出身于贵族家庭，1845年入喀山大学，1847年退学回故乡，在自己的领地做改革农奴制的尝试。1851到1854年，在高加索军队中服役并开始写作。1854到1855年参加克里米亚战争。

1855年11月到彼得堡进入文学界。1863年到1869年，创作了长篇历史小说《战争与和平》。1873年到1877年，经12次修改，完成第二部里程碑式巨著《安娜·卡列尼娜》。

70年代末，托尔斯泰的世界观发生巨变，写成《忏悔录》。80年代创作剧本《黑暗的势力》《教育的果实》、中篇小说《魔

安子：

《战争与和平》讲述的是拿破仑统治法国时期俄国所发生的事情。该作品自问世以来，一直被认为是世界上最伟大的小说之一。

故事以1812年俄国卫国战争为中心，反映了1805年至1820年的重大事件，包括奥斯特利茨大战、波罗底诺会战、莫斯科大火、拿破仑溃退等。通过对四大家庭以及安德烈、皮埃尔、娜塔莎在战争与和平环境中的思想和行动的描写，展示了当时俄国的社会风貌。《战争与和平》的主题思想是人道主义与博爱精神，它描绘了俄罗斯卫国战争时期真实而丰富的生活。俄国人民在强敌的残酷掠夺下毫不气馁，以正义的战争去制止非正义的战争，争取和平生活。即使在硝烟弥漫的战场，俄罗斯人民还是那么诙谐可爱，一旦投入战争，他们又毫无顾虑地为国捐躯。他们身上的英雄主义和爱国精神是卫国战争得以胜利的根本保证。

不仅如此，书中的一些主要人物，比如安德烈、皮埃尔等具有民主主义思想的贵族，都在同人民一起战斗。他们不断探索人生道路、思考人生命运，在战火纷飞中受到洗礼与改造，最后在人民中间，寻求到了真理。

小马哥：

安子，如果让你为听众们推荐托尔斯泰的作品，你第一个推荐哪部作品？首推《战争与和平》吗？

鬼》《伊凡·伊里奇之死》《克莱采奏鸣曲》《哈泽·穆拉特》以及短篇小说《舞会之后》。

1889年到1899年，托尔斯泰创作长篇小说《复活》，这是他长期思想、艺术探索的总结。

晚年力求过简朴的平民生活，1910年10月从家中出走，11月7日病逝，享年82岁。

安子：

我想我还是首推《安娜·卡列尼娜》。

小马哥：

哦？为什么？

安子：

因为《安娜·卡列尼娜》是一部社会百科全书式的作品，非常有代入感，也就是说，非常容易看进去。

《安娜·卡列尼娜》是托尔斯泰的代表作品。它通过女主人公安娜的爱情悲剧和列文在农村面临危机时进行的改革与探索这两条线索，描绘了俄国从莫斯科到外省乡村广阔而丰富多彩的社会图景，特别值得一提的是，它先后描写了150多个人物，真的是一部百科全书式的作品。

小马哥：

那么这位女主人公安娜，到底经历了什么呢？

安子：

故事发生在19世纪的圣彼得堡，女主人公安娜原来是一名政府要员的夫人，却在一次旅行中和英俊的青年军官渥伦斯基坠入情网，返家后两人仍然偷情。此事后来被安娜的丈夫亚历山大·卡列宁发现，安娜要求离婚被拒。丈夫卡列宁威胁她，将因此再也见不到她心爱的儿子。后来安娜投奔渥伦斯基，过了一段短暂的幸福时光，但不久渥伦斯基便对这段感情心生厌倦，渴望重新恢复无拘无束

注解：在托尔斯泰的全部作品中，《战争与和平》《安娜·卡列尼娜》《复活》是三部里程碑式的代表作，而《安娜·卡列尼娜》则是“代表作中的代表作”！

小说情节围绕着两条平行而又紧密相连的线索展开：一条是女主人公安娜与青年军官渥伦斯基的爱情、婚姻和家庭故事；另一条是主人公列文的精神探索以及他和妻子的爱情婚姻生活。

作家利用这个庞大的体系所反映的人与人之间的关系，生动而深刻地再现了19世纪中叶俄国资本主义刚刚兴起的时期，也就是作家所谓“一切都翻了

的日子。安娜则日益思念自己的儿子。最后，安娜在绝望中，身穿黑色天鹅绒长裙，在火车站冲向呼啸而来的火车。安娜一心追求幸福的爱情，却在卡列宁的虚伪、冷漠和渥伦斯基的自私面前碰得头破血流，最终卧轨自杀。

在这部小说里，矛盾的时期、矛盾的制度、矛盾的人物、矛盾的心理，纠结在一起，是新旧交替时期紧张惶恐的俄国社会的典型写照。

《安娜·卡列尼娜》电影海报

小马哥：

托尔斯泰还有一部作品，叫《复活》，也是他的代表作之一，当年很多人都看过电影版的《复活》，让我们也回顾一下这部作品吧。

安子：

《复活》是托尔斯泰晚年的代表作，情节的原版是真实的案件。贵族青年聂赫留道夫引诱姑母家的养女、农家姑娘喀秋莎·玛斯洛娃，使她怀孕并被赶出家门，最终导致她沦为妓女；而当她被诬陷谋财害命而接受审判时，聂赫留道夫又以陪审员的身份，出现在法庭上。这看似巧合的事件，在当时的社会却有典型意义。

男主人公聂赫留道夫以陪审员的身份出庭后，见到从前被他引诱的女人，良心深受谴责。他为她奔走申冤，并请求同她结婚，以赎回自己当年的罪过。而在上诉失败后，聂赫留道夫又陪同玛斯洛娃流放西伯利亚。聂赫留道夫的行为感动了玛斯洛娃，于是她重新爱上了他。但为了不损害聂赫留道夫的名誉和地位，她最终没有和他结婚。

一个身，刚刚有个安排”时期的社会生活面貌，提出了这个时期俄国的政治、经济、社会、宗教、道德、教育、妇女、儿童、城市、农村……一系列重大问题，表达了他的许多观点。

长篇小说《复活》一方面表现了作者晚年作品的代表性主题——精神觉醒和离家出走；另一方面借聂赫留道夫的经历和见闻，展示了从城市到农村的社会阴暗面，对政府、法庭、监狱、教会、土地私有制和资本主义制度做了深刻的批判。

注解:《复活》是托尔斯泰最后一部长篇小说，是作家一生探索的总结，被誉为俄国批判现实主义发展的高峰。

小说通过玛斯洛娃的苦难遭遇和聂赫留道夫的上诉经过，广泛而深刻地抨击了法庭、监狱和官僚机关的腐败、黑暗，揭露了封建统治阶级骄奢淫逸的生活和反动官吏的残暴昏庸、毫无人性，撕下了官办教会的伪善面纱，反映了农村的破产和农民的极端贫困，勾画了一幅已经走到崩溃边缘的农奴制俄国的社会图画。

《复活》多次被中国教育部列为中学生推荐读物。

《复活》封面

第四部分 奥斯特洛夫斯基

小马哥：

说到苏联文学作品，我还想到了《钢铁是怎样炼成的》，这部作品曾经在中国风靡一时，安子，来给我们讲一讲这部作品吧。

安子：

我小时候读的第一本苏联小说，就是《钢铁是怎样炼成的》，这是苏联作家尼古拉·阿列克谢耶维奇·奥斯特洛夫斯基写的一部长篇小说。

该小说是 20 世纪 30 年代苏联无产阶级革命文学中最优秀的作品之一，这本书一出版便获得了空前的成功，超出了所有人的预期。

《钢铁是怎样炼成的》这部史诗般的英雄传记小说，塑造了保尔·柯察金执著于信念而坚韧不拔的崇高人格，其形象超越时空，超越国界，产生了世界性的影响，拨动着数代人的心弦。仅在苏联，这部作品就以 61 种文字印了 600 多次，总数达 3000 多万册，读者来信多得像雪花一样。

主人公保尔·柯察金经历了第一次世界大战、十月革命、国内战争和国民经济恢复时期的严峻生活。

保尔早年丧父，母亲替人洗衣、做饭，哥哥是工人。保尔 12 岁时，母亲把他送到车站食堂当杂役，受尽凌辱。

注解：尼古拉·阿列克谢耶维奇·奥斯特洛夫斯基是苏联著名的无产阶级作家。1904 年 9 月 22 日出生于工人家庭，因家境贫寒，11 岁便开始当童工，15 岁上战场，16 岁在战斗中身受重伤，23 岁时双目失明，25 岁时身体瘫痪，1936 年 12 月 22 日，年仅 32 岁的奥斯特洛夫斯基去世。

十月革命爆发后，老布尔什维克朱赫莱在镇上做地下工作。朱赫莱给保尔讲了关于革命、工人阶级和阶级斗争的许多事情。

后来由于维克多的告密，保尔被投进监牢。从监狱出来后，保尔和冬妮亚之间有过一段爱情。在一次战斗中，保尔头部受了重伤。出院后，他参加建设国家的工作。冬妮亚和保尔的思想差距越来越大，最终分道扬镳。

在筑路工程快要结束时，保尔得了伤寒，体质越来越坏。1927 年，他几乎完全瘫痪，接着又双目失明。他一方面决心帮助妻子达雅进步；另一方面决定开始文学创作工作。于是，“保尔又拿起了新的武器，开始了新的生活”。

小说的主人公保尔·柯察金在家乡烈士墓前的一段独白，成为千百万青年的座右铭：“人最宝贵的是生命，生命属于人们只有一次。人的一生应当这样来度过：当回首往事的时候，他不会因为虚度年华而悔恨，也不因碌碌无为而羞愧；在临死的时候，他能够说：‘我的整个生命和全部精力，都已经献给了世界最壮丽的事业——为人类的解放而斗争’”。

小说通过记叙保尔·柯察金的成长道路告诉人们，一个人在革命的艰难困苦中战胜敌人的同时也战胜了自己，只有在把自己的追求和祖国、人民的利益联系在一起的时候，才会创造出奇迹，才会成长为钢铁战士。

语录：医治一切病痛最好的最宝贵的药品，就是劳动。

生活赋予我们的一种巨大的和无限高贵的礼品，这就是青春：充满着力量，充满着期待、志愿，充满着求知和斗争的志向，充满着希望、信心的青春。

勇敢产生在斗争中，勇气是在每天对困难的顽强抵抗中养成的。我们青年的箴言就是勇敢、顽强、坚定，就是排除一切障碍。

人支配习惯，而不是习惯支配人。

钢是在烈火和急剧冷却里锻炼出来的，所以才能坚硬和什么也不怕。我们的一代也是这样的在斗争中和可怕的考验中锻炼出来的，学习了不在生活面前屈服。

——奥斯特洛夫斯基：《钢铁是怎样炼成的》

第五部分 普希金

小马哥：

安子，我们说了半天，还有一位著名的俄罗斯诗人没有提到，就是普希金，给我们大家讲一讲俄罗斯著名诗人普希金吧。

安子：

小马哥提醒得好，普希金是俄罗斯最伟大的诗人、俄罗斯著名的文学家、现代俄国文学的奠基人。他的代表诗歌有《自由颂》《致大海》《致恰达耶夫》；还有诗体小说《叶甫盖尼·奥涅金》和中篇小说《上尉的女儿》，相信不少听众都看过。

而且，普希金的小说，有的还被改编成了歌剧，比如大家熟悉的由俄国著名作曲家柴可夫斯基创作的《黑桃皇后》。

大家最熟悉的普希金作品，就是《假如生活欺骗了你》。这首诗歌所体现的勇往直前、永不放弃的精神，影响了一代又一代的年轻人。

小马哥，可否请您给我们朗诵这首诗歌？

小马哥：

假如生活欺骗了你

〔俄〕普希金

注解：亚历山大·谢尔盖耶维奇·普希金是俄罗斯著名文学家、诗人、小说家，现代俄国文学的创始人，19世纪俄罗斯浪漫主义文学主要代表，同时也是现实主义文学的奠基人，现代标准俄语的创始人，被誉为“俄罗斯文学之父”、“俄罗斯诗歌的太阳”和“青铜骑士”。

他在诗歌、小说、戏剧乃至童话等文学领域给俄罗斯文学创立了典范。普希金被高尔基誉为“一切开端的开端”。

假如生活欺骗了你，
不要悲伤，不要心急！
忧郁的日子里需要镇静，
相信吧！快乐的日子将会来临。
心儿永远向往着未来，
现在却常是忧郁。
一切都是瞬息，一切都将会过去；
而那过去了的，就会成为亲切的回忆。

注解：《上尉的女儿》是普希金创作的中篇小说。小说采用第一人称的方式，以贵族青年军官格里尼奥夫和上尉的女儿玛丽娅之间曲折而动人的爱情故事为主要线索，把格里尼奥夫的个人命运与普加乔夫领导的农民起义紧密地结合在一起，是俄罗斯文学史上第一部描写农民起义的现实主义作品。

第六部分 契诃夫、果戈理

小马哥：

剩下的时间，安子，简要为听众朋友们介绍一下其他苏联文学作家以及他们的作品吧。

安子：

其实在中小学生的课本里，有不少苏联作家的作品，比如契诃夫的《装在套子里的人》《变色龙》。

《装在套子里的人》是契诃夫最杰出的短篇小说之一，相信大家都熟悉。在这篇小说里，契诃夫塑造了一个性格孤僻、胆小怕事、恐惧变革、想做一个纯粹的现行制度的“守法良民”的人物——别里科夫。别里科夫的世界观就是害怕出乱子，害怕改变既有的一切。他的所作所为，客观上就是在为沙皇专制保驾护航，他的所作所为堪称助纣为虐。他辖制着大家，并不是靠暴力等手段，而是施以精神上的压力，让大家“透不出气”。可以说专制制度毒化了他的思想和心灵，使他惧怕一切变革，顽固僵化，他是沙皇专制制度的维护者，但更是受害者。后来，别里科夫就成为害怕新事物、维护旧事物、反对变革、阻碍社会发展的代名词。

《变色龙》相信大家也不陌生，它是契诃夫的一篇讽刺小说。在这篇著名的小说里，契诃夫以精湛的艺术手法，塑造了一个专横跋扈、欺下媚上、见风使舵的沙皇专制制

注解：契诃夫全名安东·巴甫洛维奇·契诃夫，是世界级短篇小说巨匠、俄国19世纪末期最后一位批判现实主义艺术大师，与莫泊桑和欧·亨利并称为“世界三大短篇小说家”。他的小说紧凑精炼、言简意赅，给读者以思考的余地。

他坚持现实主义传统，注重描写百姓的日常生活，塑造具有典型性格的小人物，借此真实反映俄国社会的状况。他被认为是19世纪末俄国现实主义文学的杰出代表。

度走狗的典型形象。

还有果戈理的《死灵魂》和《钦差大臣》，相信听众朋友们也不陌生。果戈理是俄国批判主义作家，是俄国现实主义文学的奠基人。他与普希金一起，奠定了 19 世纪俄国批判现实主义文学的基础，是俄国文学中自然派的创始者。

还有屠格涅夫的《父与子》《贵族之家》，陀思妥耶夫斯基的《罪与罚》《白痴》《群魔》《地下室手记》《白夜》，法捷耶夫的《毁灭》《青年近卫军》，肖洛霍夫的《静静的顿河》，等等，都是优秀的苏联文学作品。

《青年近卫军》封面

《罪与罚》封面

《变色龙》封面

第七部分 肖洛霍夫

小马哥：

《静静的顿河》获得诺贝尔文学奖，还有《日瓦戈医生》，也获得诺贝尔文学奖。

安子：

对。《静静的顿河》是苏联著名作家米哈依尔·亚历山大维奇·肖洛霍夫的作品。

该作品是俄罗斯文坛上一部不朽的巨著，小说构思于 1926 年，共四部，分别于 1928 年、1929 年、1933 年和 1940 年出版，前后历时 14 年。《静静的顿河》展示了 1912 到 1922 年间，俄国社会的独特群体——顿河地区哥萨克人在第一次世界大战、二月革命和十月革命以及国内战争中的苦难历程。主人公葛利高里，是生长在顿河岸边的哥萨克人，他动摇于妻子娜塔莉亚与情人阿克西妮亚之间，徘徊于革命与反革命之间。他既是英雄，又是受难者。他有着哥萨克人的一切美好品质——勇敢、正直、不畏强暴，同时，又有哥萨克人的种种偏见和局限，在历史急变的关头，他徘徊于生活的十字路口。作者用悲剧手段，塑造了这个个性鲜明的男子汉形象。从葛利高里身上，读者能感受到作者对人性的尊重。

《静静的顿河》展现了哥萨克人通过战争、痛苦和流血，走向社会主义的艰难历程。

注解：米哈依尔·亚历山大维奇·肖洛霍夫是20世纪苏联文学的杰出代表，1965年的诺贝尔文学奖得主，苏联著名作家，曾获得列宁勋章和“社会主义劳动英雄”称号，当选苏共中央委员、苏联最高苏维埃代表、科学院院士、苏联作家协会理事。1965年他的作品《静静的顿河》获得诺贝尔文学奖。

20年代末，我国新文学奠基人鲁迅首先注意到肖洛霍夫的作品。1931年《静静的顿河》中译本作为鲁迅编辑的“现代文艺丛书”之一出版。从此，肖洛霍夫几乎每有新作，都会很快被介绍到中国来。

《静静的顿河》是一部具有重大历史意义的史诗。在不到五年内，葛利高里一会儿投入红军，一会儿倒向白军，双手沾满了两方面的鲜血，他的矛盾和痛苦显然与他所属的特定群体有关。

肖洛霍夫因《静静的顿河》获得1965年诺贝尔文学奖，获奖原因是“由于他在描绘顿河的史诗式的作品中，以艺术家的力量和正直，表现了俄国人民生活中具有历史意义的社会面貌”。

《日瓦戈医生》是苏联作家、诗人、翻译家帕斯捷尔纳克的作品，他凭借这部长篇小说获得1958年诺贝尔文学奖。

最后，我要和大家聊一聊被称为俄罗斯民族诗人的莱蒙托夫。

《静静的顿河》封面

《静静的顿河》剧照

《日瓦戈医生》封面

第八部分 莱蒙托夫

小马哥：

莱蒙托夫是继普希金之后俄国又一位伟大的诗人。

安子：

莱蒙托夫被称为俄罗斯的民族诗人，出生于1814年，死于1841年。

俄罗斯历史上这两位著名的诗人都非常短命，普希金只活了38岁，就在决斗中受伤死去，而莱蒙托夫只活到27岁。

莱蒙托夫从小受到良好的教育，天资聪颖，通晓多种外语，在艺术方面也很有天分。后来考入莫斯科大学，经过一段时间学习后转入圣彼得堡近卫军骑兵士官学校。

莱蒙托夫最著名的诗歌，就是《诗人之死》。这是莱蒙托夫听到普希金因决斗而死的消息后，悲愤至极写下的著名诗篇。《诗人之死》激怒了沙皇，震惊了整个社会。结果，在沙皇尼古拉一世的亲自安排下，莱蒙托夫被流放到高加索。后来，法国公使的儿子巴兰特与莱蒙托夫决斗，莱蒙托夫中枪而亡。

莱蒙托夫现实主义创作的最高成就就是长篇小说《当代英雄》。

今天，我们就为大家介绍这些苏联作家及其作品，希望在这个夏日，带给您更多温馨的书香。

注解：1836年，普希金收到一封匿名信，这封被命名为“绿帽子”证书的信件深深地激怒了普希金。这个给他带来羞辱的人可能是乔治·查尔斯·德西科伦·丹特士，一个一心想征服普希金的妻子纳塔丽娅的花花公子。普希金别无选择，只能向丹特士提出决斗。1937年1月27日，普希金在决斗中身负重伤。两天后，“俄罗斯诗歌的太阳”陨落了。

普希金去世后，年轻诗人莱蒙托夫在他非正式发表的诗作《诗人之死》中指责上流社会串通一气，制造了普希金的死亡，并要求对丹特士予以严惩。

《罗密欧与朱丽叶》剧照

节目音频二维码

NO.9 解读莎士比亚及其作品

作品

作品名	主角	作者
莎士比亚及相关作品		
《哈姆雷特》	哈姆雷特	莎士比亚
《奥赛罗》	奥赛罗	莎士比亚
《仲夏夜之梦》	赫米娅和拉山德，狄米特律斯和海丽娜等	莎士比亚
《威尼斯商人》	巴萨尼奥、安东尼奥、鲍西娅、夏洛克等	莎士比亚
《罗密欧与朱丽叶》	罗密欧和朱丽叶	莎士比亚

导语

莎士比亚

刚刚过去的2019年4月23日，也就是这周的周二，是莎士比亚的诞辰日、忌日。大家听了可能会觉得奇怪，为什么既是诞辰又是忌日呢？因为莎士比亚于1564年4月23日出生，于1616年4月23日逝世。所以很巧，大文豪莎士比亚的诞辰日和忌日是同一天，都是4月23日。根据报道，众多的名人中，只有瑞典籍国际影星英格丽·褒曼和日本电影大师小津安二郎等几位名人，和莎翁一样，诞辰日和忌日是同一天。

莎士比亚是英国文学史上最杰出的戏剧家，也是欧洲文艺复兴时期最重要、最伟大的作家。他是世界最卓越的文学家之一，大家都知道莎士比亚的四大悲剧《哈姆雷特》《奥赛罗》《李尔王》《麦克白》和四大喜剧《仲夏夜之梦》《皆大欢喜》《第十二夜》和《威尼斯商人》，还有莎士比亚的历史剧、十四行诗等众多作品。今天，就让我们和我们的老朋友安子一起，通过电波和大家聊一聊莎士比亚，聊一聊莎士比亚最著名的作品《哈姆雷特》《奥赛罗》《仲夏夜之梦》《威尼斯商人》《罗密欧与朱丽叶》。

解读

第一部分 莎士比亚及相关作品

小马哥：

亲爱的听众朋友们，大家好，在世界文学史上，有许多流芳百世的文学名家。今天我们介绍的，是大家熟悉的英国文学史上最杰出的戏剧家莎士比亚。4 月 23 日，也就是刚刚过去的周二，是莎士比亚的诞辰日和忌日，就让我们借这期节目，向伟大的剧作家莎士比亚致敬。

今天，我们请来了我们的老朋友安子，和我们聊一聊莎士比亚和他的作品。

安子：

听众朋友们好，小马哥好，今天能够坐在这里，和大家聊一聊莎士比亚，是我的荣幸。

小马哥：

安子，先给我们讲一讲莎士比亚的人生经历吧。

注解：在世界文学界，在 4 月 23 日去世的，不仅有莎士比亚，还有《堂·吉诃德》的作者塞万提斯。每年的 4 月 23 日，英国人民都会举行纪念活动，纪念莎士比亚，而且每隔一年，英国都会举行“莎士比亚戏剧节”。

安子：

莎士比亚全名威廉·莎士比亚，出生于1564年4月23日，去世于1616年4月23日。

莎士比亚是欧洲文艺复兴时期最伟大的戏剧家和诗人，他出生在英国中部的一个商人家庭，父亲是个手套制造商。莎士比亚7岁上学，16岁时因为父亲破产，家境败落而不得不辍学。也有资料说莎士比亚是13岁辍学，不管是13岁还是16岁，莎士比亚所接受的教育的确很有限。后来莎士比亚在一个屠夫家当学徒，再后来他因为在当地富豪的地里偷猎了鹿和野兔而被定罪。1586年，在莎士比亚22岁那年他逃离家乡来到伦敦，先在剧院门口给贵族顾客看马，后来渐渐成为剧院的杂役，再后来竟然做了演员，最后竟然成为剧作家和股东。

1587年，伊丽莎白一世53岁，治理英国已有28年。在她的领导下，英国海军大败西班牙无敌舰队，全国上下激情洋溢，所以当时的确有一种对文学艺术的推崇，需要一种大众的艺术形式以体现英国的盛世。在莎士比亚28岁那年，也就是1592年，他创作的历史剧《亨利六世》首演，票房收入达到整个演出季节的最高峰。

当然，莎士比亚的成功，和他所处的时代密不可分，但是我们必须承认，莎士比亚当仁不让地成为文化英雄，并不是倚赖时代的推动，而是倚赖手中的那支笔。最初，莎士比亚创作剧本的时候，被一些专业编剧耻笑，说他没有受过像样的教育，只懂得一点点拉丁文和很少的希腊文，甚至有人说他是混迹在白鸽群中的乌鸦。莎士比亚毫不在意这些嘲讽，拼命创作，很快就成为出类拔萃的人物。

注解：莎士比亚18岁时与安妮·海瑟薇结婚，两人共生育了3个孩子。16世纪末到17世纪初，莎士比亚在伦敦开始了成功的职业生涯，他不仅是演员、剧作家，还是宫内大臣剧团的合伙人之一，这个剧团后来改名为国王剧团。

马克思曾称赞莎士比亚是“人类最伟大的天才之一”，他的作品被翻译成世界多种文字，流芳百世。

小马哥：

莎士比亚的经历也是励志故事啊，莎士比亚一生写了许多的剧本和诗歌，流传下来的有 37 部戏剧、两首长诗和 154 首十四行诗，是一位高产作家。他的长诗《维纳斯与阿多尼斯》《鲁克丽丝受辱记》以及《莎士比亚十四行诗》世代流传，脍炙人口。

《莎士比亚十四行诗》封面

注解：1590 年到 1613 年是莎士比亚创作的黄金时代。他的早期剧本主要是喜剧和历史剧，在 16 世纪末达到艺术高峰。1608 年之后创作的主要是悲剧，包括《奥赛罗》《哈姆雷特》《李尔王》《麦克白》。

在莎士比亚人生的最后阶段，他开始创作悲喜剧，又称为传奇剧。

第二部分 《哈姆雷特》

小马哥:

安子，咱们就从莎士比亚最著名的悲剧《哈姆雷特》开始，和大家聊一聊莎士比亚的作品吧。

安子:

说到莎士比亚的作品，先要说说莎士比亚作品的中文译本。

莎士比亚作品的译本，在中国以朱生豪和梁实秋的译本为主，而人民文学出版社和译林出版社出版的译本，都以朱生豪的译本为主。朱生豪从 1937 年开始翻译莎士比亚作品，到 1944 年，先后译有莎士比亚的喜剧、悲剧、杂剧等 31 个品种。

朱生豪一生贫穷，仅靠微薄的稿费维持生活，极为艰辛。他常年闭门不出，工具书仅有两本字典。他在 1944 年被确诊为肺结核，仍拼命想译完莎士比亚的历史剧。1944 年朱生豪逝世，年仅 32 岁。

朱生豪是中国翻译莎士比亚戏剧的先行者和主要翻译者，可他英年早逝，有 6 部莎士比亚的历史剧和莎士比亚的全部诗歌都没有来得及翻译。朱生豪为中国的翻译事业做出了杰出的贡献，这里，我借此机会，向已故的朱生豪先生致敬。

我国著名学者梁实秋在 1930 年开始着手翻译莎士比

注解: 朱生豪（原名朱文森），1912 年出生于浙江省嘉兴市，家境贫寒。朱生豪 10 岁丧母，12 岁丧父，历经苦难。上学后改名为朱森豪，学习勤奋，成绩优秀，酷爱国文和英文。

朱生豪大学毕业后进入上海世界书局工作，任英文编辑，1935 年开始翻译《莎士比亚戏剧全集》。从 1937 年开始，他的翻译作品陆续出版。

亚的戏剧，从 1936 年商务印书馆首次出版梁实秋翻译的莎士比亚戏剧 8 种，到 1967 年，他最终完成《莎士比亚全集》的翻译并出版，历时 37 年。

说到《哈姆雷特》，近百年来，中国已有多达近 20 个不同译本，有朱生豪、梁实秋、田汉、邵挺、曹未风、孙大雨、卞之琳、方平、林同济以及姜维枫、北塔等翻译家的汉译本，其中比较受推崇的是朱生豪译本、梁实秋译本、卞之琳译本。在这三个最具代表性的重要译本中，卞之琳的译本是出版得最迟的，却被称作是“精品译作”。卞之琳翻译的《哈姆雷特》初版于 1956 年，由人民文学出版社出版，而在他晚年编校定稿、2000 年由安徽教育出版社出版的三卷本《卞之琳译文集》中，他把《哈姆雷特》的译名确定为《丹麦王子哈姆雷特悲剧》。作为著名的诗人和文学翻译家，卞之琳翻译的《哈姆雷特》汲取了此前各家译本的长处，用他的话说：“曾参考曹未风、朱生豪译本（及其吴兴华校本），加工中发现个别不谋而合处，未加更动，个别受启发处，已另行改进，即使晚近才出版的林同济译本，也在新近校订中用以鉴照。”可谓集思广益。此外，卞之琳还按照莎士比亚剧本的原样，对剧本的台词区分了诗词体和散文体，而不像别的一些译本，几乎全是散文化的。

小马哥：

安子，给我们讲讲《哈姆雷特》的故事吧。

语录：超乎寻常的亲族，漠不相关的路人。

脆弱啊，你的名字是女人！

最重要的是，你必须对自己忠实。

世上之事物本无善恶之分，思想使然。

简洁是智慧的灵魂，冗长是肤浅的藻饰。

——莎士比亚：《哈姆雷特》

安子：

《哈姆莱特》是莎士比亚的四大著名悲剧之一，又名《王子复仇记》。简单地讲，《哈姆雷特》讲述了丹麦王子为父报仇的故事。在王子哈姆雷特赴德留学期间，父王被其弟克劳狄斯所杀，凶手克劳狄斯掩盖真相，篡夺王位，迎娶了王嫂。哈姆雷特费尽周折，了解到真相。但他陷入“生存还是死亡”的犹豫之中，放弃了报仇的机会，结果遭克劳狄斯反扑，只有招架之功。在比剑会上，哈姆雷特终于觉醒，勇敢地刺死仇人，但他也中毒而亡。悲剧虽然取材于丹麦历史，但深刻地揭露了封建社会宫廷内部的腐化和堕落以及尖锐的斗争。这场发生在宫闱内的冲突，不仅是家庭的悲剧，而且是国家的悲剧。哈姆雷特最终未能实现他重整乾坤的愿望，临终前把王国交给了挪威王子福丁布拉斯。

众所周知的那句台词——“生存还是死亡，这是一个问题”就出自《哈姆莱特》第三幕第二场。这是一段独白，非常经典。《哈姆雷特》是一出人文主义思想家的悲剧，莎士比亚借人物之口表述了自己的戏剧主张：“自有戏剧以来，它的目的始终是反映自然，显示善恶的本来面目，给它的时代看一看演变发展的模型。”

小马哥：

实际上，王子哈姆雷特并没有成功，尽管最后他刺死了仇人，但他的复仇却很失败，这究竟是为什么呢？

注解：《哈姆雷特》是莎士比亚创作于1599年至1602年间的一部悲剧，讲述的是王子哈姆雷特的叔叔克劳狄斯谋害了哈姆雷特的父亲，篡夺王位，并娶了国王的遗孀乔特鲁德，哈姆雷特因此向叔叔复仇的故事。

安子：

因为他一直在彷徨，他憎恨这个世界，也憎恨自己。他对别人冷嘲热讽，对自己则是不断地责备。他尝试去做一些事情，但更多的时候一动不动。他的形象和其他人英雄般的鲁莽相比，更像是一位痛苦的智者，更多的是精神上的抗争。

哈姆雷特是悲剧的中心人物，他对世界和人类抱有巨大的热情和完美的期望。他说："人是多么了不起的一件物品！多么高贵的理性！多么强大的力量！行动多么像天使！思维多么像天神！宇宙的精华！万物的灵长！"他聪明热情、敏感善思、能文能武。但他所接触到的社会现实，却是自己所崇拜的父王突然死去，而所爱的母亲连为丈夫送葬的鞋子都没有穿旧，就匆忙嫁给了从前受人耻笑的克劳狄斯。这让哈姆雷特感到忧郁，经过一番深沉的思考后，他决定担负起重整乾坤的职责。然而查明真相之后，为了寻找正义的手段，他放弃了在克劳狄斯祈祷时把他杀死的机会，之后又误杀了波洛涅斯，虽然最终他在决斗中杀死了克劳狄斯，自己却也因为中了毒剑而牺牲，"重整乾坤"的职责也就落空了。

哈姆雷特注定是个悲剧人物，他虽然善于思考，却优柔寡断；他虽然受到人民的爱戴，却并不坚信人民。尽管哈姆雷特有令人钦佩的才能，竭力想除旧布新，但他总是郁郁不乐、迟疑不决，始终是孤立的。这就注定了他与丑恶同归于尽的悲惨命运。

《哈姆雷特》剧照

注解：《哈姆雷特》是莎士比亚所有戏剧中篇幅最长的一部。本剧是英国皇家莎士比亚剧团演出频度最高的剧目，是世界著名悲剧之一，也是莎士比亚最负盛名的剧本。该剧具有深刻的悲剧意义、复杂的人物性格以及丰富完美的悲剧艺术手法，代表着西方文艺复兴时期文学的最高成就。

第三部分 《奥赛罗》

小马哥:

接下来，我们来聊一聊《奥赛罗》。《奥赛罗》也是莎士比亚四大悲剧之一，同时也是莎士比亚唯一一部以黑人为主人公的作品。它取材于威尼斯的传奇故事，经过莎士比亚的创作，塑造了一群个性鲜明且复杂的人物，它不再是单纯的爱情悲剧，而更具有深刻的意义与内涵。

安子，给我们讲一讲《奥赛罗》的故事吧。

安子:

《奥赛罗》讲述的是在威尼斯担任将军的摩尔人奥赛罗与元老的女儿苔丝狄蒙娜之间因猜疑而酿成的爱情悲剧。这一悲剧的罪魁祸首，就是旗官伊阿古的挑拨离间，他想要夺取副将的职位，但是未能得到，因而心怀不满，展开了一系列的报复。

《奥赛罗》是多主题作品，其中包括：爱情与嫉妒、轻信与背叛、异族通婚，等等。

作为将军的奥赛罗，让读者又爱又恨。他的军衔得来不易，一个摩尔人、黑人，在异国威尼斯，备受歧视，然而他凭借自己的努力，在威尼斯取得一席之地。他正直、责任感极强、极具自制力。然而在爱情中，他却太情绪化，太感情用事。在伊阿古的诱导下，

注解:《奥赛罗》是威廉·莎士比亚创作的四大悲剧之一，1604年11月1日在伦敦首演。

奥赛罗是一名勇将，他的旗官伊阿古想做副将被拒绝，他怀恨在心，决心复仇。他试图挑起争斗，没想到却促成了奥赛罗与苔丝狄蒙娜的婚事。他又设诡计，成功挑起奥赛罗对妻子的怀疑，并通过种种手段，帮助奥赛罗“验证”了妻子的不忠，嫉妒之火使奥赛罗决定杀死背叛他的两个人。最后苔丝狄蒙娜被丈夫掐死。真相大白后奥赛罗自杀。伊阿古的阴谋也暴露于光天化日之下。

他开始怀疑自己是不是太老、太黑，缺少温柔风雅的谈吐举止，因此怀疑妻子背叛了自己。于是他一味地怀疑与猜忌，丧失了应有的理智，最终亲手杀死了妻子。奥赛罗真的让人又爱又恨，他那么单纯，不懂得在所谓的文明国家里，还存在着尔虞我诈、钩心斗角，竟然把口蜜腹剑的伊阿古看成最忠实的下属，一副手帕，就让他生了疑心。

可怜的苔丝狄蒙娜，对于同肤色、同种族、同地位的年轻人的求婚全都毅然拒绝，始终深爱着比自己年纪大、地位相对低下的奥赛罗，不顾一切人的反对，依然坚持自己的选择。她对于爱情的大胆追求，实在让人佩服，也让人心疼她的结局。

小马哥：

安子，导致这个悲剧的原因有哪些呢？

安子：

《奥赛罗》作为四大悲剧之一，它的悲剧性比《哈姆雷特》更进一步。导致悲剧的原因有很多方面，总的来说，有奥赛罗性格上的缺陷——对荣誉的追求与渴望，还有男女社会地位的因素，以及种族因素。一个是异族的将军，一个是贵族小姐，他们不顾所有人的反对，勇敢地走在了一起。他们是真心相爱的，也有深厚的感情基础，他们原本应该幸福美满地生活下去，却因为奥赛罗轻信小人伊阿古的谗言，心生怀疑和猜忌，最终导致了悲剧。男女之间幸福的获得需要彼此之间的信任和理解，然而当时男尊女卑，男女之间没有平等交流的机会。当苔丝狄蒙娜发现丈

语录：收起你们明晃晃的剑，它们沾了露水会生锈的。

无论男人女人，名誉是他们灵魂中最贴心的珍宝，如果有人偷走了我的钱袋，他不过偷走了一些废物，那不过是些毫无价值的东西罢了。

啊！婚姻的烦恼！我们可以把这些可爱的人儿据为己有，却无法掌控她们的各种欲望。

——莎士比亚：《奥赛罗》

夫奥赛罗发生了变化时，她不明白自己哪里做错了，只是一味地在自己身上找原因，去反思自己的行为，力图通过改变自己来消除彼此间的误会，挽回他们之间的爱情。直到最后一刻，她还认为杀死自己的不是别人，而是自己，可怜之人啊！还有一个原因，就是种族问题。白人对于黑人的歧视，从一开始就预示着悲剧的结局。正因为众人的歧视，才使得奥赛罗对自己和妻子产生了怀疑，最终导致其悲剧的人生。

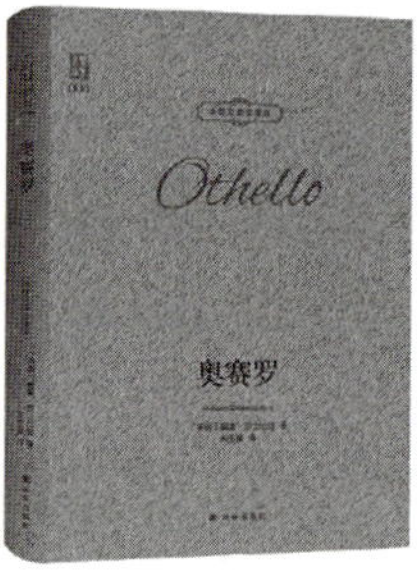

《奥赛罗》封面

《奥赛罗》剧照

第四部分 《仲夏夜之梦》

小马哥:

说了莎士比亚的两部著名悲剧，我们再说莎翁的两部著名喜剧吧。安子，先跟我们聊一聊《仲夏夜之梦》。

安子:

《仲夏夜之梦》以雅典统治者忒修斯公爵的婚姻为中心，由两对青年男女的爱情纠葛、精灵们的“魔汁”，和雅典一群工人为公爵婚礼献演戏剧等情节共同编织而成的，是一场妙趣横生、极富诗情画意的喜剧。

简单地讲，《仲夏夜之梦》讲的就是有情人终成眷属的爱情故事。

故事就发生在夏至，地点在古希腊的雅典。在雅典托斯卡纳乡下的森林里，忒修斯公爵与未婚妻的婚礼正在有条不紊地准备着。与此同时，顽固的老伊吉斯将女儿赫米娅许配给了狄米特律斯，但赫米娅爱的是拉山德，于是赫米娅和拉山德决定私奔。而爱着狄米特律斯的海丽娜，为了讨好心上人，将公爵的婚礼计划告诉了狄米特律斯。于是当天晚上，赫米娅和拉山德、狄米特律斯与海丽娜跑进了树林里。此时的树林里，有一帮业余演员，他们是附近村子里的工人，正在找地方排练在公爵的婚礼上表演的节目。不过即使是他们的导演——织布工波顿，也是一个非常笨拙的人，表现滑稽。然而，不管是这两对情侣，还是

语录：真爱无坦途。

卑贱和劣行在爱情看来都不算数，都可以被转化成美满和庄严，爱情不用眼睛辨别，而是用心灵来判断。

疯子、情人、诗人都是想象的产儿。

失去，不一定再拥有，转身拥抱，不一定最软弱。

一切都是命运在作主；保持着忠心的不过是一个人；变心的，把盟誓起了一个毁了一个的，却有百万个人。

——莎士比亚:《仲夏夜之梦》

这些演员，都不知道，他们在黑暗的丛林中，接近了精灵的秘密家园。美丽的仙后与英俊的仙王正在争吵，仙王为了捉弄仙后，让精灵们用一种可以让人产生爱慕之情的“魔汁”，来蒙蔽仙后的眼睛，也蒙蔽了这两对情人的眼睛，于是，这个热闹而美丽的夏夜开始歌唱。

这是一部热闹又美好的喜剧，精灵浦克把“魔汁”滴在大家的眼睛上，于是每个人醒来之后，都狂热地爱上了一眼看到的人。结果因为精灵浦克把拉山德误认为狄米特律斯，导致拉山德醒来看到的是海丽娜，而不是赫米娅。而狄米特律斯醒来后，看到的是正在被拉山德追赶的海丽娜，于是两人争先恐后地向海丽娜求爱。与此同时，仙后也中了计，爱上了演员波顿。最后，仙王给所有人解除了魔法，大家最终如愿以偿都得到了属于自己的那份爱情。

小马哥：

皆大欢喜的结局。

安子：

是啊，最幻不过梦，最美不过情。正如生活一样，人生是悲剧，也是喜剧，是梦与情的巧遇。

借用书中的一句话：“既然真心的恋人们永远要受折磨，这似乎已是一条命运的定律，那么就让我们练习着忍耐吧！因为这种折磨，正和忆念，幻梦，叹息，希望和哭泣一样，是可怜的爱情不可或缺的追随者。”

所以《仲夏夜之梦》绝对是一本值得恋爱中的男女好好读一读的作品，不仅会让人对爱情充满信心，也会让人对真爱心怀感激。

注解：根据莎士比亚的《仲夏夜之梦》改编的同名电影《仲夏夜之梦》于1935年上映，分别荣获第8届奥斯卡金像奖最佳影片提名、最佳助理导演提名、最佳摄影等奖项。

第五部分 《威尼斯商人》

小马哥：

说起威尼斯商人，很多人都不陌生，中学课本里就有一篇课文，出自莎士比亚的著名喜剧《威尼斯商人》。《威尼斯商人》是莎士比亚早期的重要作品，是一部具有极强讽刺性的喜剧。作品主题是歌颂仁爱、友谊和爱情，同时也反映了资本主义早期资产阶级与高利贷者之间的矛盾。这部喜剧的主要人物，就是唯利是图的高利贷者——夏洛克。

安子：

《威尼斯商人》说的是巴萨尼奥为了向心上人鲍西娅求婚，不得不向安东尼奥救助，而安东尼奥为了帮助巴萨尼奥，向死对头夏洛克借贷的故事。

在我看来，这就是一个喜剧结局的悬疑故事。巴萨尼奥为了娶鲍西娅为妻，向安东尼奥借钱，安东尼奥是成功的威尼斯商人，拥有一支船队，但缺少流动资金。为了帮助老友巴萨尼奥，安东尼奥向犹太人夏洛克借贷。

夏洛克靠放高利贷收取高额利息为生，极不受人欢迎。安东尼奥也看不惯夏洛克，他还严厉地谴责过夏洛克，因此夏洛克一直对安东尼奥怀恨在心。这一次，面对找上门来的安东尼奥，夏洛克提出了苛刻的条件要求安东尼奥承诺，如果不能如期还款，就必须割下身上的一磅肉。

注解：《威尼斯商人》通过三条线索展开：一条是鲍西亚选亲；另一条是杰西卡与罗兰佐恋爱和私奔；还有一条是“割一磅肉”的契约纠纷。

剧本的主题是歌颂仁爱、友谊和爱情，同时也反映了资本主义早期商业资产阶级与高利贷者之间的矛盾，表现了作者对金钱、法律和宗教等问题的人文主义思想。

这部剧作的一个重要文学成就，就是塑造了夏洛克这一唯利是图、冷酷无情的高利贷者的典型形象。《威尼斯商人》部分节选选入人民教育出版社（九年级下册第13课）和上海教育出版社（八年级上册）语文教材。

安东尼奥坚信老友巴萨尼奥会如期归还，便和夏洛克签了合同。没想到，巴萨尼奥拿到巨款后，向鲍西娅求婚，可鲍西娅身边竟然又出现了一位情敌；这位情敌身世显赫、富甲一方，这让巴萨尼奥无法与鲍西娅成婚。

更糟糕的是，安东尼奥的船队没有赚到钱，而夏洛克的女儿杰茜卡竟然带着大量的钱财和朋友私奔了。夏洛克恼羞成怒，对安东尼奥步步紧逼，眼看合同已经到期，夏洛克要求安东尼奥履行诺言，两人为此闹上法庭。

在法庭上，夏洛克要求安东尼奥履行合同，割下一磅肉。此时，巴萨尼奥的心上人鲍西娅假扮律师，同意夏洛克按照契约规定割下安东尼奥的一磅肉，但必须严格按照契约执行，合约上只写了一磅肉，而没有答应给夏洛克哪怕一滴血，所以夏洛克必须保证安东尼奥不能流一滴血，也不能因此有性命之忧。

最终，夏洛克无法做到，鲍西娅巧妙地挽救了安东尼奥的性命。

小马哥：

挺有意思的一个故事，也是皆大欢喜的结局。

安子：

是的，在莎士比亚的这部作品中，除了夏洛克，所有人都有一个圆满的结局。故事的结局可以用善有善报、恶有恶报来形容，看起来非常解气，也非常痛快。

《威尼斯商人》剧照

第六部分 《罗密欧与朱丽叶》

小马哥：

最后，安子，我们给大家讲一讲莎士比亚最脍炙人口的作品《罗密欧与朱丽叶》吧，相信很多听众都看过这部作品。

安子：

《罗密欧与朱丽叶》是莎士比亚早期的作品，也常常被列为莎士比亚四大悲剧之一。不过事实上，它不是四大悲剧之一，而被称为是莎士比亚的悲喜剧。也就是说，它从本质上讲，是乐观主义的悲剧，虽然罗密欧和朱丽叶最终都死去了，但是就像中国的梁祝化蝶一样，最后的寓意是爱情永在。

我讲一讲罗密欧和朱丽叶的故事，我相信对于听众们来说，这部经典作品，可谓百听不厌。

凯普莱特和蒙太古是一座城市中的两大家族，这两大家族有很深的世仇，经常械斗。蒙太古家有个儿子叫罗密欧，17岁，品貌端庄，大家都很喜欢他。他喜欢上了一个不喜欢他的女孩罗萨兰，当听说罗萨兰会去凯普莱特家参加宴会后，他决定潜入会场。而罗密欧的朋友为了让他放弃罗萨兰，找到一个女孩，戴上面具，混进了会场。

结果在这次宴会上，罗密欧被凯普莱特家的独生女朱丽叶深深地吸引了。这天晚上，朱丽叶是宴会的主角，13

注解：《罗密欧与朱丽叶》讲述的是贵族凯普莱特家的女儿朱丽叶与蒙太古家的儿子罗密欧诚挚相爱，誓言相依，但因两家世代为仇而受到阻挠，最终双双而死的故事。

罗密欧与朱丽叶不仅彼此相爱，而且大胆追求爱情，不惜以命拼争。爱情的力量使他们敢于面对家族的仇恨，为了追求爱情而殉情。生命终结了，却在道德上取得了胜利。他们的死，终于使两个敌对的家族就此和解。

岁的她美若天仙。罗密欧上前向朱丽叶表达了自己的爱慕之情，朱丽叶也对罗密欧颇有好感。当时双方都不知道对方的身份。真相大白后，罗密欧仍然不能摆脱自己对朱丽叶的爱慕。他翻墙进了凯普莱特的果园，正好听见朱丽叶在窗口情不自禁地呼唤自己的名字，两人一时坠入爱河。

第二天，罗密欧去见附近修道院的神父，请代为促成两人的恋情。神父答应了罗密欧的请求。罗密欧又通过朱丽叶的奶娘把朱丽叶约到了修道院，在神父的主持下，两人结成了夫妻。然而就在这天中午，罗密欧在街上遇到了朱丽叶的堂兄提伯尔特，结果在决斗中，罗密欧杀死了提伯尔特。

最终，罗密欧被驱逐，朱丽叶伤心之至，两人在一夜短暂的相聚之后，罗密欧开始了自己的流放生活。谁也没想到，罗密欧刚一离开，出身高贵的帕里斯伯爵就来求婚，凯普莱特家族非常满意，命令朱丽叶马上结婚。

这部剧的高潮是，神父给了朱丽叶一种药，服下后人就像死了一样，但 42 小时后就会醒来。然后神父派人去找罗密欧，两人就可远走高飞。没想到，罗密欧在送信人到来之前，知道了朱丽叶死去的消息，夜半来到朱丽叶的墓穴，掘开墓穴，吻了朱丽叶之后，服毒身亡。等神父赶来时，已经晚了。这时朱丽叶醒了过来，见到死去的罗密欧，伤心欲绝，拔出罗密欧的剑刺向自己。

就这样，这对相爱之人，最终死在一起。

这个故事虽然凄惨，但表达的主题是爱情永恒，即便是死，也永远在一起。后来，这两家人就此消除积怨，在城中为罗密欧和朱丽叶各铸了一座金像，也算是有了一个

语录：聪明人变成了痴愚，是一条最容易上钩的游鱼；因为他凭恃才高学广，看不见自己的狂妄。

不要指着月亮起誓，它是变化无常的，每个月都有盈亏圆缺；你要是指着它起誓，也许你的爱情也会像它一样无常。

适当的悲哀可以表示感情的深切，过度的伤心却可以证明智慧的欠缺。

为了替无味的爱情添加一点辛酸的味道，曾经浪费掉多少的咸水。

——莎士比亚：《罗密欧与朱丽叶》

积极意义的结局。

小马哥：

《罗密欧和朱丽叶》和中国的《梁祝》在某些方面有异曲同工之处，都是歌颂至死不渝的爱情。

安子：

所谓“生命诚可贵，爱情价更高”，正是莎士比亚描绘的这段悲怆的故事中所蕴含的，感动了一代又一代的读者。

小马哥：

好作品不仅给我们文学的享受，也给我们生活的力量，正因为有真爱，有温暖，有不灭的人性，所以我们才有勇往直前的力量。

我们也借这期节目，向永远的大师莎士比亚致敬。

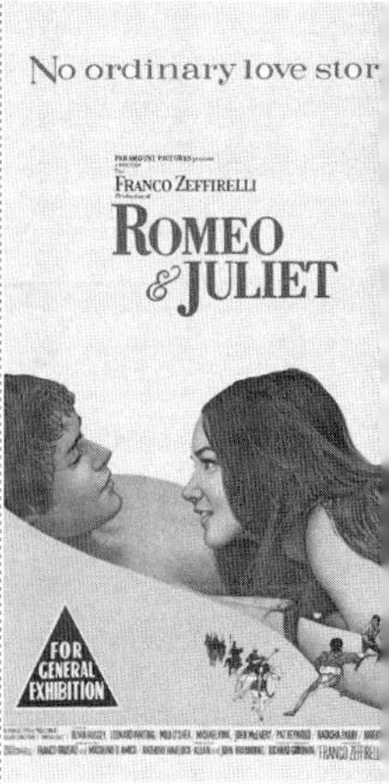

《罗密欧和朱丽叶》电影海报

注解：《罗密欧与朱丽叶》是根据莎士比亚的《罗密欧与朱丽叶》改编的同名电影，于1968年9月25日在法国上映。影片讲述了罗密欧与朱丽叶的爱情故事。1969年获得奥斯卡金像奖最佳摄影、最佳服装设计、最佳影片提名、最佳导演提名。

全てが憎いと
体が叫ぶ。
白夜行
堀北真希 ／ 高良健吾 ／ 船越英一郎
原作:東野圭吾「白夜行」 脚本:深川栄洋／入江信吾／山本あかり 音楽:平井真美子
WOWOWFILMS
監督:深川栄洋

《白夜行》电影海报

节目音频二维码

NO.10 解读东野圭吾及其作品

作品

作品名	主角	作者
《嫌疑犯 X 的献身》	石神、花岗靖子和她的女儿美里	东野圭吾
《白夜行》	唐泽雪穗、桐原亮司	东野圭吾
《解忧杂货店》	三个小偷	东野圭吾

导语

说起小说，不能不提及推理小说；说到推理小说，不能不提及日本的直木奖和本格推理小说大奖，更不能不说到最近十年大热的日本推理小说家东野圭吾。他以冷静的笔调、精巧的推理，成就了《白夜行》《嫌疑犯X的献身》《解忧杂货店》《名侦探的守则》等脍炙人口的佳作。1958年出生于日本大阪，毕业于电气工学专业，之后从事生产技术工程师的工作，在成名前，一直利用业余时间创作。他的成名作《放学后》，荣获第三十一届江户川乱步奖。获奖之后，他辞去了工程师的职位，专职写作。迄今为止，东野圭吾已经出版了74部作品，其中二十余部被搬上了荧屏。

如今，东野圭吾这个名字几乎成了推理小说的代名词，他的作品在全世界畅销，两次入围“吉川英治文学新人奖”，一次入围“日本推理作家协会？”，连续五次入围“直木奖”，而《嫌疑犯X的献身》，则同时荣获“直木奖”和“本格推理小说奖”。东野圭吾在推理小说界刮起了一股旋风，形成了独特的“写实本格派”风格。

注解：东野圭吾是在中国拥有最多读者的日本推理作家。早年东野圭吾的作品并没有太多读者，获得“江户川乱步奖”之后，他辞职专职写作，虽然陆续出版了几部新书，但无论销量还是知名度都不尽如人意。直到他不再拘泥于本格和推理，而是依据脑海中有趣的灵感不受束缚地写出来，创作了《秘密》等作品，他才终于找到了方向，写出了一系列畅销作品。

解读

第一部分 推理小说的发展历程

小马哥：

要说这几年中国的日本作家，恐怕大家首先想到的，就是东野圭吾。特别是随着 2017 年苏有朋导演，王凯、张鲁一和林心如主演的东野圭吾的作品《嫌疑犯 X 的献身》在国内上映，东野圭吾这个名字逐渐被中国读者熟悉并且喜爱起来，而他的作品的销量，更是在中国各个购书网站上高居榜首。今天，我们请到了东野圭吾的一名铁粉，我们的老朋友、作家安子，和我们一起来品鉴东野圭吾的佳作！

安子，你好！

安子：

小马哥好，各位听众朋友们好！

《嫌疑犯 X 的献身》电影海报

小马哥:

安子，小说种类很多，我们先说说推理小说在文坛中的地位如何?

安子:

好的。说起推理小说，我想把它比喻成我们常见的一种食物——辣椒。为什么把它比喻成辣椒呢？每一种类别的小说，都有它独特的味道。比如言情小说，就是一块甜甜的蛋糕；武侠小说，就是一碗碗劲道的面食……有的作家擅长做蛋糕；有的作家擅长做面食。那么推理小说就是食物中的辣椒，如果有一天，你吃多了辣椒，那么百味皆无味，因为你的味蕾已经被辣味给侵占了。

日本的侦探推理小说，从江户川乱步、横沟正史开始，经过松本清张、森村诚一的努力，一直到东野圭吾，前后经历了60多年，先后出现了50多位卓越的侦探小说家。日本推理小说因此在世界侦探小说史上，占据了重要的地位。

日本推理小说的最明显特征就是“本格派”，其中以江户川乱步和横沟正史为主要代表。所谓本格，在日语里就是原味的意思，就是说运用推理逐次拨开谜团，去除疑惑，描写侦破案件的过程，以情节引人入胜。

日本推理小说家数量多、影响大，这在世界其他国家实属罕见，这和日本文坛的重视以及整个社会的支持密切相关。而且日本每年都有八项推理奖项，这就更有力地推动了日本推理小说的发展。

注解: 推理小说最初叫侦探推理小说，从它产生到现在，一共经历了三个黄金时代。有一位家喻户晓的侦探，那就是福尔摩斯。阿瑟·柯南·道尔是开创英国侦探小说黄金时代的第一人。英国侦探小说的黄金时代，就是侦探推理小说的第一纪元。第二个黄金时代，是以阿加莎·克里斯蒂为代表的英国侦探小说。第三个黄金时代，则是以松本清张和森村诚一为代表的日本推理小说。

第二部分 东野圭吾

小马哥：

介绍了推理小说的发展历程，我们言归正传，说一说东野圭吾本人吧。在没有成为推理小说家之前，他做什么工作？他的第一部作品又是什么呢？

安子：

1958 年东野圭吾出生于日本大阪，毕业于电气工学专业，毕业后从事生产技术工程师的工作。他 16 岁时，被日本推理小说家小峰元的作品《阿基米德借刀杀人》所震撼，于是从 1974 年起，他开始从事推理小说的创作。他的成名作，就是荣获第三十一届江户川乱步奖的推理小说《放学后》。从那次获奖之后，他辞去了工程师的工作，专职写作。那一年，他 27 岁。也就是说，27 岁时，东野圭吾开始成为专职小说家。

东野圭吾的作品可以分为前后两个时期，以 1997 年出版的《名侦探的守则》为界：1997 年之前，东野圭吾一共出版了 32 部作品，他的作品是典型的细致精巧的本格推理本格。在此期间两次入围“吉川英治文学新人奖”，一次入围“日本推理作家协会赏”，其中仅有四部作品被

注解： 东野圭吾十大作品

《白夜行》中男女两个主人公好似两个世界的人，除了开头以外都没有交集。一直看到最后才会发现，一切故事其实都藏在水面下。

《嫌疑人 X 的献身》是东野圭吾至今最受好评的一部小说，叙事方式十分独特，凶手和主角要替凶手掩盖杀人的意图在开篇就全部告诉了读者，隐藏的只有主角的掩盖手法。

《放学后》是东野圭吾的成名作，这是一本非常清新质朴的校园本格推理小说。全书以师生矛盾为主线，而对造成矛盾的原因却予以隐藏，小说对杀人动机的隐藏十分成功。

《恶意》直抵人心最黑暗的一面，凸显凶手的心理阴暗凶险到了何等地步。

《解忧杂货店》中三个成长在同一福利院的不良少年为掩藏闯空门的行迹，误入一个偏僻破败的杂货店，而他们竟然撞入穿梭的时间隧道……

《秘密》是一部比较小众的经典作品，不算是一本侦探推理类小说，更像是作者的一种超现实幻觉，描述了超现实的亲情和爱情。

在《圣女的救济》中，东野圭吾笔下的“恶女”，心机深重行事毒辣，为达目的不择手段，然而作案动机却有苦衷。

改编，因此自嘲作品“不卖座”。

1997 年东野圭吾 39 岁时，出版了《名侦探的守则》。这部作品在日本国内引起了巨大的反响，也成为他独创的“写实本格派”的开端。从这部作品开始，他将社会和人性主题融入本格推理之中，在叙事技巧和结构模式上不断创新，最终成就了《嫌疑犯 X 的献身》等一系列作品，斩获日本推理学界各项大奖，掀起了“东野圭吾旋风”。

注解：《新参者》不同于东野圭吾的其他作品，书中所有的动机都让人感到温暖。

《信》不是推理小说，讲的是哥哥为弟弟读书而偷钱，不小心杀了人而入狱。围绕哥哥和弟弟的通信，讲述了两人截然不同的人生。

《彷徨之刃》是一部社会派推理佳作，主角大叔的宝贝女儿惨遭不良少年奸杀，而根据法律，加害者仅需付出极低廉的代价，无奈的父亲独自走上复仇之路。

《白夜行》封面

第三部分 《嫌疑犯 X 的献身》

注解： 根据东野圭吾的同名小说改编的电影《嫌疑人 X 的献身》，于 2008 年 10 月 4 日在日本上映。

2009 年，该片获第 32 届日本电影学院奖最具话题影片奖。

小马哥：

听起来，东野圭吾的作品真的很吸引人，那么我们不妨就从中国读者熟悉的《嫌疑犯 X 的献身》说起，聊一聊东野圭吾的作品吧。

安子：

好的，我接触的第一部东野圭吾的作品，就是《嫌疑犯 X 的献身》。那一年，我认识的一位导演，邀请我写一部电影剧本，当时介绍给我的第一部参考影片，就是《嫌疑犯 X 的献身》。我记得当时我看的是日版的，就是提真一扮演数学家石神的那一版，我看完之后，内心久久不能平静，被震撼，然后什么也不想说，什么也不想做，什么也说不出来，就想一个人安静地待一会儿。接着就热切地去寻找原著。那个时候东野圭吾在国内还没有火起来，很多人还不知道这个作家的名字。我也是第一次看东野圭吾的作品，感觉真的很棒，不是说他写得有多好，而是他所挖掘的人性，让人震撼。当然，再细加回味，他的作品精巧的结构和迂回的表达，也是非常令人惊叹的。

《嫌疑犯 X 的献身》剧照

小马哥：

安子，你能不能给我们简单讲讲这部片子到底讲了一个怎样的故事？

安子：

好的。能在这里给广大听众讲一讲日本推理小说家东野圭吾的作品，也是我的荣幸。

《嫌疑犯 X 的献身》讲的是数学家石神帮助美丽而可怜的女邻居花岗靖子和她的女儿美里的故事。帮助这个词，听起来很简单，却不仅搭上了石神天才的智慧，甚至搭上了他的后半生。石神在“帮助”的过程中，不仅心甘情愿，甚至可以称之为“甘之如饴”，因为在他的内心深处，深藏着对女邻居花岗靖子的爱情，而且还藏着一份深不见底的救赎，那是一份置自身安危而不顾的献身精神。

在《嫌疑犯 X 的献身》的原著中，一开篇，就描写了石神的生活状态，单身、孤独、无望，唯一的乐趣就是每天去固定的一家便当店买便当。他的女邻居花岗靖子母女在忙碌的生活中，遇到了一桩麻烦，那就是花岗靖子被前夫富坚恶意骚扰、纠缠不休，花岗靖子和女儿美里在和富坚的争执中，失手杀死了他。就在花岗靖子母女张皇失措、惶恐不已的时候，邻居石神突然来敲门，并且提出由他来解决这件杀人案件的善后事宜，故事就此拉开大幕。

《嫌疑犯 X 的献身》沿袭了本格派“17+3”的模式，也就是说，按照本格派传统的写作手法，在前 17 章以平淡的描述为主，最后 3 章浓墨揭开谜底。但是《嫌疑犯 X 的献身》的前 17 章却不平淡，相反，环环相扣，剑走偏锋，

注解：爱一个人，究竟可以爱到什么地步？什么样的邂逅，可以舍命不悔？逻辑的尽头，不是理性与秩序的理想国，而是用生命奉献的爱情。《嫌疑犯 X 的献身》讲述百年一遇的数学天才石神，为失手杀了前夫的女邻居善后的离奇故事。

将一个看似一开始就已经公示了犯人是谁的案件，引入一个迷局。一开始，谁杀了人，杀人过程如何，全都抖露了出来，然而究竟为什么连天才的“神探伽利略”，也就是那位汤川教授都难以破解。问题究竟出在哪里？为什么这个看似简单的杀人案，成了不解之谜？

事实上，所有的人，包括读者，都陷入天才数学家石神所设计的圈套，那是一个为爱情而不惜去杀人、去牺牲自己的圈套。用爱情来形容石神对花岗靖子的情感，未免有些浅薄，它不仅仅是爱情，而是一份救赎，救赎自己的灵魂，救赎一对母女的未来。对石神来说，这种救赎，就是他生命的信仰和价值所在。

说到这里，已经完全透露了这个故事的情节，也就是说，石神在花岗靖子母女杀人的第二天，动手杀了一个流浪汉，然后用这个流浪汉，替代了花岗靖子的前夫富坚。于是，所有人都陷入一个误区，那就是认为富坚是在第二天死亡的，那么任凭警方如何调查，都无法证明富坚的死与花岗靖子母女有关。因为石神早已做好了天衣无缝的安排，让所有人都可以为花岗靖子做不在场证明。即便最后天网恢恢，找到的那个凶手，也是他——自首的石神以自我的毁灭，洗白了这场凶案中的第一任罪犯——花岗靖子。

然而事实上，花岗靖子并不爱石神；而石神所有的付出，全都因为内心无尽的爱意。为了保护心爱的女人和她的孩子而去杀人，是一种爱还是一种罪，这是东野圭吾留给我们的最大的难题。

语录: 有时候，一个人只要好好活着，就足以拯救某个人。

这个世上没有无用的齿轮，也只有齿轮本身能决定自己的用途。

人一旦摆脱了时钟，反而会把日子过得跟时钟一样准确。

为了让自己在紧要关头义无反顾，他事先断了自己的退路。那正是最惊人的障眼法。

你如果不能得到幸福，我所做的都将白费。

——东野圭吾：《嫌疑犯X的献身》

第四部分 《白夜行》

小马哥：

听完安子介绍了《嫌疑犯 X 的献身》的情节，真是令人唏嘘不已。那么安子，我们再来聊一聊被大家热议的东野圭吾的另一部颇受关注的作品《白夜行》吧！

安子：

我第一次接触到《白夜行》，也是通过看电影。我直到现在还记得，那一天，我看日版的电影《白夜行》，看着看着，就坐在电脑前哇哇大哭起来。真的是哇哇大哭，内心的震撼，真的无法用语言来表达。

《白夜行》讲的是嫌疑犯的女儿唐泽雪穗和被害人之子桐原亮司在案件发生的 19 年内，相继走上不同的人生道路的故事——一个跻身上流社会；一个游走在社会底层，而他们身边的人，却接二连三地被害。警察追踪了整整 19 年，终于真相大白。

在这个故事里，真正让人震撼而伤感的，是桐原亮司和唐泽雪穗各自的经历和他们之间的情感。事实上，杀死桐原亮司的父亲的，正是 11 岁的桐原亮司。

桐原亮司 11 岁那年，在母亲和情人在家里偷情的时候，跑出去玩耍，却看到父亲在废弃的大楼里性侵自己的好小伙伴唐泽雪穗。惊愕和愤怒之下，桐原亮司要救出小伙伴，就将剪刀刺向了父亲。这样的罪行，难道完全是这

注释：表面上纯洁美丽的唐泽雪穗是罪恶的，她黑暗的童年阴影无法去除，所以生命中没有太阳。

桐原亮司表面上是神秘而且阴暗的，但他承受了父亲罪行的后果，为唐泽雪穗不惜一切，他代替了太阳，成为唐泽雪穗的亮光，她便可以在白夜中行走。

个缺少父爱和母爱的孩子桐原亮司应该独自承担的吗？所谓有因才有果，没有爱的心灵正因为渴望爱，才会不顾一切去保护小伙伴。这是一起太让人心酸的弑父案，而接下来的19年里，那个被母亲强迫出卖肉体的小女孩唐泽雪穗，则永远生活在黑暗里，没有阳光，但是11岁的桐原亮司不顾一切地救护和随后19年的相携相伴，则是她和桐原亮司的人生中，唯一不灭的光亮。

在这19年里，两个孩子一起艰难地成长。为了让雪穗能够真正地生活在阳光里，两个孩子不惜伤害他人，甚至杀人，去扫除人生道路上的一切障碍。这两朵道德意义上的恶之花，所犯下的一切罪恶，竟然只是为了能够在永远无法逃脱的黑夜里前行，一步步向光明靠近。

语录：我的天空里没有太阳，总是黑夜，但并不暗，因为有东西代替了太阳，虽然没有太阳那样明亮，但对我来说已经足够。凭借这份亮光，我便能把黑夜当成白天。我从来没有太阳，所以不怕失去。

——东野圭吾：《白夜行》

《白夜行》电影海报

第五部分 《解忧杂货店》

小马哥：

听完这个故事，我们都难免觉得很沉重。那么，安子，你能给大家讲一讲东野圭吾轻松一些的作品吗？让我们也感受到东野式的温暖和关怀。

安子：

要说东野圭吾最轻松最温暖的作品，应该是《解忧杂货店》。准确地说，这部小说算不上侦探推理小说，而应该定义为奇幻温情小说。这部小说最初是在日本的《小说野性时代》杂志上连载的，那是2011年，然后2012出版成书。

这部小说讲的是，有三个小偷，误入僻静街道旁的一家杂货店，却发现一个奇怪的现象：不断有信从投信口进入，而且竟然是30年前的来信。于是这三个从小在孤儿院里长大的小偷，竟然担当起了回信的职责。于是，投进杂货店前门卷帘门投信口里的信，在第二天，就会在店后的牛奶箱里得到答复。因男友身患绝症，而在爱情与梦想间徘徊的月亮兔小姐；为了音乐梦想离家漂泊的松冈克郎；面临家庭巨变，挣扎在亲情与未来迷茫中的少年浩介……奇妙的事情就这样发生了，而一切，竟然与30年前的孤儿院，发生了奇妙的关联。

这本书完全打破了推理小说的紧张节奏，温暖而轻松，因此获得了日本第七届中央公论文艺奖。

语录：满脑子天真想法的人，在社会上吃点苦头也是好事。

他觉得一个人奋斗更轻松自在。跟没有干劲的人在一起厮混，只会徒增压力。

如果自己不想积极认真地生活，不管得到什么样的回答都没有用。

正因为我一直在追求梦想，所以才活得像自己，你也才会喜欢我。我时时刻刻想着你，但请你让我继续追求梦想。

——东野圭吾：《解忧杂货店》

第六部分 东野圭吾作品特点

小马哥：

分析了几部东野圭吾的主要作品，安子，你能不能给广大听众总结一下东野圭吾作品的主要特点？

安子：

东野圭吾的作品所体现的，是整个日本社会的人性的回归。19 世纪 90 年代的日本，在经历了繁荣之后，出现了经济衰退，一蹶不振。后来发生的阪神大地震和奥姆真理教事件，还有频频发生的社会灾难，让整个日本社会呈现出冷漠和责任缺失的状态。虽然没有尖锐的矛盾冲突，但是人际关系非常冷漠，所以当时的推理小说，承担着一种社会责任，那就是以人性这个永恒的话题作为载体，去展现个人与社会的抗争，去唤醒人与人之间的关怀和温情。

所以东野圭吾的作品，很多以人性的丧失和回归为主题，比如《宿命》里的刑警勇作几十年都在调查年幼时喜欢的善良的早苗小姐的离奇死亡案，《白夜行》里退休的老刑警历经几十年，去发现和拯救两朵“恶之花”，《信》中武道刚志通过写信的方式来忏悔……

东野圭吾在作品里表达了那些貌似丑恶的灵魂背后的闪光点，他们的无奈、忏悔和回归，这才是最感人的所在。不管是桐原亮司，还是石神、长峰重权，在东野圭吾的作品里，这些人其实都是时代和社会的缩影，是社会的牺牲

注解：根据东野圭吾小说改编的电影、电视剧有：
《解忧杂货店》
《疾风回旋曲》
《天空之蜂》
《盛夏的方程式》
《白金数据》
《分身》
《麒麟之翼》
《拂晓之街》
《白夜行》
《红手指》
《彷徨之刃》
《嫌疑人 X 的献身》
《变身》
《湖边杀人事件》
《信》
《宿命》
《诱拐》
《秘密》
《流星之绊》
《名侦探的守则》
《新参者》
《时生》
……

品。因为社会、制度、家庭、人心，他们这些原本善良的人被逼上不归路，然而他们的内心，却始终充斥着对爱与温暖的渴望，对生命美好的向往和期盼……

如果要评价东野圭吾作品中人物的普遍特色，那么可以套用中国老祖宗的一句话：人之初，性本善。所有的人物，都有着善良一面，不论是罪犯还是从犯，内心都潜藏着人性——真实的人性体现，就是东野圭吾作品的魅力所在。

《秘密》电影海报

《解忧杂货店》电影海报

小马哥：

那么最后，安子，你可否根据你的经验，给广大的听众们列一个书单，如果想读东野圭吾的作品，应该按照什么顺序来阅读？

安子：

我建议大家先看《嫌疑犯 X 的献身》，因为这部作品是写实本格派的经典之作。相对来说，前面的描述部分相对比较精彩，容易看进去，也更容易体会到东野圭吾的作品里，人性的交锋和人心的对峙。

然后再看《解忧杂货店》和《秘密》、《时生》，这样会觉得轻松些，不太沉重。特别值得一提的是《秘密》，1999 年，东野圭吾以《秘密》获得第 52 届日本推理作家协会奖。严格地讲，《秘密》和《时生》并不是侦探推理小说，而是灵异推理小说，但这两本小说很温暖，让读者在流泪的同时，感受到人生的无常和温暖。

接下来，可以看《放学后》《白夜行》《新参者》《宿命》，这几本小说虽然都比较沉重，但是所表达的对光明、真爱和温暖的期盼和渴望，对原罪的救赎和对生命的尊重，还是非常值得称道的。

接下来，可以读读《神探伽利略》《十一字杀人》《圣女的救济》《时生》等。这几本趣味性也是有的，而且已经不是17+3的纯粹本格派作品，非常好读。

最后，可以读一读《名侦探的诅咒》《名侦探的守则》《恶意》等作品。以这几部作品为代表，东野圭吾也有一些比较追求本格派写法的推理作品，或者比较追求探究内心，暴露人性黑暗面的作品。这些作品不妨放到最后读，如果开始就读这些作品，可能会因为对人性探究的晦涩或者对17+3的本格派风格的不了解，而对东野圭吾的作品失去兴趣。

《圣女的救济》封面

《神探伽利略》电影海报

第七部分 日本推理作家盘点

安子：

这期节目的最后，我给大家盘点一下日本几位著名的推理作家。

江户川乱步

说起江户川乱步，可能有一些听众不熟悉，但是说起他的作品，估计很多听众都很熟悉，那就是《名侦探柯南》。江户川乱步被誉为日本侦探推理小说之父，他笔下的侦探明智小五，也就是《名侦探柯南》里的毛利小五郎，更是日本乃至世界闻名的小说人物。

江户川乱步是日本推理小说的开拓者，也是日本推理本格派的创始人，与松本清张、横沟正史并称为“日本推理文坛三大高峰”。

江户川乱步出生时，父亲经营商社，家里生活还不错。江户川乱步自幼体弱多病，所以常常因病待在家里。每次生病，母亲就给他读欧美侦探小说，为他解闷，于是从小他就非常喜欢读书。

不过江户川乱步的好日子并没有过太久，在他 17 岁那年，父亲经营的商社倒闭，全家陷于困境。他不得不辍学，跟着父亲回老家开荒种地，以务农为生。但他身体实在太弱，根本干不了农活，他只喜欢看书，最后，父亲借钱供江户川乱步读了高中。

后来，江户川乱步考进了大学预科班，开始半工半读。

注解：江户川乱步的代表作有《二钱铜币》《一张车票》《可怕的错误》《两个废人》《双胞胎》《D坡杀人案》《心理测验》《黑手组》《红房子》《日记本》《算盘上的恋语》《幽灵》《失窃》《白日梦》《戒指》《黑蜥蜴》《宇宙怪人》《少年侦探系列》等。

他在课余去印刷厂当学徒，给人补习英语，到图书馆当管理员。由于兼职太多，他大学毕业时没取得学位。

后来江户川乱步结了婚，可生活依旧非常穷困，有一年，他甚至不得不当掉家里的棉被，才有钱买米。他换过不少工作，但是都不如意，最后只好带着妻子和儿女回乡下老家生活。

江户川乱步《少年侦探全集》封面

尽管生活艰难，但江户川乱步始终热爱读书，他除了读书写作对其他任何工作都不感兴趣。他在乡下还是整天看书，并用旧箱子当桌子，写小说。

后来，他的小说终于被《新青年》杂志发表，在29岁那年，他发表了自己的处女作。

在1954年江户川乱步60岁寿辰之日，他当众宣布将自己多年的积蓄拿出来，作为基金，设立江户川乱步奖，鼓励作家从事侦探小说的创作。

松本清张

松本清张是日本著名推理小说作家，与柯南·道尔、阿加莎·克里斯蒂并称世界推理小说三巨匠，与江户川乱步、横沟正史并列为“日本推理文坛三大高峰”。

松本清张成名前生活一直很艰难，不是大家想象的那种，生活安定、衣食无忧、专心创作，相反，是衣食无着、生活不定才拼命创作。他出生在日本北九州小仓市的一个商贩家庭，家境非常贫寒。他本来有两个姐姐，都因家贫而夭折，于是他就成了家里唯一的孩子。13岁小学毕业后，松本清张就被迫辍学谋生。他当过街头小贩、学徒，也做过《朝日新闻》驻小仓的西部本社的计件工，后来又在广告部做制图工。1943年，松本清张应征入伍，到朝鲜去

注解： 松本清张的代表作有《点与线》《恶棍》《砂器》《隔墙有眼》《证词》《女人的代价》《深层海流》《波浪上的塔》《私奔》《死亡的流行色》《潜在的杀意》《谋杀情人的画家》等。

当卫生兵，战后又被遣送回国。在战后初期，日本经济萧条，松本清张为了养活一家七口，不得不到处奔波，做点小买卖。他做的买卖，说出来都让人心酸，40岁之前，他是个小商贩，靠批发笤帚养活父母和妻子、孩子。在成名之前，松本清张一直生活在社会的底层，受人歧视，倍受屈辱。直到40岁，松本清张还没有发表过一篇作品。

《零的焦点》电影海报

在成名以后，松本清张常常回忆成名以前的生活，他这样写道："那时候天天做梦，几乎都是贫穷或军队的梦。没有米了，明天拿什么给家人吃？在朝鲜的兵营里，思念着家人怎样生活而坐立不安……早晨醒来，浑身都是冷汗。"

松本清张是真正的大器晚成，他从小喜欢看侦探小说。1950年，也就是松本清张41岁那年，《朝日周刊》举办了"百万人小说"征文比赛，第一名可获30万日元的奖金。这笔可观的奖金对松本清张来说，诱惑力极大。

当时松本清张连墨水和纸都买不起，就用铅笔在一个破本子上写小说。

当时那篇题名为《西乡钞票》的小说获得了三等奖，获得了10万日元的奖金。当时评委说，这本小说本来评上了一等奖，因为作者是报社职工，所以改为三等奖。

这次获奖，不仅让松本清张的经济状况得到了一些好转，而且也极大地鼓励了他的创作热情。

后来，松本清张的孩子越来越多，一家9口住在一间小屋里。到了夏天，蚊子猖獗，妻子和5个孩子睡一个蚊帐，父母睡一个蚊帐，松本清张白天工作，晚上趴在昏暗的灯光下，忍受着蚊虫的叮咬，拼命写作。

注解：根据松本清张的小说改编的影视作品有：电影《零的焦点》《波浪上的塔》《砂器》《恶棍》；电视剧《砂器》《黑色皮革手册》《野兽之道》《点与线》。

1952年，松本清张终于凭借《小仓日记》获得第28届“芥川奖”。“芥川奖”是日本文坛的文学新人奖，43岁的松本清张终于在日本文坛崭露头角。

《恶魔吹着笛子来》封面

横沟正史

再说说和江户川乱步、松本清张并称为“日本推理文坛三大高峰”的横沟正史。

横沟正史于1902年出生在日本兵库县神户市，父亲是个药种商人。

在横沟正史5岁那年，母亲就去世了。16岁那年，二哥也去世了。18岁高中毕业，他就到银行工作了，做的是勤杂工。

一直到21岁，他才有机会进入大阪药学专门学校学习。而就在那一年，他的大哥去世。

横沟正史在21岁的时候就开始发表小说，25岁任日本文学杂志《新青年》的主编。

横沟正史27岁那年，父亲去世。

横沟正史是一个非常不幸的人。在他30岁那年，辞去主编的职务想专心写作时，却因积劳成疾得了肺结核，天天咳血。一直休息了三年，才重新拿起笔来创作。

在横沟正史46岁那年，也就是1948年，他以《本阵杀人事件》一书，获得第一届日本侦探作家俱乐部奖，也就是后来的“日本推理作家协会奖”。

1980年，角川书店主持设立了专门鼓励新人的长篇推理小说奖——横沟正史奖。

注解：横沟正史的代表作有《本阵杀人事件》《狱门岛》《恶魔吹着笛子来》《女王蜂》《犬神家族》《夜行》《百亿遗产杀人事件》《假面舞会》《黄金指纹》《恶灵岛》《幽灵男》《白与黑》《迷路的新娘》《暗夜里的黑豹》《不死蝶》《潘多拉匣子的奥秘》《迷宫之门》《青发鬼》等。

森村诚一

森村诚一应该算是日本当下健在的最负盛名也最顺利

的推理小说家了。他 1933 年出生于日本琦玉县，父亲是个商人。他从中学到大学，一帆风顺。1958 年毕业于青山学院英美文学系。

大学毕业后，森村诚一被分配到一家大饭店工作，先是当服务员，后来当柜台主任。后来为了写作，他毅然辞去工作。

他在 36 岁那年，也就是 1969 年，凭借《高层的死角》一书，荣获第 15 届江户川乱步奖。

电影《人证》海报
改编自《人性的证明》

注解：森村诚一的代表作有《高层的死角》《虚幻的坟墓》《新干线杀人事件》《东京空港杀人案》《腐蚀》《日本阿尔卑斯杀人案》《异型白昼》《正午的诱拐》《星的故乡》《噩梦的设计者》《恐怖的骨骼》《通缉令》《黑魔术之女》《人性的证明》《青春的证明》《野性的证明》《黑十字架》《白十字架》《火十字架》等。

节目音频二维码

NO.11 解读阿加莎·克里斯蒂及其作品

作品

作品名	主角	作者
《无人生还》	欧文和小岛上的十个人	阿加莎·克里斯蒂
《东方快车谋杀案》	侦探波洛、雷切特先生和 12 名乘客	阿加莎·克里斯蒂

导语

《阿加莎·克里斯蒂自传》封面

阿加莎·克里斯蒂，英国女侦探小说家、剧作家，三大推理文学宗师之一。代表作品有《东方快车谋杀案》和《尼罗河上的惨案》等。

1890 年，阿加莎·克里斯蒂生于英国德文郡，原名阿加莎·玛丽·克拉丽莎·米勒。16 岁时她到巴黎学习声乐。1914 年，第一次世界大战期间，她参加了英国红十字志愿队，从事救护工作。1920 年发表《斯泰尔斯庄园奇案》，该书第一次出现了侦探波洛这个人物形象。1930 年，阿加莎在《牧师家的谋杀案》中起用新的侦探形象——来自英国乡村的女侦探玛普尔小姐。她在 66 岁那年，荣获“不列颠帝国勋章”和英国最受欢迎的大学埃克塞特大学名誉文学博士学位。法国总统戴高乐自称是“克里斯蒂迷”，英国女王玛丽也把读她的小说作为一种最好的享受。在玛丽女王 80 岁生日时，英国 BBC 电台为女王祝寿，记者问女王喜爱什么节目，玛丽女王指定要播出阿加莎·克里斯蒂的作品。阿加莎·克里斯蒂的侦探名剧《捕鼠器》在英国舞台连演 30 年，至今不衰，创造了戏剧史上长演不衰的记录。

1971年，她荣获女爵士封号。她因创作侦探小说的成就，被英国女王授予“侦探女王”的桂冠。1975年，阿加莎·克里斯蒂写下她最后一部小说《幕》。1976年1月12日，她在英国沃林福特去世，享年85岁。

注解：阿加莎·克里斯蒂的作品被译成103国文字，总销售量突破20亿册，与《圣经》和莎士比亚的作品同列为世界畅销书前三名。

阿加莎·克里斯蒂

解读

第一部分 阿加莎·克里斯蒂其人

小马哥：

《东方快车谋杀案》曾经在我国各大影院热映，影视界曾掀起一股“阿加莎热潮”，这也让中国读者对被誉为“世界三大推理宗师”之一的英国著名侦探小说家阿加莎·克里斯蒂产生了浓厚的兴趣。咱们这期节目，就来聊一聊阿加莎·克里斯蒂。

安子，你先给大家介绍一下这位作家吧。

安子：

说起阿加莎·克里斯蒂，可能很多中国读者不是特别熟悉。大家都知道柯南·道尔和他创造的大侦探福尔摩斯这个形象，但是同为英国作家，阿加莎·克里斯蒂在中国却并没有柯南·道尔那么知名。不过，阿加莎·克里斯蒂在英国的文学地位，却大大超过了柯南·道尔。

阿加莎·克里斯蒂被称为世界侦探小说女王，她创作

注　解：1926年12月，阿加莎·克里斯蒂的第一任丈夫阿尔奇博德·克里斯蒂出轨，要娶年轻貌美的情妇南希·尼尔为妻，向已是知名侦探小说家的36岁妻子阿加莎提出离婚。12月3日晚上，阿加莎哄女儿入睡后悄然离家。10天后，阿加莎的车在一个偏远地带被人发现，后座上留着她的大衣和驾照。

《每日邮报》为有关“阿加莎失踪案”的所有信息给出100英镑的悬赏，当局出动了1.5万名志愿者，派出搜救犬和飞机寻找线索。警方甚至怀疑她被丈夫谋杀了，舆论场更是热闹非凡，有人怀疑阿加莎用

的侦探小说被翻译成 103 个国家的文字，累计销量居世界畅销书第二名；第一名是《圣经》，第三名是莎士比亚的戏剧作品。她的作品多次被改编为电影、游戏。

阿加莎 · 克里斯蒂的人生经历非常曲折。出生于 1890 年，8 岁之前，没有进过学校，完全依靠家里保姆的指导，学会了阅读。1901 年，也就是她 11 岁那年，父亲因肺炎去世，半年后，姐姐出嫁、哥哥参军。家里只剩下她和母亲相依为命。

后来，她在巴黎的寄宿学校学习钢琴演奏和声乐。但是她有严重的表演恐惧症，最后还是放弃了音乐家之路。

20 岁时，阿加莎 · 克里斯蒂在母亲的鼓励下开始创作。1926 年，也就是她 36 岁那年，写出了成名作《罗杰疑案》，1954 年，在她 64 岁那年，获得美国推理作家协会杰出作家奖。

阿加莎 · 克里斯蒂一生有过两次婚姻，第一任丈夫是位军官；第二任丈夫是一名考古学家。

阿加莎 · 克里斯蒂开创了侦探小说的“乡间别墅派”，即凶杀案发生在一个特定封闭的环境中，而凶手也是几个特定关系人之一。欧美甚至日本很多侦探作品至今都在沿袭这一模式。

阿加莎 · 克里斯蒂在晚年写的《阿加莎 · 克里斯蒂自传》，为读者了解这位“侦探女王”提供了第一手资料，并成为侦探小说史上的重要文献，后来拍成了传记片《阿加莎》。

此伎俩宣传新书《罗杰疑案》；也有人说她是想策划一场曲折离奇、精密布局的复仇行动。

有人发现，阿加莎在哈罗盖特的天鹅水疗旅馆活得好好的，而且是用丈夫情妇的姓氏办理了入住手续。

阿加莎强行“自愈”的 10 天失踪，是拒绝向世人公开的谜。

阿加莎 · 克里斯蒂是一名高产的作家，她的作品不局限于侦探小说，全部作品包括 66 部长篇推理小说、21 部短篇或中篇小说集、15 部已上演或已发表的剧本、3 部剧本集，还有 6 部以笔名玛丽发表的情感小说，两部记录异域生活的回忆录和宗教题材的儿童读物，以及一部自传、两部诗集、两本与侦探俱乐部的会员作家合写的长篇推理小说。

第二部分 《无人生还》

小马哥：

听起来阿加莎·克里斯蒂的人生真的很丰富也很辉煌啊，那么，安子，能不能给我们的听众介绍一下她的作品呢？

安子：

《无人生还》封面

好的。我之前在咱们节目做过一期《东野圭吾作品赏析》，其中就提到过阿加莎·克里斯蒂。

阿加莎·克里斯蒂被称为侦探小说女王。侦探推理小说是通俗文学的一种体裁，属于惊险神秘小说的范畴。侦探小说主要写具有惊人推理和判断能力的人物，根据所能掌握的线索，破解犯罪疑案的故事。

在阿加莎·克里斯蒂海量的作品里，最受推崇的，就是《无人生还》、《东方快车谋杀案》和《罗杰疑案》，还有《尼罗河上的惨案》《ABC 谋杀案》《校园疑云》《怪钟疑案》等，但是最成功的，当属前三部。

《东方快车谋杀案》和《尼罗河上的惨案》，相信很多读者都看过电影，这里我特别想和听众朋友们聊一聊的是《无人生还》。

《无人生还》是阿加莎·克里斯蒂最成功的作品，全球销量超过一亿册。原作出版于 1939 年，又名《十个小黑人》《童谣谋杀案》《孤岛奇案》《十个小印第安人》《一个都不留》《孤岛十命》等。说的是八个素不相识的人受邀来到德文郡附近的印第安岛上，（也有翻译为士兵岛。）开篇描述八个人各自在旅途中的情况，他们被一个叫作欧文的人引导到同一个地方，就是印第安岛。抵达后，接待他们的却只有管家罗杰斯夫妇。

这十个人在晚餐时，终于相互认识、熟悉起来，然而正当他们觉得轻松的岛上假期就要开始时，一个声音打破了寂静。后来他们才发现，是一台留声机发出的。这个声音指控这八位宾客以及管家夫妇都曾犯有谋杀罪。

本来大家以为受邀来到这个小岛度假，会有一段轻松愉快的假期，没想到却变成了惶恐不已的“末日审判”。

每个人都在自己的房间里发现了一首关于十个小士兵相继死去的儿歌，而餐桌上竟然还摆着十个小瓷人。接着，噩梦开始，这十个人一个接一个地死掉，更让人恐惧的是，每个人的死亡，都是按照儿歌里所说的方式死掉的。而每死一个人，餐桌上的小瓷人就会莫名其妙地少一个。这十个人，从“末日审判”的那一刻起，时时刻刻处在死亡的恐惧之中，然而他们找遍整个小岛，除了他们这几个人，岛上再没有任何其他人。直到最后，这十个人全都按照儿歌里所说的方式死掉了。

小马哥：

这个故事听起来就很恐怖。

安子：

是的，包括作者自己，她在“自传”中说过这样一段

注解：《无人生还》里借用童谣，暗示每个人的结局，这首童谣就是整本书的浓缩。

十个小士兵，出门打牙祭；不幸噎住喉，十个只剩九。

九个小士兵，秉烛到夜半；清早叫不答，九个只剩八。

八个小士兵，旅行去德文；流连不离去，八个只剩七。

七个小士兵，举斧砍柴火；失手砍掉头，七个只剩六。

六个小士兵，捅了马蜂窝；蜂来无处躲，六个只剩五。

五个小士兵，同去做律师；皇庭判了死，五个只剩四。

四个小士兵，结伴去海边；鲸鱼吞下腹，四个只剩三。

三个小士兵，动物园里耍；狗熊一巴掌，三个只剩俩。

两个小士兵，日头下面栖；毒日把命夺，两个只剩一。

一个小士兵，落单孤零零；悬梁了此生，一个也不剩。

话："我之所以写这本书，是因为它很难写，可是这个想法一直萦绕在我的脑际。有十个人要相继死去，而又不能写得太荒唐，或者使谋杀者显得一目了然。我是经过大量的策划之后才写成的，我对自己写成这本书感到高兴。它条理清晰、直截了当，虽然有重重谜团，但却有个非常合理的解释。事实上，为了解释，它应当有个尾声。"这本书的反映很好，对它的评论也不错。阿加莎·克里斯蒂感到非常开心，因为她比任何评论家都清楚写这本书的艰难。

小马哥：

真的是《无人生还》啊，那么凶手到底是谁？

安子：

凶手，就在这十个人中间，如果听众们有兴趣，可以去看原著，非常震撼。

在《无人生还》中，有大量的心理描写，以及从凶手角度展开的自述，细致入微。在这样的孤岛上，不管身份是贵族还是贫民，都一样面临着残酷的死亡，最真实的人性就在这时体现了出来。而最后，凶手自白中所表露出的身份和杀人动机，让人唏嘘不已。

注解：阿加莎在《无人生还》中开辟了"孤岛模式"。所谓孤岛模式，是指一群人聚集在一个相对封闭的空间里，由于特殊情况而无法与外界取得联络，并且暂时无法离开。于是，凶案发生了，凶手就在这些人中间。侦探就在这样的情景下展开推理。

第三部分 阿加莎作品特点

小马哥:

刚才，我们介绍了阿加莎·克里斯蒂的作品《无人生还》，那么接下来，安子，我们来聊一聊阿加莎·克里斯蒂的作品的特征，或者说她的作品的魅力所在吧。

安子:

阿加莎·克里斯蒂的作品非常吸引人，原因之一，就是对人物的刻画非常精准细腻。小说的灵魂是人物形象，而阿加莎·克里斯蒂作品最大的特点，就是将“人”完全贯穿于作品之中。她向读者们展现了一个又一个独特甚至怪诞的丰富多彩的心理世界，细致入微地展现出不同人物各色各样的性格。

咱们先说波洛。波洛是阿加莎·克里斯蒂笔下最出名的侦探。这位其貌不扬的比利时人有着法国绅士的气质，衣着整洁、彬彬有礼。他对食物的要求很高，口头禅是“悠着点”。这两个细节的描写，让这个滑稽的小老头跃然纸上。

阿加莎·克里斯蒂笔下的另一位“侦探”，也是世界侦探推理小说中为数不多的女性侦探——马普尔小姐。马普尔小姐是一位心思细腻缜密、平易近人的老小姐。她是个天生的侦探，住在英国，好管闲事，人们送她绰号“老猫”。马普尔小姐一直没有结婚，是个“有点神经过敏”的“奇怪的老姑娘”。

《大侦探波洛》
电视剧海报

《马普尔小姐探案集》
电视剧海报

马普尔小姐与其他侦探不同，在案件发生后，她最先做的事情不是观察案发现场，而是找人聊天，总是不着边际地泛泛而谈，让人莫名其妙。然而就是在这些看起来毫无关联、让人匪夷所思的天马行空的闲谈中，马普尔小姐冷静观察，最终让真相水落石出。

在阿加莎·克里斯蒂的笔下，还有一位不太靠谱的女侦探，那就是奥莉佛太太。奥莉佛太太看起来很糊涂，就像很多英国中年妇女一样，热心、啰嗦，还有点吵闹。在破案过程中，她的思路经常走错了方向，而又总能误打误撞，摸对了门道，最后找到真正的凶手。

除了对人物的刻画非常细腻精准，阿加莎·克里斯蒂的作品之所以好看，还在于独特的故事背景的设定。

阿加莎·克里斯蒂的侦探小说大多都是命案，而且是相互联系、相继发生的连环命案，这个过程的人物关系复杂纠结、疑云重重。阿加莎·克里斯蒂通常会把这些命案设置在一个相对封闭的环境中，让几起连环命案发生在某一段特定的时间里，几个主要人物在一起，经历了几起谋杀案。

比如《东方快车谋杀案》，就是发生在一辆被大雪困住的火车上的连环谋杀案。凶手和受害者都在乘客之中。每个人看上去都跟受害者无关，都不可能是凶手，因此也就都可能是凶手。

再比如《鸽群里的猫》中，谋杀案发生在一个相对封闭的女子学校，凶手只能是师生中的一个。

正因为阿加莎·克里斯蒂将故事背景设定在一个封闭的环境中，所以读者的注意力就会集中在每个人物身上，

注解：在阿加莎·克里斯蒂的作品里，故事发生地往往在游船上、火车上、海滩、度假胜地、旅馆、女子学校等，人物有美国商人、英国军官、比利时侦探、俄国贵族、法国女仆、德国秘书以及学生家长、女校老师，甚至有来自非洲和亚洲的形形色色的人物。

并且不由自主地会去猜测罪犯到底是谁。

这样就避免了由于背景设置范围太广、涉及人物太多而使故事失去凝聚力，让读者觉得毫无头绪，最终失去阅读兴趣。

阿加莎·克里斯蒂的作品的第三个特点，就是绝妙的情节设计。

对于侦探小说来说，“意料之外，情理之中”是最佳的境界。在阿加莎·克里斯蒂的小说中，情节模式可以粗略分为三类：“最有可能的”、“最不可能的”和“圈内人模式”。“最有可能的”，比如《尼罗河上的惨案》《阳光下的罪恶》《人性记录》等。而号称阿加莎·克里斯蒂三大奇书的《罗杰疑案》《无人生还》《东方快车谋杀案》都来自“最不可能的”模式。而《ABC谋杀案》《牌中牌》《啤酒谋杀案》则采用了“圈内人模式”。

在阿加莎·克里斯蒂的作品中，侦探都是平常人，而不是福尔摩斯那种天赋异禀的人。我们习惯了在她的作品里，看到大侦探波洛穿着他的夹脚拖鞋，慢悠悠地走过乡间的小路，到马里亚太太家唠家常；习惯了听大侦探波洛和嫌疑人之间有关性格、喜好、牌技、服装等多方面看似平实无奇甚至漫无边际。其实暗藏玄机的对话；也习惯了阿加莎·克里斯蒂那些颇具暗示的典故、谚语和民谣，正是这些典故、谚语和民谣，暗示着案件的发展和结局。

正是这些特点，使得阿加莎·克里斯蒂的作品魅力无穷、经久不衰。

注解： 侦探小说最大的亮点就是悬念。和其他类型的文学作品相比，侦探小说更容易令读者废寝忘食，恨不得一口气读完。小说开始，发生谋杀、遗留证据、调查案情等一系列情节，吊足了读者的胃口。接下来作者要做的，就是满足读者急剧膨胀的好奇心，通过笔下的侦探，不断提供给读者新的线索，和读者进行互动，确保读者跟随作者的思路，关注案情的发展。于是，如何设计情节也就成为侦探小说成功与否的重要一环。

第四部分 《东方快车谋杀案》

小马哥：

最后，还是让我们回到《东方快车谋杀案》，我想听众朋友们可能对这部作品还是非常感兴趣的。安子，给我们讲一讲这部作品吧。

安子：

好的。也许有不少听众朋友看过 1974 年版的《东方快车谋杀案》。当年，英格丽·褒曼就是凭借此片，获得了奥斯卡最佳女配角奖。经典永远是经典，40 多年后，20 世纪福斯电影公司再次将《东方快车谋杀案》搬上舞台，2017 年下半年，新版《东方快车谋杀案》在中国大陆及北美地区公映。

这部影片讲述的是大侦探波洛在东方快车上巧破一桩谋杀奇案的故事。

名侦探波洛搭乘东方快车准备前往英国伦敦。由于暴风雪的缘故，火车被迫停止前进。第二天早上，乘客雷切特先生被发现在睡梦中被刺死。波洛不得不接下这起谋杀案。

雷切特先生的刀伤很奇特，竟然中了 12 刀。后来，波洛通过调查得知：雷切特其实是一个臭名昭著的罪犯，他曾经绑架美国阿姆斯特朗上校的 3 岁女儿黛茜，后来尽管他得到了大笔的赎金，但雷切特还是残忍地杀害了那个

《东方快车谋杀案》电影海报

小女孩。当时上校的妻子身怀有孕，听到女儿的死讯后，当场休克并且早产，最后母子医治无效死亡。阿姆斯特朗上校则因悲伤过度开枪自杀。家里的保姆被警方认为是共犯，随后，保姆从窗口坠楼身亡，后来，她被证实是清白的。

在东方列车上，波洛根据所观察到的各种可疑迹象以及同车人士的讯问，并结合美国实行的12人陪审团制度等情况进行逻辑推理，成功地揭开了这起“集体复仇”的奇案。

注解：《东方快车谋杀案》取材于真实的事件——20世纪30年代著名的林德伯格绑架案。

著名的美国飞行员林德伯格是第一个飞越大西洋的人。1932年3月，绑匪从林德伯格的家里绑走了他20个月大的儿子，索要赎金5万美元。林德伯格付了赎金，然而11天后，他还是在离家不远的灌木丛中发现了儿子的尸体。保姆和她的男友受到调查，但后来被证明是清白的。女佣也被怀疑，然而女佣最终选择了自杀而不是说出实情。

两年后，警方终于发现了一名犯罪嫌疑人：纽约木匠豪普曼。然而木匠豪普曼否认对他的指控，始终拒绝认罪，上诉被驳回后，他被送上了电椅。

《东方快车谋杀案》剧照

第五部分　阿加莎的创作风格

小马哥：

那么，安子，作为一名女性作家，阿加莎·克里斯蒂和男性作家的创作风格有什么不同呢？

安子：

《尼罗河上的惨案》电影海报

作为一位女性作家，阿加莎·克里斯蒂在想象力、创作能力和写作能力等方面一点都不逊于任何同时代的男性作家。在她的作品中，还有着女性特有的浪漫情怀，这为她的作品增添了巨大的魅力。

读过阿加莎·克里斯蒂的小说的读者可能会发现，几乎在她每一部小说中，最后都会成全一对有情人。如在《尼罗河上的惨案》中，罗莎莉和提姆成了一对有情人，正如书中的人物艾乐顿太太所言："感谢上帝，人间总有欢乐"。而这种温情也是阿加莎·克里斯蒂在每次精心描写的谋杀案之后想透露给读者的。

虽然她创作的侦探小说非常理性，创作领域是属于男性的，然而她的小说往往有一种悲天悯人的情怀。她将女性的柔情万种融入侦探小说，将同情给予了小说中的人——受害的人、不幸的人、陷入爱情的人、受侮辱和伤害的人。

最能代表阿加莎·克里斯蒂风格的，就是她塑造了两位有趣的女侦探，绰号"老猫"的马普尔小姐和不太靠谱的奥莉佛太太。这两位女侦探在世界侦探小说史上奏响了独特的女性乐章。

阿加莎·克里斯蒂塑造的女性角色的性格特征，很大程度上和她本人的经历有关。

从阿加莎·克里斯蒂的自传中可以看出，她所接受的一直是英国传统教育。在英国山庄长大，通过书籍和家庭教师获取知识。到了待嫁之年，在母亲的安排下在社交界露面。结婚后，除了业余创作小说，主要时间都用于做家务、带孩子、和朋友喝茶。阿加莎·克里斯蒂所处的年代，是 20 世纪初中叶，恰恰是社会变革最为剧烈的时期。工业革命和世界大战，使妇女的社会地位迅速提高，女性们开始走出家门，追求自身价值和更多的工作机会。不过阿加莎·克里斯蒂却是很传统的女性，她常常借波洛、马普尔小姐和奥莉佛太太或小说中其他人之口，批判世风日下，并将这种谴责写进了小说。在阿加莎·克里斯蒂的笔下，代表和谐、稳定和善良的，是传统的白雪花；代表混乱、斗争和毁灭的，是现代的红玫瑰。她不加掩饰地颂扬“白雪花”，无论案情如何，在她的书中，凶手可能是红玫瑰，也不排除另有其人，但绝不会是“白雪花”。

在她的作品《走向决定性的时刻》里，奈维尔先生虽然和美艳的“红玫瑰”结婚，内心深处却仍然对他的前妻“白雪花”爱得发狂。为了赢得她的爱情，他甚至不惜多次杀人。而在《啤酒谋杀案》中，“白雪花”凯若琳太太和画家丈夫安雅感情非常好，第三者爱莎却破坏了他们的婚姻。爱莎的魅力激发了安雅创作的激情，安雅决定利用她完成一幅优秀的画作，但他仍念念不忘妻子凯若琳。阿加莎·克

注解： 阿加莎·克里斯蒂的婚姻并不完美。她的第一任丈夫克里斯蒂上校和她结婚多年后，爱上了一位朋友的年轻秘书，提出离婚。这对阿加莎·克里斯蒂的打击是重大的。阿加莎·克里斯蒂离婚后两年，才和她的朋友、比她年轻许多的考古学家马洛文教授结婚。阿加莎·克里斯蒂的第二次婚姻是美满的，然而曾经被抛弃的伤痕，是她无法弥合的伤口。

里斯蒂所创造的女性形象，折射了她的生活经历以及她作为一位女性，对于社会的认识和看法。

阿加莎·克里斯蒂是20世纪最伟大的推理小说作家，她的作品不仅给全世界的读者带来了美妙的享受，而且也给同时代乃至后来的推理小说带来了巨大的影响。

阿加莎·克里斯蒂

节目音频二维码

NO.12 解读杨绛及其作品

作品

作品名	主角	作者
《我们仨》	钱钟书、杨绛、他们的女儿钱瑗	杨绛
《走到人生的边上——自问自答》	杨绛	杨绛

导语

2016年5月25日，杨绛先生逝世，三年后的今天，谨以这期节目，向这位“永远的女先生”，致以由衷的敬意。杨绛出生于1911年7月17日，用她自己的话说，与“中华民国”同岁，比“中华民国”还年长100天。可不是吗，“中华民国”成立于1911年10月10日，当时杨绛出生100天。杨绛本名杨季康，江苏无锡人，中国著名的作家、戏剧家、翻译家，钱钟书的妻子，曾出版《我们仨》《杨绛文集》《走到人生边上》等，被称为“永远的女先生”。

解读

第一部分 杨绛的成长经历

小马哥：

杨绛先生生于1911年，逝世于2016年，她以105岁的高龄，活出了一位世纪老人的风范。杨绛先生是一位从容优雅的精神贵族，被称为中国“永远的女先生”。她历经人生的起起落落，依然平静、充实、恬淡、知足又不卑不亢。在她90岁的时候，也就是2001年，她把丈夫的稿费、版税捐赠给了母校清华大学，设立了“好读书”奖学金。在她逝世前，也就是2016年，她将家中所有字画——钱钟书和自己珍藏的所有珍贵的文物字画，全部无偿捐赠给中国国家博物馆；书籍、手稿以及其他财产，全部捐赠国家有关单位。真是让人钦佩的大家风范。今天，安子，我们就来聊一聊女先生杨绛吧。

安子：

听众朋友们好，小马哥好，感谢今天有这样一个机会，

注解：杨绛，本名杨季康，江苏无锡人，钱钟书的妻子，著名的作家、戏剧家、翻译家。2003年，93岁的杨绛出版了散文《我们仨》，风靡海内外，印数达100多万册；96岁时出版哲理散文集《走到人生边上》，102岁时出版250万字的《杨绛文集》8卷。2014年，杨绛出版《洗澡之后》，为这个故事写了一个称心如意的结局。

能够坐在这里，和大家聊一聊永远的女先生——杨绛。

说起杨绛先生，我要先说一个词，那就是贵族。现实生活中，有很多人富而不贵，也有一些人贵而不富。真正的贵族，不一定要富可敌国，真正的贵族，是精神的贵族，比如杨绛先生。

杨绛出生在江苏无锡的一个知识分子家庭，用杨绛自己的话说，就是“寒素人家”。家里几代都是书生或者文官，她的曾祖父、祖父、父亲，都秉性正直、酷爱读书。

杨氏家族很庞大，杨绛的父亲有兄弟姊妹六人，都是新时代的知识分子。杨家家风纯良，文化积蕴深厚，这也为杨绛后来在文学领域的成就奠定了坚实的基础。

小马哥：

家庭的熏陶功不可没。

安子：

是啊，杨绛的父亲杨荫杭因为得罪了省长，被调到北京任职。杨绛就随着家人来到了北京。杨绛 5 岁进入北京女高师附小读书。当时，杨绛的父亲在北京任京师高等审判厅厅长、京师高等检察长等职务，公务繁忙。在杨绛小学三年级的时候，父亲因为扣押交通部总长，被迫离开了北京。

虽然父亲的仕途不顺，但是在杨绛眼里，父亲却是伟人。

被贬职回无锡老家时，很多人到北京的站台上来送父亲，有这样一位父亲，杨绛觉得非常自豪。

注解：杨绛通晓英语、法语、西班牙语，由她翻译的《堂·吉诃德》被公认为最优秀的翻译佳作，到 2014 年已累计印刷发行 70 多万册；她早年创作的剧本《称心如意》，被搬上舞台长达 60 多年，2014 年还在公演。

2016 年 5 月 25 日，杨绛逝世，享年 105 岁。

后来，杨绛随父母在无锡租了房子住下，没多久，又随父母迁居上海。在上海期间，杨荫杭应邀在上海申报馆当主笔，杨绛则在启明女校上学。后来，杨绛又随父母定居苏州，当时杨绛已经 16 岁，进入苏州的振华女校读书。

杨绛的父亲对子女要求非常严格，教育子女要“有志气，立大志”，主张自食其力，不能不劳而获，还要求子女们独立自主，自己的事情自己解决。

小马哥：

家庭教育在一个人的成长过程中是非常重要的，杨绛的父亲是怎样要求子女独立的呢？有没有这样的小故事，跟大家分享一下？

安子：

当时北伐战争如火如荼，学生运动此起彼伏，杨绛也被推选去搞学生宣传，可她对政治并不感兴趣，不想参加。很多不想参加游行的同学都找借口说“家里不赞成”，把责任推给家里，也就再没人要求他们去开会、游行了。杨绛就问父亲，能不能也说“家里不赞成”。

没想到父亲竟然一口拒绝，还说：“你不肯，就别去，不用借爸爸来挡。”

父亲还对杨绛说：“你知道林肯说的一句话吗？Dare to say no! 你敢吗？”

杨绛只好苦着脸说：“敢！”

于是，杨绛回到学校，坚持说：“我不赞成游行，我

注解：杨绛的父亲叫杨荫杭。杨绛在晚年出版了《回忆我的父亲》，书中记述了父亲的生平事迹，体现了清末民初的知识分子为中国的富强做出的孜孜不倦的努力。杨绛的父亲不畏强权、刚直不阿，所以在官场上屡被排挤。

不去。”结果被说“岂有此理”，不过倒也有不少同学站出来，同意她的意见，从此，拒绝游行有了一个新的独立自主的声音，那就是杨绛提出的：“我不赞成，所以我不去。”

小马哥：

我记得看过有关报道，说杨绛最初并没有走进清华大学，这是为什么呢？是她没有考上，还是另有原因？

安子：

不是杨绛没有考上，而是没有机会考。1928 年夏，杨绛准备报考大学。当时清华大学刚开始招收女生，但不到南方招生，也就是说，当时身在苏州的杨绛没有机会考清华大学，只好就近考入苏州的东吴大学。

小马哥：

杨绛最初选择的专业是文学吗？

安子：

不是，杨绛在东吴大学读了一年之后，学校让分科。东吴大学没有文学专业，只有法预科和政治学专业，这让杨绛大伤脑筋。她征求父亲的意见，问自己到底该学什么专业，父亲回答：“没有什么该不该，最喜欢什么，就学什么。喜欢的就是自己最相宜的。”

最后，杨绛选择了政治系。东吴大学图书馆的藏书十分可观，中外文学名著很多，杨绛在那里博览群书。

东吴大学是教会大学，非常重视外语，这为杨绛后来

注解：杨绛在东吴大学读三年级的时候，她的母校振华女中校长为她申请到了美国韦尔斯利女子大学的奖学金。然而，她竟然谢绝了，她认为，与其到美国攻读政治，不如在国内较好的大学里攻读文学。

成为文学翻译家奠定了坚实的基础。

后来，杨绛考上了清华大学研究院，攻读文学。

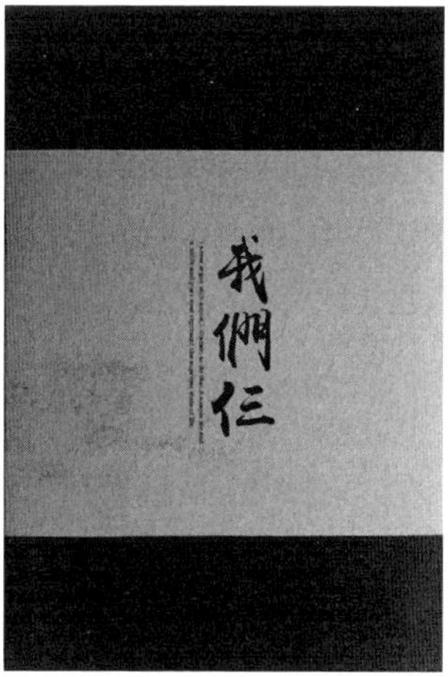

《我们仨》封面

注解：杨绛被称为永远的“女先生”。先生这个词在古代是尊称，最初称老师为先生，后来称所有学识渊博的人为先生。古时男子读书学习，参加科考，女子不能抛头露面，所以这个词最初为男士专用。中国现代史上还有一些女士被大家尊称为先生。比如宋庆龄。宋庆龄怀抱满腔热血，和孙中山一起为中国的革命事业奉献了一生。比如冰心。冰心原名谢婉莹，既是作家、诗人、散文家，还是一名翻译家和社会活动家，为中国文学做出了杰出的贡献。比如林徽因。民国才女林徽因既是著名的建筑师，也是诗人和作家，人民英雄纪念碑就是林徽因设计的。

第二部分 杨绛和钱钟书的爱情

小马哥：

在杨绛的一生中，最广为人知的，恐怕就是她和钱钟书的爱情故事了。安子，给我们讲一讲杨绛和钱钟书相识相遇、相爱相守的故事吧。

安子：

钱钟书给杨绛的评价是："最贤的妻，最才的女。"

1932 年春天，杨绛考入清华大学，与钱钟书相识。两个人第一次见面时，钱钟书就说："我没有订婚。"杨绛回答："我也没有男朋友。"

1935 年，杨绛和钱钟书成婚。婚后，杨绛陪钱钟书到英国牛津就读。初到牛津时，杨绛很不习惯异国的生活。一天早上，杨绛还在熟睡，钱钟书就"拙手笨脚"地煮鸡蛋、烤面包、热牛奶，还做了红茶。杨绛被钱钟书叫醒的时候，看见一张用餐小桌支在床上，美味的早餐放在小桌上，杨绛禁不住幸福地说："这是我吃过的最香的早饭。"

《我们仨》内页

学习之余，杨绛和钱钟书展开读书竞赛，比谁读的书多。通常情况下，两人所读的册数不相上下。两人看完书，还交流读书心得，两个人守在一起，志趣相同，婚姻非常完美。

两个人的宝贝女儿钱瑗出生时，钱钟书致"欢迎辞"，他说："这是我的女儿，我喜欢的。"杨绛则说，这是自己"平生唯一的杰作”。

杨绛和钱钟书的婚姻生活，一直过得很平淡，很甜蜜。杨绛后来在《我们仨》里，描写了他们三口之家朴素、单纯的美好，非常温暖，非常感人。

小马哥：

钱钟书之所以能够创作出《围城》，杨绛功不可没。

安子：

没错。杨绛快百岁的时候，在《走到人生边上——自问自答》中，解释了对丈夫的爱，她说：“我爱丈夫，胜过自己。我了解钱钟书的价值，我愿为他研究著述志业的成功，为充分发挥他的潜力、创造力而牺牲自己。这种爱不是盲目的，是理解，理解愈深，感情愈好。相互理解，才有自觉的相互支持。我与钱钟书是志同道合的夫妻。我们当初正是因为两人都酷爱文学，痴迷读书而互相吸引走到一起的。钟书说他‘没有大的志气，只想贡献一生，做做学问。’这点和我志趣相同。”

事实上，杨绛比钱钟书成名要早。早期，她写的几个剧本被搬上舞台后，钱钟书在文化圈里被人介绍为“杨绛的丈夫”。但是杨绛始终把钱钟书看得比自己重要，比自己有价值。所以，钱钟书说想写一部长篇小说，杨绛不仅赞成，还很高兴。她让他减少了课时，致力于写作。为节省开销，她辞掉女佣，心甘情愿做饭洗衣。她干粗活儿时伤痕累累，劈柴手扎了木刺，做饭手烫了泡。

钱钟书和杨绛相敬相爱，钱钟书知道杨绛爱面子，大

语录：1997年早春，阿媛去世。1998年岁末，钟书去世。我们三人就此失散了。现在，只剩下我一个。

世间好物不坚牢，彩云易散琉璃脆。

人间不会有单纯的快乐，快乐总夹杂着烦恼和忧虑，人间也没有永远。

——杨绛：《我们仨》

家闺秀第一次挎个菜篮儿出门买菜，难免有点抹不开，就陪她一起去买。两人有说有笑买了菜，也见识了市井的众生百态。

钱钟书心疼杨绛，总怕她太劳累，还曾经关上卫生间的门悄悄洗衣服。当然洗得一塌糊涂，统统得重洗，不过杨绛却感动不已。

杨绛深爱着钱钟书，钱钟书也深爱着杨绛。不论是生活操劳或是写作，两个人相互支持、相互鼓励。在共同的志趣和爱好中，两个人相濡以沫，一辈子不离不弃。

小马哥：

好美的爱情故事啊。然而生死离别，人生无常。《我们仨》在海内外风靡一时，当时杨绛先生已经 93 岁了，还笔耕不辍，真让人敬佩啊。

安子：

杨绛一生以读书、创作为乐趣。

1997 年，钱钟书和杨绛的女儿去世；1998 年 12 月，钱钟书去世。此后，杨绛的生活就更加简单，读书和创作，成了她每天的必修课。2001 年，她出版了《从丙午到流亡》。2003 年，她的散文集《我们仨》出版。2007 年，也就是她 96 岁时，出版了《走到人生边上——自问自答》一书。2011 年，杨绛 100 岁，检查出有心衰，但她依旧乐观豁达，每天读书写作从不间断。

2013 年，杨绛还亲自校订了她的妹妹杨必翻译的《名利场》，上面用铅笔做了很多修改。

语录：我们这个家，很朴素；我们三个人，很单纯。我们与世无求，与人无争，只求相聚在一起，相守在一起，各自做力所能及的事。碰到困难，钟书总和我一同承当，困难就不复困难；还有个阿瑗相伴相助，不论什么苦涩艰辛的事，都能变得甜润。我们稍有一点快乐，也会变得非常快乐。所以我们仨是不寻常的遇合。

——杨绛：《我们仨》

2014年，杨绛出版了《洗澡之后》。

2015年7月17日，杨绛104岁生日时，仍然思路清晰、精神矍铄。

小马哥：

学习的人永远年轻，思考的人永远不老，创作的人永远充满活力。

《洗澡之后》封面

《洗澡》封面

语录：我没有办法。我看这就是没有办法的事。丑人也许会承认自己丑，笨人也许会承认自己笨，可是，有谁会承认自己不好吗？——我指的不是做错了事“不好”，我不指“过失和错误”，我说得“不好”就是“坏”。谁都相信自己是好人！尽管有这点那点缺点或错误，本质是好人。认识到自己的不好是个很痛苦的过程。我猜想圣人苦修苦练，只从这点做起。一个人刻意修身求好，才会看到自己的不好。然后，出于羞愧，才会悔改。悔了未必就会改过来。要努力不懈，才会改得好一点……

爱情是不由自主的，得来容易就看得容易，没得到的，或者得不到的，才觉得稀罕珍贵。

——杨绛：《洗澡》

第三部分 《我们仨》

小马哥:

下半部分，我们来聊一聊杨绛的作品。安子，杨绛先生究竟有哪些文学佳作，给我们讲一讲。

安子:

杨绛是著名的作家、戏剧家、翻译家，她通晓英语、法语、西班牙语，由她翻译的《堂·吉诃德》被公认为最优秀的翻译佳作；她早年创作的剧本《称心如意》，被搬上舞台长达数十年，这几年还在公演。

杨绛的作品，最初是剧本，1943 年和 1944 年，杨绛的剧本《称心如意》《弄假成真》《游戏人间》等相继在上海公演。1953 年，杨绛就担任了北京大学文学研究所、中国社会科学院外国文学研究所的研究员。

1956 年，杨绛的作品《吉尔·布拉斯》由人民文学出版社出版。

1965 年，《堂·吉诃德》第一部翻译完毕。

1978 年，《堂·吉诃德》中译本出版。

1981 年，杨绛发表《干校六记》，目前已经出版有英语、法语和日语译本。

1984 年，杨绛的小说《老王》入选初中教材。

1985 年，杨绛的散文集《隐身衣》出版了英文版。

1986 年，杨绛出版《回忆我的父亲》《回忆我的姑母》

《干校六记》封面

《记钱钟书与<围城>》。

1992年2月，杨绛的作品《洗澡》的法文版以及《乌云的金边》在巴黎出版。

1997年，杨绛的小说《方五妹和她的“我老头子”》在《十月》杂志发表。

杨绛笔耕不辍，再后来，就是前面我们介绍过的《我们仨》等作品。

小马哥：

杨绛在文学上的成功是有目共睹的，她的语言简洁，看起来平平淡淡，无阴无晴，然而自有生机，安静而不古板，活泼而不浮动，静中有动，动中有静，沉静诙谐而沉着老到、雍容优雅而锋芒内敛，是真正的文学大家。

安子：

小马哥总结得非常精到。我就以《我们仨》为例，斗胆解读杨绛先生的作品。

《我们仨》是杨绛在92岁时所著，这本书以简洁而深情的语调，回忆了先后离她而去的女儿钱瑗、丈夫钱钟书，回忆一家三口那些快乐而艰难、爱与痛的日子。讲述了一个单纯温馨的学者家庭，几十年平淡而真挚、相守相助、相聚相失的经历。作者为读者讲述了“我们仨”共同走过的一段悲怆而温暖的旅程和一个人思念三个人美好时光的凄美情思。杨绛通过这本书，告诉读者们：家庭是人生最好的庇护所。

注解： 杨绛早期的作品《洗澡》也是非常经典的，是中华人民共和国第一部反映知识分子思想改造的长篇小说。它以政治运动为背景，描写某个时期形形色色的知识分子。

全书分为三部分。第一部分，杨绛以其一贯的独特笔法，用梦境的形式讲述了最后几年中一家三口相依为命的情感体验。第二部分，女儿与丈夫先后病重去世，书中以梦幻的形式表现了这段悲痛的情感经历。第三部分以平实感人的文字，记录了 1935 年起和钱钟书赴英国留学并在牛津喜得爱女，直至 1998 年女儿与钱钟书相继逝世，这个家庭鲜为人知的坎坷历程。

这个学者家庭的故事，看似平淡，却让人体会到了平凡生活中点点滴滴的爱和温暖、真情和亲情，非常感人。

小马哥：

那么安子，《我们仨》为什么吸引了那么多读者？它最大的特点是什么？

安子：

如果让我来表述，我想说，最大的特点就是“朴素”。就像朱自清的《背影》，不施粉黛的白描，是最感人的。

如果可以用人来形容文学作品，我想说，有一些文学作品，看起来很炫很酷，但是就像小孩子，穿得花枝招展，蓬勃有活力，但是幼稚。而有一些文学作品，看起来很华丽、很好看，但是不过是年轻的女孩，引人瞩目却缺了深度。有些文学作品就超越了年龄，成为长者，有着深刻的思想，却不会轻易地长篇大论，就比如《我们仨》。

在《我们仨》中，杨绛作为一个妻子、一位母亲，为丈夫和孩子倾注了全部的心血，付出了所有的爱。“拙手拙脚”的钱钟书“做了坏事”，打翻了墨水瓶，妻子说：“不要紧，我会洗”；钱钟书不小心把台灯砸了，妻子说：“不

注解：《我们仨》最初打算是由钱钟书的女儿钱瑗和父母一起写的，一家三口各写一部分，钱瑗写父母，杨绛写父女俩，钱钟书写他眼中的母女俩。可到了 1996 年 10 月，钱瑗已经非常衰弱，后来，她在护士的帮助下断断续续写了 5 篇，直到她去世的前 6 天，还在病床上写。

后来，钱钟书也去世了，于是这本书，最后就变成杨绛先生一个人的《我们仨》。

要紧，我会修”；钱钟书把门轴弄坏了，妻子说：“不要紧，我会修”。

女儿圆圆也就是钱瑗、阿媛，她一向孝顺父母，对父母百般体贴。“圆圆也肯委屈，能忍耐。”小时候，圆圆十分乖巧、听话。杨绛在书中这样写道：“阿媛长大了，会照顾妈妈，像姐姐；会陪妈妈，像妹妹；会管妈妈，更像妈妈。”女儿圆圆始终是父母的安慰、父母的骄傲。

而在家人心中，钱钟书是家里最需要照顾的“孩子”，然而他的感情是细腻的，他对待妻子和女儿是温存体贴的。在生活中，“他肯委屈，能忍耐”。他和妻子一起学做菜，一起去“探险”——在散步中寻找生活的乐趣。他长期为妻子做早餐。他与妻子、女儿一起风雨同舟、患难与共。他是女儿最好的“哥们”。

这样的家庭，充满了温情，充满了亲情，充满了人们所向往、所珍爱的温暖。这样看似平凡得不能再平凡的家庭，却是所有人向往的单纯快乐的幸福。正如杨绛在书中所说：“我们与世无求，与人无争，只求相聚在一起，相守在一起，各自做力所能及的事。”

这是多么简单而快乐的人性，多么普通而真实的人生。

这正体现了中国知识分子的人生追求、精神风貌和人格魅力。

注解：杨绛和丈夫钱钟书年轻时远渡重洋，留学英法，又在国难深重的抗日战争时期学成归国，足迹跨遍半个地球。后来有了女儿，他们一生相守，不离不弃。

小马哥：

听起来，这本书就是一幅幅平静美好的生活画面。

安子：

《我们仨》还有一个非常吸引人的地方，就是折叠的写作手法。

《我们仨》的三部分相互独立，各自成篇，又互相关联，组成一个有机的整体。第一部分“我们俩老了”可以看成是整个作品的序言，以“钟书大概是记着我的埋怨，叫我做了一个长达万里的梦”，拉开了整个作品的序幕。第二部分“我们仨失散了”，完全用梦境的形式讲述了最后几年中我们一家三口相依为命的情感体验，这是整个作品的倒叙部分。第三部分是“我一个人思念我们仨”，采用回忆录的写法，将63年间，一家人日常生活中的点点滴滴，娓娓道来，是整个作品的主题部分。

这三个部分，相互补充，以实笔写生，以虚笔写死。

“生”的部分充实而丰厚，一家人的音容笑貌、性格特征、人生历程历历在目。那些实实在在的故事，那些生动有趣的细节，感人至深。

又以“梦幻”的形式描写女儿和丈夫最后的岁月，以虚笔写死，滤去了那些生离死别的伤感、撕心裂肺的哀痛。

在梦中，杨绛虚构了客栈、小船和古道，对应于现实中的家、医院和两地间的路途。“古驿道烟雾迷蒙，杨柳成行，杂树丛生，野草滋蔓，几棵苍松翠柏掩映着谁家的陵墓。”这样的场景描写暗示着通向死亡的荒凉、迷离和阴森。

语录：现在我们三个失散了。往者不可留，逝者不可追，剩下的这个我，再也找不到他们了。我只能把我们一同生活的岁月，重温一遍，和他们再聚聚。

离别拉得长，是增加痛苦还是减少痛苦呢？我算不清，但是我陪他走得愈远，愈怕从此不见。

——杨绛：《我们仨》

还有“驿道上满满的落叶，一棵棵杨柳又都变成光秃秃的寒柳”。寒柳暗示永别，折射出内心极为孤单和忧伤的悲情。

写梦是我国古代悼亡诗常用的形式，杨绛以描写幻境来抒发真情。

《我们仨》内页

语录：我只是一滴清水，不是肥皂水，不能吹泡泡。

丑人照镜子，总看不到自己多么丑，只看到别人所看不到的美。

声名，活着也许对自己有用，死后只能被人利用了。

月盈则亏，水满则溢，我们的爱情到这里就可以了，我不要它溢出来。

——杨绛

第四部分《走到人生边上——自问自答》

小马哥：

很多年轻人都喜欢杨绛先生的《走到人生边上——自问自答》，其中的问答，不仅对年轻人来说受益匪浅，对其他年龄的人也都大有裨益。

安子：

没错，那是百岁老人的智慧和经验。

那是杨绛先生在百岁生日来临之际，与读者的一次交流，以感谢大家的关心和爱护。

在这次交流中，杨绛讲了父亲对自己的教导， 对自己的言传身教。她通过父亲的行动，体会了“富贵不能淫，贫贱不能移，威武不能屈”的古训。父亲任京师高等检察厅厅长时，宁可被北洋政府罢官，也要坚持审理交通部总长许世英受贿案。他任江苏省高等审判厅厅长时，有位军阀到上海，当地士绅联名登报欢迎，他的名字也被属下列入欢迎者的名单。但他不肯欢迎那位军阀，竟立即登报声明自己没有参加欢迎。杨绛和钱钟书对女儿的教育是言传身教，从不训示。

在交流中，杨绛说：“我是一位老人，净说些老话。对于时代，我是落伍者，没有什么良言贡献给现代婚姻。只是在物质至上的时代潮流下，想提醒年轻的朋友，男女结合最最重要的是感情、双方互相理解的程度；理解深才

语录： 我今年一百岁，已经走到了人生的边缘，我无法确知自己还能走多远，寿命是不由自主的，但我很清楚我快“回家”了。

我得洗净这一百年沾染的污秽回家。 我没有“登泰山而小天下”之感，只在自己的小天地里过平静的生活。细想至此，我心静如水，我该平和地迎接每一天，准备回家。

——杨绛：《走到人生边上——自问自答》

能互相欣赏吸引、支持和鼓励，两情相悦。我以为，夫妻间最重要的是朋友关系，即使不能做知心的朋友，也该是能做得伴侣的朋友或互相尊重的伴侣。门当户对及其他，并不重要。”

小马哥：

这是一位百岁老人的人生智慧、爱情理念，值得所有年轻人好好体会、深刻理解。

安子：

没错，钱钟书生平最大的乐趣是读书，可谓“嗜书如命”。不论身处何等境遇，无时无刻不抓紧时间读书，乐在其中。无书可读时，字典也啃。杨绛从小喜欢读书，几日不读书就觉得不好过，一周不读书就觉得白活了。所以两人相知相惜。

钱钟书知道得多，率性天真，口无遮拦，热心指点，又常孩子气，就像永远长不大的孩子。但他也很风趣，很多人对他既佩服又喜爱。钱钟书坚持不参加任何党派，自小就打定主意做一名自由的思想者，而杨绛也一样不参与政治。

杨绛觉得在艰难忧患中最能依赖的品质就是肯吃苦。杨绛提倡“向上之气”，提倡对文化的信仰，对人性的信赖。总之，她教导年轻人，要有信念，有念想。

这些，都值得年轻人学习和体悟。

注解：钱钟书（1910 年 11 月 21 日—1998 年 12 月 19 日），原名仰先，字哲良，后改名钟书，字默存，号槐聚，曾用笔名中书君，江苏无锡人，中国现代作家、文学研究家，与饶宗颐并称为“南饶北钱”。

1929年考入清华大学外文系，1932年在清华大学结识妻子杨绛，1937年获牛津大学艾克赛特学院学士学位，1941年完成《谈艺录》《写在人生边上》，之后完成多部著作和翻译作品。1998年12月19日上午7时38分，在北京病逝，享年88岁。

小马哥:

最后，安子，为什么要称杨绛为先生呢？这也是一些听众提出的问题，请你来解答一下吧。

安子:

将女性称为先生这一用法，大体上跟中国现代史同步。在毛主席写给宋庆龄的两封信中，就称呼宋庆龄为庆龄先生。称女性为“先生”这一用法，已有近百年历史。许多与宋庆龄同时代的知名女性，也经常被称作先生，比如生于 1878 年的何香凝，生于 1898 年的许广平，生于 1900 年的冰心等，都被称为先生。所以女性被称为先生，是时代的产物。

语录: 乌鸦的故事：上帝要拣最美丽的鸟做禽类的王，乌鸦把孔雀的长毛披在身上，插在尾巴上，到上帝前面去应选，果然为上帝挑中；其他鸟类大怒，把它插上的羽毛都扯下来，依然现出乌鸦的本相。

一心想要得到，得到了又不珍惜。一心想要放弃，放弃了又觉可惜。

有一种人的理财学不过是借债不还，有一种人的道学，只是教训旁人，并非自己有什么道德。

——钱钟书

节目音频二维码

NO.13 解读严歌苓及其作品

作品

作品名	主角	作者
《芳华》	何小萍、刘峰、林丁丁、萧穗子等	严歌苓
《白蛇》	孙丽坤、徐群山	严歌苓

导语

语录：从不需要想起，也从来不会忘记。

一旦发现英雄也会落井，投石的人格外勇敢，人群会格外拥挤。

黑色，最丰富，最复杂，最宽容的颜色，它容纳了最冷和最暖色谱，由此把一切色彩推向极致。

——严歌苓：《芳华》

随着电影《芳华》在全国的热映，著名作家严歌苓又一次被大家关注。《芳华》原著名为《你触碰了我》，最初刊载在文学月刊《十月》上，后来被《小说月报》转载。

从某种角度讲，《芳华》是严歌苓青春的一个侧影。从军经历伴随了严歌苓的青春年华。当她后来成为一个作家，这段经历就成了她取之不竭的创作源泉。《一个女兵的悄悄话》《雌性的草地》《灰舞鞋》《白麻雀》《爱犬颗勒》，都以部队生活为题材，但多是以一个作家的视角来为那个时代的军人塑像。而她的中篇小说《芳华》，则具有浓厚的自传色彩，是以第一人称描写她当年亲历的部队文工团生活：在西南某城的一座旧红楼里，某部队文工团中发生的军版"才子佳人"的故事。

冲动的少男少女，懵懂的激情和表白，历史的束缚和人性的变迁……

《芳华》是对一段历史、一群特殊的人的青春的回顾，是对一场场结局迥异的人生的感怀。它之所以为观众所关注，不仅在于其怀旧情怀，更在于展现了敏感的时代背景，以及较大尺度的情节还原，甚至被称为“三十年无人敢碰的题材”。

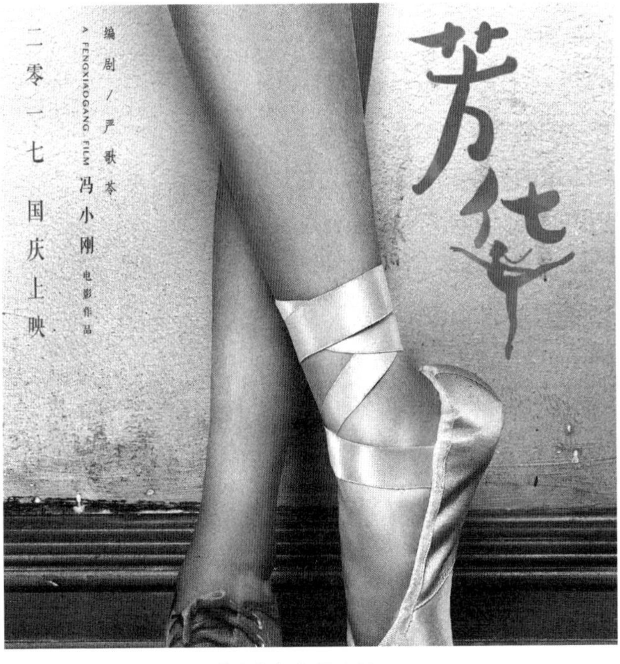

《芳华》电影海报

语录：在当今社会，也许做一个精致的利己主义者的幸福感会远远高于做一个善良过剩的刘峰。

我们是信仰平凡即伟大的一代人，平凡就是功劳，就是精英，好几十年我们平凡得美滋滋的。时代有它不可告人的用心，教导我们平凡了更平凡，似乎我们生来还不够平凡。

——严歌苓：《芳华》

解读

第一部分 《芳华》

小马哥：

大家好，在这个辞旧迎新的时刻，我们的主题词，和新年的到来非常契合，就是《芳华》。《芳华》之所以引起大家的关注，不仅仅因为它所再现的年代是某个特殊的历史时期，还因为它的原著是著名作家严歌苓。

说起严歌苓，在中国家喻户晓，从《少女小渔》到张艺谋导演的《金陵十三钗》，从《天浴》、《梅兰芳》到《小姨多鹤》，严歌苓有多部作品被搬上屏幕。

那么今天，我们请来了作家安子，一起来聊聊《芳华》。

注解： 小说《芳华》讲述了20世纪70年代一群从大江南北招募进入部队文工团的少男少女所经历的残酷的青春、坎坷的人生。

安子：

小马哥好！大家好！

小马哥：

安子，先跟我们讲一讲，《芳华》究竟讲了怎样一个故事？

安子：

说起《芳华》，真的是一波三折，好事多磨。很多听众可能知道，《芳华》本来是计划国庆上映的，然而却在国庆前撤档，而在前几个月，也就是9月24日下午，《芳华》的主创人马，还在上海鞠躬向全国观众致歉。《芳华》的原著作者和编剧严歌苓在现场的交流中落泪，说"这帮孩子太不容易了，希望这部电影能被善待。"直到半个月前，也就是12月15日，《芳华》才终于上映。

要说《芳华》写的是一个怎样的故事，得先说说《芳华》的由来。严歌苓在《芳华》一书的新书发布会上说到了写《芳华》的起因。

严歌苓从12岁到25岁是在军队里度过的，最初跳舞，后来成了创作员。《芳华》里的故事，是她的一段青春经历，里面的人物有她从小到大在一起的战友的影子。

听到这里，听众们也就大概明白了《芳华》的故事背景，军队的文工团，时间就在40年前。

严歌苓当时还提到，大概在4年前，冯小刚导演跟她说："我们俩拍一个文工团的电影吧，你我都是文工团的，我现在特别怀念那段生活。"

于是，严歌苓就根据自己在文工团跳舞的8年和后来当创作员的5年的经历，创作了《芳华》。可以说，在严歌苓所有的作品里，《芳华》是最贴近她的亲身经历的一部小说。

《芳华》写的是40多年前那个特殊的历史时期部队

《芳华》封面

语录：有什么丢人？谁往脏处想谁丢人！

话你怎么听都行，听懂什么是什么。

一旦蠢话出来了，蠢事就不远了。

你不爱他，是你的权利，他爱你，是他的权利。但你没权利出卖他。

——严歌苓：《芳华》

文工团里青年男女的命运。男主人公叫刘峰，是那个时代的英雄模范式的人物，就是“雷锋式”人物。刘峰质朴善良，帮每个人的忙，主动包揽文工团里所有的脏活累活，是文工团里人人都会求助的“活雷锋”，是全军学雷锋标兵，深受整个文工团欢迎。影片从刘峰将乡下来的文艺女兵何小萍带进文工团开始，讲述了文工团里女兵何小萍、萧穗子、林丁丁、郝淑雯以及以刘峰和陈灿为代表的男兵的经历。

小马哥：

听起来很吸引人啊，那么这些人究竟都经历了怎样的人生呢？

安子：

何小萍一进部队文工团，就心急地想穿上军装，拍一张照片。那时候入伍对于农村孩子来说，真的是非常光荣的一件事情。然而军装却迟迟没发下来，于是何小萍就趁同宿舍的林丁丁洗澡时，悄悄拿了她的军装去照相馆拍了照。然而后来照相馆竟然把何小萍的照片挂在橱窗里，于是这件事大家都知道了。也就是从这件事开始，何小萍逐渐受到大家的排挤。

刘峰则一直在帮助大家，他无处不在，甚至发扬雷锋精神，把去上大学的机会都让给了战友。然而却因为向林丁丁表白，拥抱了她，被战友们揭发，从而被下放。在刘峰被下放到伐木连后，何小萍对文工团心灰意冷，最终选择离开文工团，去战地医院做了护士。与何小萍同宿舍的

语录：孤单、疲惫和寒冷能使五分钟变成一辈子。

一个人的情话说得再动听，如果不愿意陪着你走过这场漫漫的人生路，那他只是过客，而不是归人。我们这一生，不就是找一个人白头偕老吗？

——严歌苓：《芳华》

萧穗子，则在战地演出时被派去做了战地记者。

接下来，就是1979年那场血腥而残酷的战争。在战争中，刘峰失去了一只胳膊，而何小萍因为保护伤员收到了表彰，成了英雄。然而，成了英雄的何小萍最终却精神失常了。

当与何小萍同宿舍的林丁丁、郝淑雯在舞台上慰问演出时，何小萍却以精神病人的身份出现在台下。熟悉的旋律、舞台上熟悉的舞蹈，激发了何小萍深藏的记忆，竟然一个人跑出剧院，在月下独舞，记忆就此恢复。

战争后，文工团解散了，大家各奔东西，火热的青春即将散场。曾经被刘峰真爱的林丁丁嫁了华侨，萧穗子考上了大学，郝淑雯和陈灿成了一对。岁月将大家的青春带走了，带走的，还有曾经的纯真和向往。

多年后，郝淑雯在海口萧穗子的新书发布会上与萧穗子相遇，郝淑雯和陈灿的儿子已经三四岁了，而林丁丁也已去了国外，寄回来的照片已是丰腴的主妇模样。郝淑雯竟然在海口的街头遇到了刘峰。只剩下一只胳膊的刘峰，在海口以卖书为生。

每个人的命运就此天壤之别。直到有一天，刘峰和何小萍在墓地相遇，他们悼念了1979年的战争中牺牲的战友，此时，何小萍才对刘峰说出了那句藏了很多年的话："你能抱抱我吗？"事实上，当年刘峰拥抱了林丁丁，却因此被下放伐木场，而在何小萍心里，却一直在期盼刘峰抱抱自己。

最后，影片以萧穗子的自述结尾。他们在多年后的同学会上相遇，大家都感叹不已，只有相依为命的刘峰和何

语录：你被孤立了太久，被看成异类太久，什么似是而非的感情感觉都可以拿来，变成你所需要的"那一种"关爱和同情。

多少芳华灼灼，多少落英缤纷。残酷的从来不止是青春，还有人性，时代之殇。它们纵横交错，昭示着翻手为云覆手为雨的命运辗转，还有那永远不会被泯灭的爱的微光。

曾听过那么一句话，为何受罪的总是好人。坏人吃香的、喝辣的爽死，好人吃糠咽菜穷死；坏人得到人民币，好人得到大奖状。其实，做好人不是错，错就错在周围人的过度要求。

——严歌苓：《芳华》

小萍，却显得很平淡，很知足。

小马哥：

这个故事听起来的确让人感慨万千，那么安子，你看完《芳华》，第一感觉是什么呢？

安子：

我看完《芳华》，第一感觉就是意犹未尽，感觉青春的绚烂，感觉宿命的温暖。影片的很多情节比原著要温暖很多，而很多画面非常精彩，比如战争的片段，比如一张黑幕落下的镜头，比如舞蹈排练的镜头，都非常精彩。然而，不管是人物的经历，还是演员的表演，比起原著，有些张力不够。也就是说，电影《芳华》所表达的内容非常温暖，画面感非常精彩，但是整体的张力比原著差了一些。如果可以用色彩来比喻，那么影片《芳华》就是夕阳的颜色，原著《芳华》则是黎明前的灰暗。

在小说中，何小萍的父亲在她6岁时被打成右派后自杀，而在影片《芳华》中，何小萍的父亲进了劳改所。影片中给何小萍以寄托，可以充满期盼地兴奋地照了军装照寄给父亲，还可以写信给父亲，这是何小萍的一个心灵寄托。这一点，显然比严歌苓的原著温暖一些。

在影片中，萧穗子暗恋陈灿，虽然最后终于写了一封情书，悄悄地塞进了陈灿的琴盒里，但在随后，她听到郝淑雯说自己和陈灿“好了”之后，便将情书又偷偷地取了出来，撕得粉碎。小说中的萧穗子和陈灿在纸上恋爱半年，连手都没拉过。后来她被陈灿出卖而遭到批判，成为

语录：记忆本身也是活的，有它自己的生命和成长，故事活在那里面，跟着一块儿活，一块儿成长，于是就都不是原来的模样了。可是谁又能保证事情原来的模样就是它的真相？

明明活着，怎么就进入了这种永垂不朽的状态？

——严歌苓：《芳华》

《芳华》电影海报

和何小萍一样不受集体欢迎的人。那么陈灿为什么出卖萧穗子？却是因为郝淑雯抢走了陈灿，并唆使他出卖了萧穗子。所以在小说中，情节更加曲折，也更加惨烈。

原著和影片最大的区别，还在于几个人物的结局不同。

比如林丁丁，在影片中，文工团解散后，林丁丁嫁给了华侨，出国去了，最终也不过是变得胖了很多，不再有一丝青春的模样。而在小说中，林丁丁在文工团解散后，成了首长的儿媳，却被“首长”的家庭嫌弃。她“没文化”“不上进”“不会外语”“不配陪丈夫海外读书”，最终被扫地出门。林丁丁二婚的确嫁了澳洲华侨，但是在澳洲开中餐馆的潮州籍丈夫却“让她吃了三年的鸡翅尖（因为快餐的炸鸡翅不能带翅尖），也让她包了三年馄饨和春卷（十个手指头都皴裂了），还让她看了三年他在豆芽鸡蛋炒米饭里加酱油”。林丁丁最终再次离婚，最终以家庭保姆、看守空房子为业。林丁丁的命运显然更加波折，也更符合“人在做天在看”的宿命论。

影片中，郝淑雯的结局就是和陈灿结婚，生了个儿子。但是在小说中，郝淑雯的结局并不完满。她嫁给了一个游手好闲的军二代，最终两个人离婚，郝淑雯只得到两套房产，成为“租一套住一套”的包租婆。

小说中萧穗子的结局虽然也是成了作家，但也因为婚姻不幸而离了婚。

刘峰的结局，小说和电影，差别更大。电影里，刘峰最后到海口做了书贩子，以卖书为生，并最终和何小萍相依为命。然而小说里，刘峰到海口后，和一个从良的小姐同居两年，最终因癌症而去世。在他生命的最后一段时间

语录：你总是那么好，别人想要的总是不留余地给予，而从未想过自己。你能救赎别人，何时才能让自己解脱。总是当老好人，但其实好的是别人，苦的却是自己。

刘峰的好，无疑将自己置身于风口浪尖。毫无疑问，当他犯了一点错误时，人们也会将他从峰顶重重地推下去，让他积累的名声毁于一旦。

不要总是顾虑着别人，毕竟做自己才是一件潇洒的事情。

——严歌苓：《芳华》

注解：在《芳华》原著中，人性的纠葛和战争的残酷，比影片中表现得更加激烈。比如在电影中，刘峰拥抱林丁丁，是被战友们发现的。而在原著中，刘峰是被林丁丁揭发的。原著中林丁丁人性中丑陋一面，表现得更加淋漓尽致。

里，一直有一个姓沈的女子陪伴着他，最后大家才知道，这个女人就是何小萍。

在电影和原著中，结局不同的，当然还有何小萍。在电影《芳华》里，何小萍因为在战场上保护伤员而成了英雄。而在原著里，何小萍叫何小曼，父亲是个文人，做过编辑，母亲是剧团里打扬琴弹古琴的。有一天，何小曼说想吃油条，父亲赊账给她买了油条，吃完后，用花格手绢替她擦了擦嘴。这是小曼心中父亲最后的容貌，之后父亲就上吊自杀了。之后，何小曼跟着母亲改嫁给一个老干部，弄堂里的女人们都喊小曼拖油瓶。何小曼从文工团到陆军医院后，嫁给了一个排长，婚后第二年，排长死于战场。何小曼在战地医院救助伤员的过程中，从死人堆里看到了气息尚存的刘峰。

语录：不被善待的人更能察觉出人的善意，在困境里纠葛的感情更为长久。

很多时候，好的爱情需要共同成长，而不是成为对方的累赘，让对方感到难堪。

他看穿了虚名，也渐渐变得成熟了，不被它们所负累，明白了那些东西无法用来兑换真情和幸福。

——严歌苓：《芳华》

小马哥：

这样看来，影片《芳华》和原著的差别还是挺大的，一个温暖一些，一个冷峻一些。可以说，电影在原著的基础上做了很多创新，是这样吗？

安子：

没错，《芳华》电影更加暖色调。

比如将郝淑雯、林丁丁的结局变得好了很多，而让刘峰和何小萍的结局变得温暖而圆满。让曾经最光辉也曾经最失落的善良之人——刘峰，和曾经最失落也曾经被称为英雄的何小萍，最终走在一起。这是让观众最感温暖的结局。

严歌苓以冷峻之笔让小说《芳华》撕开了一代人的伤

口。在小说里，在刘峰最终身患肠癌，辗转到北京后，何小曼挺身而出，照顾他直到临终。两个人虽然终于生活到一起了，却分房而住，并没有过多的浪漫和亲昵。小说里这样写的：“刘峰的心是爱她的，疼她，怜惜她，但身体不爱她……一个人一生，能碰到心和身都去死爱的人，是太难得了，就像二十岁的他，碰到二十岁的林丁丁。”也就是说，原著的结局，虽然何小曼和刘峰在一起了，但是却永远没有身心合一，这又是何其凄凉。

而电影《芳华》不仅圆满，而且温暖。尤其是何小萍精神失常后，在影院外独舞的那一段，原著里就没有。这一段画面，非常美，非常浪漫，尽管是何小萍一个人的浪漫，却非常经典，非常绚烂。何小萍穿着病号服，在月夜的旷野上独舞，可以说，何小萍在这一刻，实现了自我重建和自我拯救。这可谓是电影艺术的升华吧，让何小萍这个人物终于脱离了时代的羁绊，脱离了灵魂的压抑，重生了。

另外，影片里对战争的直观呈现，也是小说所无法比拟的，虽然整部影片中有关战争的场面并不是很多，但是非常有震撼力，残酷、血腥，与文工团灿烂的青春生活形成了极其强烈的对比。

语录：人之所以为人，就是他有着令人憎恨也令人热爱，令人发笑也令人悲怜的人性。并且人性的不可预期，不可靠，以及它的变幻无穷，不乏罪恶，荤腥肉欲，正是人性魅力所在。

哪怕没有轰轰烈烈，但有个人时刻在你身边相依为命，那种长相厮守才是让人羡慕的神仙眷侣。我也相信，这才是真正的爱情。

——严歌苓：《芳华》

第二部分 严歌苓其人

小马哥：

针对电影《芳华》和原著小说，我们聊了这么多，那么安子，我们再说说著名作家严歌苓之所以演绎《芳华》的原因吧。

安子：

我先说说著名作家严歌苓吧。莫言曾经说过，作家不必写自传，因为他所写的每本小说，都是自传的一部分。事实上，严歌苓的《芳华》就是她自身生活的部分反映。先看看严歌苓的人生经历，我们就能理解《芳华》的创作背景了。

严歌苓出生于1958年，父亲严敦勋，笔名萧马，既是作家，也是编剧；母亲是一名极为勤奋的话剧演员。严歌苓上小学一年级的时候，“文革”开始，于是学校里都乱了，严歌苓便回家看书。父亲的书柜里装满了世界名著，严歌苓想看什么就看什么。于是很小的时候，她就看过了《唐璜》《战争与和平》《西厢记》。

12岁那年，严歌苓报考部队文工团，成了一名跳芭蕾舞的文艺兵。那是她人生中最鲜活的一个阶段，当时她是文工团里练功最勤奋的演员。每天早上4点，她就爬起来练功。从12岁到20岁，严歌苓多次赴西藏演出，舞蹈给了她全部的青春幻想。值得一提的是，小说《芳华》书

注解：严歌苓是一位美籍华人，好莱坞专业编剧。她以中、英双语创作小说，常被翻译成法、荷、西、日等多国文字。

多年的沉淀和积累，直接和间接的经历与经验都成了她的创作“矿藏”，甚至她和丈夫劳伦斯被美国联邦调查局“搅局”的爱情故事，也成了长篇小说《无出路咖啡馆》的素材。

封上的剪影，就是严歌苓当年的照片做成的。

严歌苓在文工团，和《芳华》里的萧穗子一样，给一个喜欢的男兵写了160封情书。而对方，最终居然公开了情书，检举揭发了严歌苓。青春岁月里，最惨痛的伤害，就来自自己喜欢的那个人，这就是严歌苓的青春。

20岁时，严歌苓所在部队参加了自卫反击战。当时记者很少，严歌苓却毫不犹豫都对上级说：“我想去！”于是，她就像《芳华》里的萧穗子一样，成了一名战地记者。

身为女兵，严歌苓不能前往战场第一线，只能在野战包扎所采访伤员。然而当一个又一个伤员被抬进包扎所，走廊和手术室里都弥漫着浓浓的血腥味时，严歌苓看到了战争的轮廓，血腥而残酷，死亡随时可能降临。这些经历让她最终成了一名军旅作家，而没有成为一名舞蹈演员。

严歌苓在30岁的时候，下决心去美国，考一所专门的艺术院校。她买了三本新概念英语和几本字典，每天抱着书死记硬背。到了美国后，她破釜沉舟，死磕到底，居然考上了哥伦比亚艺术学院，并最终成为班上唯一一个拿满A的学生。

为了维持生计，严歌苓打过各种工，当过清洁工、在餐馆里打过工，当过女佣。她经历过各种底层的生活和磨难，最终将所有的生活凝结成文字，升华成了小说。

最初，严歌苓写了《少女小渔》，拿到台湾文学奖，收获了3000美金。一天早上，一个导演打电话找她，说：“我想拿下这篇小说的版权。”严歌苓就问：“请问你叫什么？”对方回答说：“我叫李安。”

最后，严歌苓拿到了一大笔钱，她终于可以在很长一

《少女小渔》封面

注解：《少女小渔》是严歌苓的海外短篇集，收录有《少女小渔》《非洲故事三则》《海那边》《红罗裙》《女房东》《学校中的故事》《抢劫犯查理和我》《失眠人的艳遇》《橙血》等。其中《少女小渔》拍成电影，由李安制片、张艾嘉导演、刘若英主演，荣获亚太影展“最佳影片奖”。

段时间里不用再去打工，而可以安心地坐下来写作了。

说到这儿，我想广大听众可以体会到《芳华》的创作动机了吧？

小马哥：

感觉作家严歌苓的人生经历，本身就是一部非常精彩的小说。

安子，聊了这么半天，我想替广大听众问一句，你建议大家看电影版的《芳华》，还是看小说版的《芳华》？

安子：

小马哥这个问题问得很严峻。其实不管是电影《芳华》和小说《芳华》，都是经典，都值得一看。但是如果你不研究文学，也未曾经历过那段历史，我建议看电影版的《芳华》，因为温暖；小说版的《芳华》则相对沉重。然而，如果你经历过那个时代，并且在那个时代曾经被伤害过，那么我建议你看小说版《芳华》，因为所有的伤害都有它的来源，人性和战争，永远是不灭的主题。但不管是电影《芳华》还是小说《芳华》，都是《芳华》，不管是橘红色的还是灰黑色的，都是一样的浓墨重彩，一样的真情回归，一样的真实而绚烂，都值得我们去看，去品味，去回味。

注解：开成花灾的玫瑰不是灿烂，而是荒凉。

——严歌苓：《花儿与少年》

我能永远吃苦，却不能永远年轻。

——严歌苓：《非洲札记》

跟着人群走是一种选择，一种安全的选择，跟着爱好走，跟着理想走，是冒险的选择，有不可预料的成功和失败等在前面，但因为年轻，选择得起，失败得起，可预料的未来反而无趣。

——严歌苓：《老师好美》

庸俗是一个人开辆豪华奔驰车，但连买本书的钱也花不痛快。

——严歌苓：《波西米亚楼》

第三部分 《白蛇》

小马哥：

那，安子，再给我们讲讲作家严歌苓的其他作品吧！

安子：

对于很多中国听众来说，熟悉严歌苓，应该是从电影《天浴》、电视剧《小姨多鹤》开始的。然后就是众所周知的《少女小渔》《铁梨花》《金陵十三钗》《当幸福来敲门》《一个女人的史诗》《娘要嫁人》《第九个寡妇》《赴宴者》《归来》，等等。严歌苓是一位高产作家，她创作了大量的小说，就连她和丈夫劳伦斯的爱情故事，也被她写成了长篇小说《无出路咖啡馆》。

在严歌苓的作品中，不管是什么背景下的故事，不管是什么出身的人物，主要人物都是积极的，向上的，抗争的。她描写社会底层的人物、边缘的人物，描写各个阶层的人物、各个历史年代的冲突和矛盾，描写复杂的人性，将大千世界展现在读者面前。

在这里，我特别想和大家聊聊严歌苓的小说《白蛇》。

我看过严歌苓很多作品，包括《扶桑》《天浴》《金陵十三钗》《铁梨花》，等等，当然还有《芳华》，然而，最震撼我的还是《白蛇》。

严歌苓的《白蛇》不是水漫金山的《白蛇》，而是20世纪70年代的两个女人的故事。正是《白蛇》，让我

注解：《白蛇》是旅美作家严歌苓创作的中篇小说，首次出版于1999年。

《白蛇》以三个不同的版本，从不同的角度讲述了在“特殊时期”两个边缘人之间的同性之爱。《白蛇》中的女性舞蹈家孙丽坤因编演舞剧《白蛇传》倾倒众生，也因其出色的才貌与风流人生在“运动”中获罪，由“天上人间”自由来去的“白娘子”沦落为连上厕所都被严格看守的阶下囚，成为众人唾弃的“反革命美女蛇”。落难后的孙丽坤与一个从小就迷恋她的“假小子”舞迷徐群珊在窗内与窗外的偶遇，引发了一段特殊历史时期爱恨纠葛的传奇故事。

对严歌苓的作品有了一种崇敬感。她在作品里对扮演白蛇的川剧女演员孙丽坤的描写，细致入微，简直深入骨髓。我至今还记得孙丽坤见到徐群山之后的心情，她害怕自己忘记那个被建筑工叫作毛料子的青年，那个抽大中华、骑飞鸽跑车的青年。

在《白蛇》里，严歌苓用非常细腻、非常戏剧化的结构，通过官方版本、民间版本和不为人知的版本三个角度，交织地描述了被关押的女演员孙丽坤和来自北京的“首长”徐群山之间的点点滴滴。

然而，最终，谜底终于揭开，原来，这个徐群山是个女人，而且是一个从小看孙丽坤演的《白蛇传》长大的高干子女。

这两个女人之间的情感，以一种正常的男女恋爱的模式展开，最终却成为孙丽坤心中最痛的伤。她完全没有意识到“徐首长”是个女人，她在被关押的岁月里，完完全全地陷入了这场爱情之中，直到最后……

这个故事构思极为精巧，描写极为到位，一字一句真的是耐人寻味，如果听众朋友们想读严歌苓的作品，我建议先去读《白蛇》，真的不会让你失望。

小马哥：

听安子这么一说，我还真的很想看一看《白蛇》。现在都市里的人都很忙，很少有时间去看长篇小说，如果想了解严歌苓的作品，安子建议看哪部短篇小说呢？

《白蛇》封面

语录：任她去否认去拒绝看清真相，真相还是渐渐显形了。真相在逼过来，在质感起来，近得可触。她的半生半世中，没有任何事物存在真相——舞蹈的真切在于缺乏真相。

她的手停在他英武的鬓角上。她都明白了。他知道她全明白了。但不能道破。谁也不能。道破他俩就一无所有。她就一无所有。

——严歌苓：《白蛇》

安子：

我建议看《爱犬颗韧》，这是一篇写藏獒的短篇小说，看完我心里很痛很痛。狗永远是忠诚的，善良的，它不可能理解人性的无奈和压抑、扭曲和冷漠。面对一条狗，一条忠诚的狗，我们对于生命的尊重，远远不及狗对我们的忠诚。虽然这是一部短篇小说，但是细节非常到位，情节也很丰满，如果没时间看大部头，建议从这篇短篇小说开始了解严歌苓的作品。

语录：我的少年时期在军中度过，曾拥有过爱犬颗韧，它在我们欺凌作弄式的爱抚下长大，度完它短短的一生。它不能控制它的生死，我们也不能控制我们的青春。在它和我们分别时，我们感到那样无力和无助。写下这个故事，我希望纪念我们的爱犬，也纪念我们那异于全世界青少年的成长经历。

——严歌苓：《爱犬颗韧》

《我的前半生》电视剧海报

节目音频二维码

NO.14 解读亦舒及其作品

作品

作品名	主角	作者
《我的前半生》	罗子君、唐晶等	亦舒

导语

《玫瑰的故事》封面

亦舒，原名倪亦舒，是香港著名作家倪匡的妹妹。亦舒的多部作品，包括《玫瑰的故事》等，被改编为电影。除小说外，亦舒还撰写散文和人物访问稿等。她笔下的女角色大部分自爱自强、特立独行。亦舒笔下的人物如同棋子，总是可以为她们安排好位置。一起一落，似乎宿命，冥冥之中，早有安排。亦舒是个多产作家，且一直长盛不衰。她苍凉的言情，仿佛打从开始就参悟了情爱，而她的女主人公，多半是精明、世故、懂得进退的女人。她的文字，虽不华丽，却很深刻。

解读

第一部分 《我的前半生》

小马哥：

热播剧《我的前半生》是根据亦舒的作品改编的，安子，你给大家讲讲亦舒及其作品吧。

安子：

提起亦舒，可能很多 90 后 00 后有点懵。这也难怪，亦舒是 20 世纪八九十年代香港最畅销的言情小说家，今年她已经 71 岁了。她的小说流行的年代，是我们这一代人，也就是 70 年代末、80 年代初出生的人的青春时期。

亦舒的成名作应该算是《喜宝》了，到现在我还保存着一本 2002 年版的《喜宝》。

亦舒原名倪亦舒，是创作了卫斯理系列等著名科幻作品的香港文坛大家倪匡的妹妹。当时，亦舒、倪匡和金庸并称为“香港文坛的三大奇迹”。

1946 年亦舒出生在上海，5 岁时全家移居到香港。据

语录：好家庭的孩子多数天真得离谱。

每个女人一生之中必须有许多男人作踏脚石。

能够爱人与被爱真是太幸福。

钞票与钻石又不一样，钻石是穿着皮裘礼服的女人。现钞是裸女。

世上的人原本如此，要踩大家一起踩一个人，要捧起来争着捧。

我已经够有钱。要离开他现在我可以马上走。但还有谁会来听我的倾诉？谁有兴趣再读我长信中琐碎的事情？他的确已经年老。但他永远站在我的身后，当我最需要他的时候，他在那里。

大部分漂亮富足的女孩子喜欢找一个条件比她略差的女伴，加借衬托起她的矜贵。

女生要自重自爱然后爱人。

——亦舒：《喜宝》

说她从小就爱看书，12 岁的时候就酷爱读鲁迅的作品。在我们今天讨论的这部剧《我的前半生》里，也有鲁迅作品《伤逝》的影子，比如马伊琍饰演的女主角罗子君，就沿用了鲁迅作品《伤逝》里“子君”的名字。

亦舒算是少年成名，14 岁发表第一篇小说，中学毕业后就进入金庸创立的《明报》当娱乐记者。正是娱乐记者的工作经历，为亦舒提供了很多素材，后来在她的很多小说里，我们都能够看到 20 世纪八九十年代香港娱乐圈的影子。

亦舒非常勤奋，创作了《喜宝》《朝花夕拾》《星之碎片》《胭脂》《独身女人》《玫瑰的故事》《流金岁月》等许多作品，其中有九部作品被改编成影视剧。比较著名的是 1988 年张曼玉与钟楚红主演的电影《流金岁月》。亦舒笔下，大都是倔强、骄傲、敢爱敢恨、有学识有见地、自立、自强、自尊的都市女性，连已故著名香港歌手张国荣都说，他特别喜欢亦舒的小说……

亦舒的小说主角大都是女性，上至白发苍苍的老妇，下到青春期的少女。不过亦舒小说里的女主角，可不是那种不食人间烟火的小仙女。她的小说里所有的女主角都很清醒，爱的时候轰轰烈烈，不爱的时候干干净净。相对而言，她的作品里的男性角色倒是比较不好看，不是自私虚伪的“渣男”，就是抛妻弃子的“花心男”，亦舒大约想在小说告诫女孩子们，女人要想活得好，就必须独立自主，自强自立。

电视剧《我的前半生》里的女主角叫唐晶，是典型的职场女强人，有品位、有内涵，独立、理性、现实，渴望爱情，

《胭脂》封面

注解：《我的前半生》是亦舒创作的长篇小说，1982 年 11 月 在中国香港出版。

该书讲述做了多年家庭主妇的子君，遭丈夫抛弃后不得不重新工作，一步步站起来并再度寻找到幸福的故事。

但是始终不依赖爱情。这就是亦舒小说里典型的女性形象。就连《我的前半生》里的女一号罗子君，最后的人生走向，基本上也是独立、现实、自强、自立。

《我的前半生2》电影海报

注解：《我的前半生》描写现代社会中男女婚姻面临的新困境。在遭婚变后自立自强的子君身上，表现出时代的进步与现代女性意识。

2014年，作品被改编为同名电视剧，于2017年首播。

第二部分 亦舒其人

小马哥：

那么大家一定都想知道，写尽女人心事的亦舒，生活里究竟是个怎样的女人，经历过怎样的爱情和婚姻？

安子：

有句话，叫作文如其人。亦舒的生活比她小说里的女主角更独立，也更精彩。

亦舒有过三次婚姻，年轻的时候，也是爱得轰轰烈烈，到了三四十岁，终于归于平淡，洗手做羹汤，安心养女儿。

有这么一句话，人生最大的财富就是磨难，文学创作，往往来源于不太幸福的生活状态。因为如果太幸福太安逸，人就容易怠惰，也就很难创作出深入人心的作品。对于亦舒来说，她的三次婚姻，就是她的创作基础和养料。其实，亦舒的婚姻，也是很多都市女性心灵成长的现实反映。

17 岁时，亦舒义无反顾地爱上了穷酸画家蔡浩泉。当时亦舒的家人极力反对，可她叛逆、自我，不听任何人的劝说。就在 18 岁那年，亦舒自己做主，闪婚下嫁穷画家蔡浩泉，19 岁时生下儿子蔡边村。

中国有句老话，叫作情深不寿。太过热烈的感情，往往不长久。年少的时候，我们眼里的爱情大都像空中楼阁，都把爱情想得太美好，亦舒也不例外。

当时有香港媒体报道，说亦舒追求生活品质，而丈夫

语录：我为聪明误一生。

——亦舒：《玫瑰的故事》

凡事想别人感激，那是必然要失望的。

——亦舒：《故园》

何必向不值得的人证明什么，生活得更好，乃是为你自己。

——亦舒：《忽而今夏》

已去之事不可留，已逝之情不可恋，能留能恋，就没有今天。

——亦舒：《花常好月常圆人长久》

有得有失，才是人生，切忌忿忿不平。

——亦舒：《天上所有的星》

蔡浩泉很难赚到钱，于是两人常常为钱争吵，结果两个人只生活了三年，就分道扬镳了。

值得一提的是，2013 年 4 月，香港导演蔡边村自编自导的纪录片《母亲节》在德国展览。这部纪录片，介绍了他寻找生母的经过和心路历程。在这部片子中，那个 30 多年始终拒绝与儿子见面的母亲，就是亦舒。关于这一点，我不想做过多的评价，每个人心里都有伤，或大或小，我想，亦舒也一定有吧。

再说说亦舒的第二段婚姻。她和蔡浩泉离婚不久，就爱上了当时香港 TVB 的当红小生岳华。岳华演过《大醉侠》《绝代双骄》《义不容情》，是当时香港影坛红得发紫的小生。当时岳华是有女朋友的，而且是被称为“武侠影后”的郑佩佩。郑佩佩是香港甚至中国影坛最早的武侠影后，她不仅出演过中国第一部新派武侠电影《大醉侠》，还出演过《唐伯虎点秋香》里的华夫人，后来在李安导演的电影《卧虎藏龙》里出演“碧眼狐狸”。她获得过香港电影金像奖最佳女配角奖，还曾经角逐过奥斯卡金像奖。但是，亦舒就是硬生生地把岳华给抢走了，虽然背了个不光彩的插足之名，但是她还是继续了自己轰轰烈烈的恋爱风格，将两个人的甜蜜昭告天下了。

不过，这场婚姻，最终也是没有走到头。

亦舒的性格里，某些部分就像《我的前半生》里的罗子君，比较爱吃醋，比较较真。在现实生活里，她还是不能够克服女性共有的这些弱点，她和岳华吵架的时候，会把他的西装剪得稀烂。还有一次，她甚至赌气跑到岳华拍戏住的宿舍，把一把剪刀插在岳华睡的床的“心脏”的部位。

注　解：1951 年，5 岁的亦舒随家人从上海到香港定居。她在 15 岁念中学时期就已经开始写稿，中学毕业后，曾任《明报》记者，及电影杂志编辑等。1973 年，亦舒赴英国曼彻斯特学院修读酒店及食物管理专业。1977 年就职于台湾，与午马合组电影公司，后转任台湾圆山饭店女侍应总管。1978 年 9 月任职香港中环富丽华酒店公关部，再转至佳视任编剧。之后，转任香港政府新闻处新闻官达七年半，后定居加拿大西温哥华。

估计现在想起这些，亦舒也会觉得有些可笑吧。但是年轻的时候，谁也绕不过那道心坎啊。

后来，亦舒发现，郑佩佩远嫁美国后，还给岳华写信。她气急败坏，把郑佩佩的来信公之于众，这让郑佩佩的婚姻也受到了影响，岳华因此彻底对亦舒死了心。最后，岳华提出离婚。据说当时亦舒就像《我的前半生》里的罗子君一样，求岳华不要离婚，但是岳华心意已决。

亦舒再次离婚后，竟然跑到英国去读酒店食物管理课程，想必是想重新开始自己的人生。她读了三年，回到香港后，做过酒店的公关、新闻官和电视台编剧，后来就渐渐成了专职作家。

亦舒的第三次婚姻，也就是现在的丈夫，是香港大学的教授梁先生。也许是折腾够了，也许是看破了爱情的冷暖，到40岁的时候，亦舒竟然去做人工受孕，加入高龄产妇的行列，生了个女儿。然后全家移民温哥华。亦舒竟然真的就是一个好母亲、好妻子，料理家务，教导女儿。也算是真的走进了平淡的家庭生活。

所以，在亦舒的作品里，人物的性格和经历，是有巨大落差的。她年轻时候创作的人物，比如“喜宝”，就是一个任性而倔强的小姑娘。到了后期，她晚年的作品《她比烟花寂寞》里，主人公就有这样的期盼：当我死的时候，我希望丈夫子女都在我身边，我希望有人争我的遗产。我希望我的芝麻绿豆宝石戒指都有孙女儿爱不释手，号称是祖母留给她的。我希望孙儿在结婚时与我商量。我希望做一个幸福的女人。

所以，亦舒一生，婚姻起起落落，最终，还是希望做

语录：人际关系这一门科学永远没有学成毕业的一日，每天都似投身于砂石中，缓缓磨动，皮破血流之余所积得的宝贵经验便是一般人口中的圆滑。

最佳的报复不是仇恨，而是打心底发出的冷淡，干吗花力气去恨一个不相干的人。

我的归宿就是健康与才干，一个人终究可以信赖的，不过是他自己，能够为他扬眉吐气的也是他自己，我要什么归宿？我已找回我自己，我就是我的归宿。

——亦舒：《我的前半生》

一个世俗的家庭里的幸福的婆婆妈妈的女人，因为这才是最真实的、最幸福的人生状态。

《我的前半生》封面

语录：当一个男人不再爱他的女人，她哭闹是错，静默也是错，活着呼吸是错，死了都是错。

——亦舒：《爱情之死》

如此情深，却难以启齿。原来你若真爱一个人，内心酸涩，反而会说不出话来，甜言蜜语，多数说给不相干的人听。

——亦舒：《她的二三事》

真正有气质的淑女，从不炫耀她所拥有的一切，她不告诉人她读过什么书，去过什么地方，有多少件衣服，买过什么珠宝，因为她没有自卑感。

——亦舒：《圆舞》

无论怎么样，一个人借故堕落总是不值得原谅的，越是没有人爱，越要爱自己。

——亦舒：《星之碎片》

第三部分 亦舒笔下的女人们

小马哥：

安子，跟大家说说亦舒笔下的女性人物吧。

安子：

亦舒笔下的女性人物，很多都有原型。

比如在她的小说《星》里，有一个明星叫“林绿霞”，人物原型就是林青霞。

在她的小说《玫瑰的故事》里，有一个穿梭在几个男人之间的“玫瑰”，人物原型就是被香港媒体炮轰的“奢侈拜金，拖垮两任富豪老公”的章小蕙。

再比如她的小说《印度墨》里有一个中葡混血儿——刘印子，鹅蛋脸，细长的浓眉，人物原型就是李嘉欣。

亦舒笔下的女性，大都干练、自信、聪明，把生活安排得风生水起。她喜欢描写标准的香港女子，那种都市里、职场上，挣扎而顽强的女性。

亦舒不写玛丽苏，她说过，都市女子，哪有资格哀哀怨怨，头天晚上哭得再惨，第二天天一亮，照样得化个妆，就当什么事也没发生，开开心心上班去。这一点我最欣赏，我们都是工作一族，就算你头天晚上离了婚，第二天，该上班还得上班，要不，下个月你吃啥，拿啥给孩子交书本费，是吧。再说你哭又有什么用，闹又有什么用，是你的，终究是你的，不是你的，终究你也留不住啊。

注解：《玫瑰的故事》讲述黄玫瑰因美貌而追求者不断，给她带来诸多烦恼。当她将自己的感情倾注于庄国栋时，对方却绝情而去。极度悲伤的玫瑰赴美留学，并与方协文结婚。十年后，玫瑰与丈夫离婚，独自返港，在孤独、寂寞之中结识了身患绝症的溥家明，三个月的热恋使她柔肠寸断。几年后，再婚的玫瑰巧遇十几年来一直思念着她并已离异的庄国栋，在内心极度的矛盾与痛苦中，玫瑰毅然做出了最后的选择。

小马哥：

在《我的前半生》中，有两个典型的女性形象：一个是养尊处优却被丈夫抛弃的全职太太罗子君；一个是独立自强、不婚不嫁的职场女强人唐晶。这两个女性角色，是当下社会女性的两种典型代表。对于女性来说，到底该追求哪一种生活方式呢？

安子：

我记得有个朋友在朋友圈发过这样一条：有的女孩因为什么都不会做，什么都依赖，所以总是有人帮，有人疼；而自己因为什么都自己做，什么都不依赖，所以总也没人帮，没人疼。这其实就是两种生活方式。不独立的女性，总会寻找依赖，也就成全了那些护花使者；独立的女性，求人不如求己，所以万事自己解决。对于护花使者来说，也就少了很多机会；对于她们来说，也就没有必要去依赖男性了。那么，究竟哪一种生活方式更好？我个人认为，做女人，独立最好。虽然这个世界上有很多护花使者。但是男人也是人，他们不可能时时刻刻都是你的护花使者，相反，很多时候，男人在表现自己的勇敢和无畏、担当和责任的同时，内心也会有怯懦、犹豫、退却甚至逃避。不是有那么一句话吗？每个男人的心里都藏着一个 3 岁的小孩，如果女人永远依赖，永不独立，那么这个 3 岁的小孩总会疲惫，另寻温暖也在所难免。

小马哥：

前面我们讨论了很多亦舒笔下的女性，大都是独立自

注解：在有些网络言情小说中，女主角无所不能，近乎完美，所有男性都喜欢她。这一类女主角就被称为“玛丽苏”。

语录：人为感情烦恼永远是不值得原谅的，感情是奢侈品，有些人一辈子也没有恋爱过。恋爱与瓶花一样，不能保持永久生命。

——亦舒：《城市故事》

人的天性便是这般凉薄，只要拿更好的来换，一定舍得。

——亦舒：《要多美丽就多美丽》

能够说出的委屈，便不算委屈；能够抢走的爱人，便不算爱人。

——亦舒：《开到荼蘼》

能够哭就好，哭是开端康复的标志。

——亦舒：《肯定是个梦》

强的，可是现实中，男性似乎更喜欢小鸟依人的女性。而且，很多男性都觉得，如果自己的妻子能够在家里做全职太太，照顾家、照顾孩子，自己就能更安心、更踏实地工作。这个矛盾又该如何解决呢？

安子：

这个问题其实并不是鱼与熊掌的两难问题。

比如在《我的前半生》里，罗子君最初是个全职太太，她的确是完全依赖着丈夫生活的全职太太，但是，她是可爱的小鸟依人的温柔女性形象吗？不是，她挑剔、跋扈、趾高气扬、颐指气使，这样的女性，就算是再依赖，也不可爱，也不是丈夫可心的太太。

那么再来看夺走她丈夫的角色凌玲，不仅是干练的职场女性，而且非常体贴。虽然她的体贴非常功利，有自己的心机，甚至可以说是夺走别人的丈夫的阴谋，但是，抱怨男人花心，说男人见异思迁、不负责任又有什么用呢？

为什么亦舒的作品里，始终在推崇独立自强的女性，因为作为女性，当你只是丈夫的包袱、责任，甚至是拖累的时候，他难免会嫌弃你。这个时候，骂男人没良心又有什么用呢？

后来贺涵带罗子君去了丈夫陈俊生的公司，罗子君才知道，原来丈夫的工作节奏那么紧张，原来丈夫的工作也很辛苦。其实我们也不能责难罗子君多疑、跋扈、挑剔，她做了 15 年的全职太太，早已和社会脱节，而且因为生活优越，早就像氢气球一样，飘在空中了，又怎么可能理解这个社会、怎么可能真正尊重这个社会？更不可能理解

语录：我令憎我的人失望了，因为我活的这样好。

这年头，谁是贤妻，谁是狐狸精？谁好，谁忠，都没有一面倒的情况了，黑与白之间尚有十几层深浅不同的灰色，人的性格有很多面。

若要生活愉快非得把自己先踩成一块地毯不可，否则总有人来替天行道，挫你的锐气，与其待别人动手，不如自己先打嘴巴，总之将本身毁谤得一钱不值，别人的气也就平了，也不妒忌了。

——亦舒：《我的前半生》

丈夫的喜怒哀乐和职场艰辛了。

夫妻两人如果不能够相互理解，又怎么能够相互体谅、相互温暖、相互支持、白头到老呢？

所以，我们要听亦舒阿姨的话，做独立的女性。但是，独立的女性不一定必须是职场精英，也可以是全职太太，独立是精神上独立，经济上相对独立，并不是要求你只顾事业，不照顾家庭和孩子。

小马哥：

安子，你说女性既可以独立，也可以做全职太太，这又该怎么做呢？

安子：

独立女性也可以是全职太太。做了全职太太，你有大把的时间，可以做些自己感兴趣、实现个人价值的事情，不仅可以赚钱，保证自己经济独立，而且可以获得社会认可，这样，就不会让丈夫看轻你。你不必太忙，循序渐进，保持自己的兴趣爱好和才能发挥，适当积累，这样不仅不会与社会脱节，也不妨碍你成为温柔的太太。同时，多一些和社会的接触，你才能够更理解丈夫的艰难和不易，才能更多地为他排忧解难。

特别要提出的是，其实很多做全职太太的，都因为生活太安逸，觉得自己没必要费力去发展什么兴趣爱好，去低下头去赚一点散碎银子，这种想法是绝对错误的。不管你的丈夫赚多少钱，都要记住， 那是家庭的，不是你的。就算你是他的妻子，有权力使用这些钱，也要记牢，这些钱，

语录：结婚与恋爱毫无关系，人们老以为恋爱成熟后便自然而然的结婚，却不知结婚只是一种生活方式，人人可以结婚，简单得很。而爱情完全是另外一回事。

永远都不要低估男人在分手时的冷酷，女人最傻的就是为所谓的家庭放弃工作，想要思想独立，首先必须经济独立，起码在曲终人散时还能有养活自己的能力，能让自己有尊严的继续生活！千万别在最好的年纪，把自己吃的贼肥，穿的贼丑，用的贼便宜。

——亦舒：《我的前半生》

不是你赚来的。

小马哥：

安子，你身边有类似罗子君的女性朋友吗？她们在遇到类似的婚姻难题时，是怎样处理的呢？

安子：

当然也有这样的朋友。中国老话说，生于忧患，死于安乐。我觉得特别有道理，比如罗子君，就是太顺利了。所以女性朋友们，不管你嫁得多好，不管你生活多么安稳和优越，记住一句话，居安思危，一定要不断提高对自己的要求，不要让自己成为家庭里那个趾高气扬、飞扬跋扈的罗子君。

事实上，对于任何人都一样，你看得到的所有光鲜的背后，都曾有过不堪；你看到的所有光彩照人，都有过你不了解的坎。而且如果真的遇到了婚姻难题，那可不仅仅是哭一场、闹几场那么简单，离婚可比电视剧里演的复杂得多。我所遇到类似婚姻难的朋友，在离婚的过程中，哪个不是剥了几层皮，哪个不是把原来的自己打碎了，重新拼合成一个全新的自己？

所以，如果真的遇到类似罗子君的经历，一方面要积极想办法挽回婚姻，一方面要做好离婚的心理准备。一定不要把对方想得太好，不要以为他离开你会有所留恋，留给你和孩子多少财产。如果他真的是深情不舍的好男人，就不会提出离婚；就算他想要把所有的财产都给你和孩子，他背后的那个藏在暗处的女人也不会同意。所以，遭遇了这样的劫难，就不要怨天尤人、哭天喊地。你要站起来，

注解：所谓的全职太太是指不工作、全职在家主持家务的妇女。一部分全职太太是为了照顾好家庭和孩子而放弃工作，而另一部分则是因为生孩子而被解雇，等孩子长大又找不到合适的工作。以职业眼光看待全职太太，就会发现她们虽身在家中，却担当着保姆、幼师、心理咨询师、理财师、营养师等多种社会职业角色。

现在中国还存在着为数不少的单薪家庭——丈夫外出挣钱，妻子在家做全职太太。婴幼儿在三周岁之前是离不开母亲的，所以很多女性在结婚后选择做一名全职太太。

为了你的利益，孩子的利益而战。记住，人生是一场战斗，如果不战而退，你永远是失败的那个人。

小马哥：

说到这里，我想广大听众最想知道的，是如果遭遇人生的低谷，到底该如何自愈，这不仅包括婚姻的问题，还包括其他，比如失恋、失业……

安子：

一帆风顺构不成人生，其实，没有谁的人生真的是一帆风顺的。说难听点，我们看到的光鲜亮丽的人生，都只是看见贼吃肉，没看见贼挨打。所以，你的低谷，并不见得是人世间最大的低谷。永远记住，你绝不是这个世界上最不幸的人，也绝不会是这个世界上最幸运的人。所以，不管什么时候，记住那句话，宠辱不惊，豁达些，再难的事情也会过去，幸福和顺利也总会光顾你的生活。所以，不管走到什么低谷，你可以发泄，可以痛哭，可以自己躲起来疗伤，但是，给自己一个时间——一个星期，一个月，一年，然后，重新生活，按部就班地向前走……

小马哥：

最后，回到《我的前半生》这个电视剧里。就这个剧，安子，我想问你一个问题，你觉得，婚姻的基础是什么？怎样才能维持婚姻的长久与和谐？

注解：电视剧《我的前半生》，改编自亦舒的小说《我的前半生》。35岁的罗子君，全职太太已做到资深。若不是丈夫突然提出离婚，她就打算这样过下去。毫无工作经验的中年弃妇闯入社会，还拖个孩子，子君的人生从安逸一落千丈。

作为女人幻想、男人嫉妒的对象，贺涵活得极其忙碌而又有质量。但遇到生活一团糟的子君，他的平静人生被打破，各种突如其来的状况随时需要他“浪费”时间、“浪费”精力应对。

生活把子君扒了层皮，却也逼出了骨气。前半生轰然逝去，后半生脱胎换骨开始。

安子：

这个问题有点意思。婚姻的基础是近似的价值观，近似的生活理念，近似的教育背景。只有这样，才有可能心灵相通、琴瑟和鸣。两个人也只有肩并肩，一起向前奋斗，各自进步、各自独立，婚姻才可能和谐，可能长久，两个人才能一起携手走完漫长的人生之路。

语录：再拼命，再不服输，也终究敌不过岁月，人生的后半程想要怎样过，身边并没有一个完美的榜样模型，只能是不安的摸索向前。

两个人在一起，进步快的那个人，总会甩掉那个原地踏步的人。

路要自己一步步走，苦要自己一口口吃，抽筋扒皮才能脱胎换骨。

——亦舒：《我的前半生》

节目音频二维码

NO.15 解读王蒙及其作品

作品

作品名	主角	作者
《这边风景》	伊力哈穆	王蒙
《青春万岁》	杨蔷云、郑波等	王蒙
《王蒙八十自述》	王蒙	王蒙
《王蒙自述：我的人生哲学》	王蒙	王蒙

导语

2019年9月17日，中国文坛一位享誉中外的作家，由国家主席习近平签署主席令，授予“人民艺术家”国家荣誉称号，这位作家就是大家早已熟悉的作家王蒙。

王蒙作为与共和国共同成长的文学创作者，见证了中国当代文学的发展之路，其作品具有代表性和开拓性意义，被译成二十多种文字在各国出版。他发掘培养了一大批优秀青年作家，为中国当代文学繁荣发展作出了突出贡献。

1946年王蒙参加地下党，1948年正式加入中国共产党，他的命运与共和国息息相关。王蒙在他将近半个世纪的文学生涯里，创作了小说、文学研究与评论、诗歌散文等近1000万字。他获得许多中国文学的奖项，还获得日本创作学会和平文化奖和意大利蒙德罗国际文学奖，并担任约旦作家协会荣誉会员。作为一名具有国际影响的作家，王蒙的足迹遍布亚洲、欧洲、美洲和非洲诸多国家，为宣讲改革开放以来中国文学和社会的全面进步、增进中国和世界各国人民相互了解和友谊，做出了巨大贡献。

注解：1934年10月，王蒙出生于北京，祖籍河北，1948年10月入党，1948年10月参加工作。2015年，王蒙凭借作品《这边风景》获得第九届茅盾文学奖。2000年，王蒙获诺贝尔文学奖提名。

今天我们这期节目，就和大家一起解读作家王蒙，分享作家王蒙的作品《这边风景》、《青春万岁》、《王蒙八十自述》和《王蒙自述：我的人生哲学》。

《王蒙八十自述》封面

语录：自己丰富才能感知世界的丰富；自己善良才能感知世界的美好；自己坦荡才能逍遥地生活在天地之间。

颂扬别人常常是肯定自己，指责别人常常是反射着自己的弱点，嘲笑自己常常是嘲笑别人，给别人抬轿也是抬自己。以上是分享率，或曰借光效应。

多学一种语言，不仅是多打开一扇窗子，多一种获取知识的桥梁，而且是多一个世界，多一个头脑，多一个生命。

一切决定于时机，时候到了石头里也会孵出小鸟，时候不到火焰里也照样透心冰凉。

学习是一个人的真正看家本领，是人的第一特点，第一长处，第一智慧，第一本源，其他一切都是学习的结果、学习的恩泽。

——王蒙

解读

第一部分　王蒙其人

小马哥：

说起王蒙，很多 60 后、70 后，可能都看过 1983 年由上海电影制片厂出品的，根据王蒙的同名小说改编的电影《青春万岁》，当时《青春万岁》中出演班长的演员，就是去年在热播的电视剧《如懿传》中出演甄嬛的邬君梅，而男演员有大家熟悉的郭凯敏和蔡国庆，当时出演《青春万岁》的时候，蔡国庆才 15 岁。

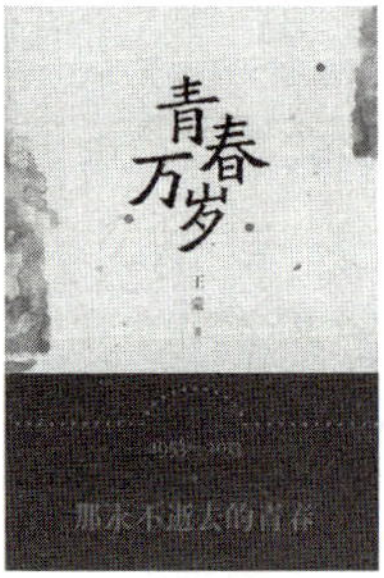

《青春万岁》封面

王蒙著有长篇小说《青春万岁》《活动变人形》等近百部小说，他的作品反映了中国人民在前进道路上的坎坷历程。他曾获得意大利蒙德罗文学奖、日本创价学会和平与文化奖、俄罗斯科学院远东研究所和澳门大学荣誉博士学位、约旦作家协会名誉会员等荣誉。王蒙还在 2000 年获诺贝尔文学奖提名，他的作品被翻译成 20 多种语言，在世界各国发行。

2019 年 9 月 17 日，也就是在十天前，国家主席习近平签署主席令，授予王蒙“人民艺术家”国家荣誉称号。今天，我们就和大家一起解读作家王蒙及其作品。

今天我们请到的，还是我们的老朋友安子。

安子：

大家好，非常高兴今天又坐在这里，和大家一起分享作家王蒙的作品。

王蒙是中国当代文坛的巨星，他的辉煌成就，来自他的语言天分，来自他澎湃的诗情，更来自他对世界敏锐的观察和深刻的思考。他的人生经历非常坎坷，1948 年，14 岁时就入了党，任共青团北京市工委干事，中央团校二期学员。后来，激情澎湃的热血青年王蒙，受苏联作家尼古拉耶娃的中篇小说《拖拉机站站长和总农艺师》的启发，在 1956 年 4 月写成了短篇小说《组织部来了个年轻人》。通过这本书，揭露了工作、生活中的一些消极现象；提出积极反对官僚主义却又常在斗争中碰得焦头烂额的青年到底该何去何从的问题。

《组织部来了个年轻人》封面

这部小说，改变了王蒙的人生轨迹，1956 年 9 月，《人民文学》刊出了《组织部来了个年轻人》，这部小说引起了极大的轰动，各界对于这部小说的讨论，甚至引起了毛泽东主席的关注。从 1957 年 2 月 16 日到 4 月期间，毛主席先后五次表达了自己对于这篇小说的态度，支持作家王蒙。然而在 1957 年 11 月，王蒙还是被派到北京的郊区去劳动了。后来他又被分派到新疆，在新疆工作了十六年。正是这样波折的人生经历，给了王蒙蓬勃而丰富的创作激情，他获得 2015 年第九届茅盾文学奖的作品《这边风景》，

《这边风景独好》封面

就是以新疆农村为背景，从公社粮食盗窃案入笔，用层层剥开的悬念和西域独特的风土人情，为读者展示了一幅现代西域生活的全景图。

后来王蒙担任了《人民文学》的主编，还担任了中国作协副主席、书记处书记，文化和旅游部部长等职务。

他创作了大量的作品，不仅有长篇小说《青春万岁》《恋爱的季节》《狂欢的季节》《失态的季节》《青狐》等，还有中短篇小说《组织部来了个年轻人》《名医梁有志传奇》《冬雨》《相见时难》，等等，还有评论、随笔集、散文集、诗歌集《〈红楼梦〉启示录》《我的人生哲学》《你好，新疆》《桔黄色的梦》《旋转的秋千》，等等。王蒙写过四本自传，分别是《王蒙自传第1部：半生多事》、《王蒙自传第2部：大块文章》、《王蒙自传第3部：九命七羊》以及《王蒙八十自述》。

《恋爱的季节》封面

第二部分 《这边风景》

小马哥：

安子，那我们就从《这边风景》开始，和大家聊一聊作家王蒙的作品吧。

安子：

好的。《这边风景》其实是作家王蒙六七十年代下放新疆农村劳动期间创作的长篇小说，因为各种原因，迟迟没有出版，但是在《王蒙自传》中，作家王蒙曾经提及这部作品。

小说《这边风景》，反映了汉、维两族人民在特殊的历史背景下的真实生活，以及两族人民的相互理解和友爱共处，具有沉重的历史气息，其中那些平实的人物，形象而生动，整本小说悬念重重，矛盾冲突鲜明，而且极具独特的新疆风情，非常精彩，也非常有趣。

因为这本书是在2013年出版的，也就是在作家王蒙79岁的时候出版的，所以每个章节后还设计了“小说人语”这个部分，也就是79岁的王蒙用79岁的眼睛和大脑，去观察和评判自己在39岁时的作品，也算是“79岁王蒙与39岁王蒙的对话”，非常有新意。

小马哥：

那么，安子，这本书究竟讲述了怎样一个故事呢？给

语录：每个人在每个具体情况下，在向其他民族学习和同时保持本身的民族特点这个问题上，都有自己的分寸感、自己的限度。

好人的特点是常常看到别人、别处、别一方的好；坏人的特点是看着谁都那么坏那么阴险。

民族感情是个有意思的东西，它经常是潜在的、不明显的，甚至是被否认的。

——王蒙：《这边风景》

大家讲一讲《这边风景》的主要内容吧。

安子：

好，让我们先翻开《这边风景》的目录，感受一下作家王蒙的《这边风景》。

简单就读这六章的目录，大家可以看到，颇具西域风情，有趣而且极具吸引力。

小马哥：

我就来自新疆，听到这些标题，特别亲切，感觉特别有亲和力，那么安子，这究竟是一个怎样的故事呢？

语录：敌视野蛮与愚昧本身，也可能成为一种更可恶尤其是更野蛮和另一种类型的愚昧，对野蛮必须耐心，对愚昧必须有所同情至少理解，必须抱帮助的态度。

高尚有高尚的代价，低下有低下的收益，清高有清高的寂寞，浑水摸鱼有浑水摸鱼的红火，智慧有智慧的痛苦，愚傻有愚傻的福气。

——王蒙

安子：

《这边风景》描述的是在20世纪60年代前期新疆伊犁一个维吾尔族聚居村落的故事。小说以1962年“伊塔边民外逃事件”为开端，描写了“山雨欲来风满楼”的时代背景下，在经历了“三年困难时期”后，城市经济没有农村的支撑而趋于萎缩，“为了大办农业，以农业为基础，城市职工精简”的社会局面。主人公伊力哈穆在乌鲁木齐当了三年工人后返回公社，继续当农民，于是所有的故事便由此铺陈展开。

小说中对伊犁的自然风景、物产、气候、风俗，都极为欣赏和夸赞。比如写伊力哈穆归乡一节，进伊犁的过程就是赞伊犁的过程，车上人说阿勒泰山太冷，冬天得提着棍子，边尿边敲；吐鲁番太热，县长得泡在浴缸里办公，而伊犁，插一根电线杆子也能长出青枝绿叶，说伊犁人哪怕只剩两个馕，也要拿出一个当手鼓敲打着起舞。描写得非常生动有趣。

小说描写劳动场面也堪称一绝，不论舞钐镰、割苜蓿，还是拌石灰、刷墙壁，都写得活灵活现、生动幽默；而写新疆的食物，则是满嘴流香，无论打馕和面，还是烤羊肉，喝啤沃，都潇洒畅快。这本书写出了维吾尔族人民的吃喝拉撒、婚丧嫁娶、衣食住行、宗教生活，写出了他们幽默、机智、豁达、浪漫，总体上生动地表达了维吾尔族人民最原生态的生存方式、思维理念、宗教文明，以及积淀在其民族性格中的精神原色。

伊力哈穆当过工人，他入党早，根红苗正，他在伊犁事件当口归乡，回乡后处处保护村民，带领村民在困难时

语录：固然生活可以热烈一点，但是任意激发青年人的廉价的热情却是一种罪过……

过于伟大或者过于卑微，过于高明或者过于愚蠢，过于奇特或者过于陈旧的话语，都值得怀疑。

一个人总是能够用自己的理想来超越自己的成熟和经验，又总能够用自己的成熟和经验来校正和丰富自己的理想。这是一个最好的状态。既是理想的又是实践的，既是成熟的又是天真的。

——王蒙

期改变贫穷面貌。他的灵魂重新回到伊犁人的躯壳里，他的身心回到了自己的家园。

小马哥：

鲜活而丰满的故事。《这边风景》获得了2015年第九届茅盾文学奖，作家王蒙曾这样说：“《这边风景》记录了我39岁到47岁之间的人生，就像一条鱼的中段，那个时候的我是多么有理想，多么真诚，去边疆去偏远的地方，到劳动人民中去，到水深火热的一线基层去扎根，劳动锻炼自己，让自己脱胎换骨，成为全新、完美的革命者。小说更多的是记录了那个时期维吾尔族人的生活风貌，而且从头到尾都是掏心窝子的认真，真情实感，这是我今天再也无法抵达的写作状态了。”

作家王蒙用了“从头到尾都是掏心窝子的认真”，来表达自己创作《这边风景》的状态。可见这本书倾注了他多少心血和热情。

安子：

是的，《这边风景》整个作品里充满了性格冲突，同时，小说里有大量的维吾尔民族日常生活的描写。作家王蒙把维吾尔族的生活细腻地刻画了一遍，以至于很多熟悉维吾尔族生活的读者，看了他的这部《这边风景》，都有想要流泪的感觉，那是真实的家的感觉。

语录：青春是伟大的财富，信任是永远的靠山，率真是制胜的法宝，好奇点燃了学习的热烈，友善铺就了向前的坦途。

全世界还有多少这样的等待了、渴望了千年万年亿载的冻僵了的、挤扁了的、压硬了的、失去了语言、情感、温度和运动的灵魂！

——王蒙

第三部分 《青春万岁》

小马哥：

作家王蒙的创作贯穿了整个新中国70年。自1953年开始创作《青春万岁》至今，王蒙先生的文学生涯已经跨越了70个春秋。1979年，当时的人民文学出版社社长力主出版王蒙的作品《青春万岁》，后来这部小说不仅赢得了广泛的好评，还被拍成了电影《青春万岁》。安子，来，给大家讲一讲《青春万岁》这部小说吧。

《青春万岁》封面

安子：

对于现在的年轻人来说，《青春万岁》无疑是一部老电影了。但是，我相信，只要你看过这部电影，你依然会被电影中那群年轻人火一样的青春所感动，被他们的激情所感染。

作家王蒙作品中的那个年代，那些年轻人，风风火火，充满干劲，充满阳光和朝气，他们单纯、善良、蓬勃，仿佛时刻准备着，为我们的祖国奉献一切。

电影《青春万岁》拍摄于1983年，是校园题材的电影，它以一群女中学生的视角，展现了50年代年轻人的生活面貌和精神追求。这部电影非常干净，包括其中有一些爱情桥段，也处理得十分含蓄。

给我们印象最深的，就是王蒙书中11位青春靓丽的青年，而影片中的11位青年演员，也是男帅女靓，不仅有17岁的邬君梅，也就是去年在《如懿传》中饰演甄嬛的女演员，还有当年仅仅15岁的蔡国庆。

《青春万岁》描写的是50年代初，北京某中学的一群高三学生的故事。新学年开始后，同学之间有团结友爱，也有矛盾纠葛。聪明又骄傲的李春同学得到了学习奖章，纯真、热情的班长杨蔷云认为李春虽然成绩好，但对同学自私保守，不配得到奖章，她为自己的好友团支部书记郑波没能获得奖章而愤愤不平。

郑波是一个热情而富有献身精神的女生。班里新来了一位名叫呼玛丽的同学，她在孤儿院长大，郑波和杨蔷云对她关心备至。

李春和袁新枝搞恶作剧，让胖姑娘吴长福跳“肥猪舞”，遭到袁老师的批评。墙报上出现批评稿后，李春误以为是杨蔷云所写，伸手将墙报撕下。

多愁善感的苏宁病了，杨蔷云去看望，她从苏宁的哥哥处了解了苏宁因失身而心灰意冷，鼓励苏宁振作起来。

在郑波和杨蔷云的帮助下，苏宁、吴长福、袁新枝、呼玛丽在学习上都取得了好成绩。李春也在郑波和同学们的帮助下改正了缺点，与杨蔷云不再有隔阂。

令人难忘的中学时光即将结束，苏宁指挥大合唱，李春代表全班作毕业演讲，呼玛丽奔出教室，参加最后一次团日活动。女孩们沐浴着春天的阳光，怀着美好的理想奔向明天。

小马哥：

《青春万岁》是一首灿烂的青春之歌，正如书中的一首诗所写：“所有的日子，所有的日子都来吧！让我编织

语录：我主张见到自己没有见过或弄不清楚的事情先努力去理解它体味它，确有把握了，再批评它匡正它。我不赞成那种凡遇到自己不明白的东西就声讨一番，先判罪再找理由的恶习。

俗并不可怕，俗人也不可怕，可怕的是用俗来剪裁、排斥一切高尚和高雅，或者使世俗向低俗再向恶俗发展。还有令人起鸡皮疙瘩的，是自己已经俗得可以了，偏偏还要以高尚和高雅自居，张口闭口都是旁人的庸俗。

——王蒙

你们，用青春的金线和幸福的璎珞，编织你们……”

安子：

是的，这是一首非常绚烂非常纯真，也非常美好的青春之歌。

语录：青春万岁

王蒙

所有的日子，所有的日子都来吧，
让我们编织你们，用青春的金线，
和幸福的璎珞，编织你们。

有那小船上的歌笑，月下校园的欢舞，
细雨蒙蒙里踏青，初雪的早晨行军，
还有热烈的争论，跃动的、温暖的心……

是转眼过去的日子，也是充满遐想的日子，
纷纷的心愿迷离，像春天的雨，
我们有时间，有力量，有燃烧的信念，
我们渴望生活，渴望在天上飞。

是单纯的日子，也是多变的日子，
浩大的世界，样样叫我们好奇，
从来都兴高采烈，从来不淡漠，
眼泪，欢笑，深思，全是第一次。

第四部分 《王蒙八十自述》

小马哥：

作家王蒙今天已经85岁了，但是他依然精力旺盛，对新鲜事物充满好奇，每天坚持游泳、走路、爬格子、追剧、看电影，年轻人的爱好一样不落。王蒙还曾经在2017年，以作品《奇葩奇葩处处哀》获得第十七届百花文学奖中篇小说奖，在2018年获人民文学奖，而就在这个月的17号，由国家主席习近平签署主席令，授予作家王蒙“人民艺术家”国家荣誉称号。所以王蒙这80多年，真的是千帆历尽，收获满园。而他在80岁的时候，也出版了一本《王蒙八十自述》，为喜爱他的读者们，讲述了自己80年的人生经历和人生智慧。

安子，就让我们和大家一起分享来《王蒙八十自述》这本书吧。

安子：

好的。2013年，《王蒙八十自述》出版，作家王蒙在书中，认真地回顾了自己80年的人生经历，以及他对生活、创作的所思所想。这本书是第一部关于王蒙的画传，书中收录了近200幅图片，生动呈现了各个时期的王蒙，也成为时代的记录与缩影。

王蒙一生可谓大起大落，14岁加入中国共产党，22岁文坛成名，不到而立，便举家西迁新疆，一待就是16年。

所有的日子都去吧，都去吧，
在生活中我快乐的向前，
多沉重的担子，我不会发软，
多严峻的战斗，我不会丢脸，

有一天，擦完了枪，擦完了机器，擦完了汗，
我想念你们，招呼你们，
并且怀着骄傲，注视你们！

中年之后，他奉调回京，当选中央委员、作协副主席、文化部部长、全国政协常委。

作为一位享誉海内外的中国作家，王蒙同时也是一位思想家，他的一生值得我们去认真阅读。

这里，我给大家读一读这本书的序言，相信大家可以从这简短的序言里，感受到作家王蒙的人格魅力。

到2013年10月，我满79岁实足年龄，按照中国咱们本土的习惯，可以毫无迟疑地自称八十老翁了。同时，我入党已经六十五年，从事文学创作则是六十个年头了。

六十年，六十五年，八十年，风风雨雨，红红火火，磕磕绊绊，上上下下，城城乡乡，贵贵贱贱，内内外外，进进退退；端的是丰赡热闹，百味俱全。温而时习之，可以知顺逆，思奥妙，叹消长，审得失，俯察仰观，益智消暑，清心明目。

我自然应该感谢历史的厚爱，生活的厚爱，国家、社会、中国共产党的厚爱，还有其他党派、无党派、各国尤其是本国读者、大众、各方面友与非友……尽是知我爱我，对我倍加关注、使我有所体验、有所见闻、有所历练、有所痕迹也有所长进者。

友人们鼓励我编一本文图并茂的自述书籍，回顾过往，温故知新，虽不说回眸一笑而生百媚，却也还平心静气，熟虑深思，闲话玄宗，前事后师，老马识途，路遥知马力，破妄拯迷，或可一笑解愁，更上一层楼，天凉好个秋。

语录：甚至于批评谬误，也要先理解对方，知道他是什么失足，怎么片面而且膨胀的，知道他的局部的合理性乃至光彩照人与总体的荒谬性是怎么表现与结合的，而不是简单地把对方视如妖孽。没有人有权力动不动把对立面视如妖孽，牛鬼蛇神。

在中国，人们常常会把修身、齐家、治国与平天下视为一体一揽子，也只有在汉语中，国家——古代更多的是叫“家国”一词中，既包含着国的意思，也包含着家的意思。

1984年我首次在长大成人之后回到家乡南皮——潞灌——龙堂。我看到的是白花花的贫瘠的碱地，连接待我的乡村干部也是衣无完帛，补丁已经盖不上窟窿，衣裤上破绽露肉，房屋东倒西歪。

——王蒙：《王蒙八十自述》

第五部分 《王蒙自述：我的人生哲学》

小马哥：

“八十年，风风雨雨，红红火火，磕磕绊绊，上上下下，城城乡乡，贵贵贱贱，内内外外，进进退退”，寥寥数语，80 年的风雨尽在笔下。

除了这本书，王蒙还有一本《王蒙自述：我的人生哲学》，是王蒙在 2003 年，也就是 69 岁的时候出版的一本书，也是一本告诉读者怎样选择庄严人生博取成功，怎样走过风雨沧桑，怎样演绎黄昏哲学的好书。

安子，来，在这次节目的最后，给我们聊一聊这本书吧，希望我们今天的节目，也能够带给听众朋友们，更多的人生哲学。

安子：

这本书在我家的书架上，已经放了十多年，这本书真的是一本值得一而再，再而三翻看，并且边看边做记录的好书。

什么是人生哲学，就像这本书的后记中写的一句话：人生哲学，这是天机，这是石破天惊的感悟，这是“绝密”，这是头破血流的代价换来的一点明白。

《王蒙自述：我的人生哲学》是一本既好读，又有现实参照的读物。既有变通的姿态，又有固守的执着；既有

语录：人一生要做许多事，人一天也要做许多事，做一点有价值有意义的事并不难，难的是不做那些不该做的事。

尽了力，你也就赢得了首先不是别人，而是你自己的尊敬和满意。

——王蒙：《王蒙自述：我的人生哲学》

审慎小心的仔细，又有洒脱不羁的一笑了之……是一个活得明白、通透、智慧的入世者的人生境界，是人生经验和处事策略的指导书。王蒙已故夫人崔瑞芳曾经这样说王蒙："他是无可救药的乐观主义者"，而通过这本《王蒙自述：我的人生哲学》，我们可以感受到王蒙在经历过历史的沧桑和人生的风雨后，始终葆有的"乐观主义"，而且这种"乐观主义"，已经成为本能，成为抵挡灾难的盾牌，成为战胜险恶的武器，而要保持这样的乐观，除了要有健康的心理与人格，还需要大的智慧和境界。这真的是一种人生哲学，不是廉价的知足常乐，更不是软弱愚昧的妥协，而是一种大气的从容的、深刻的感情和力量。任何非正常、外力的打击以及日常生活的平庸琐碎，都不能打败一个乐观的人，一个面带微笑的人。

小马哥：

听起来这真的是一本值得认真品读的好书。

安子：

没错，而且这本书是由一篇篇的小散文构成的，非常容易读，适合做枕边读物，文字通俗易懂，是非常好看的一本好书，是一本如同品酒一样，值得反复品味的好书。

小马哥：

今天，我们就给大家推荐作家王蒙的这四本书：《这边风景》、《青春万岁》、《王蒙八十自述》和《王蒙自述：

语录：无为就是把有限的精力、时间节省下来，才可能做一点事，也就是——有为。有所不为才能有所为。

——王蒙：《王蒙自述：我的人生哲学》

我的人生哲学》，希望能够带给大家更多积极、热情和有益的阅读体验。

谢谢大家收听。

语录：世界上绝对不是只有黑白两种颜色，善恶两种品德，敌我两种力量，正谬两种主张，资无两个阶级。要善于面对和把握大量的中间状态，过滤状态，无序状态与自相矛盾的状态，可调控状态，可塑状态等等。

不要被大话吓住，不要被胡说八道吓唬住，不要被旗号吓唬住。

——王蒙